달라이 라마
나는 미소를 전합니다

달라이 라마
나는 미소를 전합니다

인간으로 승려로 지도자로 걸어온 길

—

달라이 라마
소피아 스트릴르베 엮음
임희근 옮김

고즈윈
God'sWin

일러두기

1. 본문에서 시간 및 장소가 명시된 글은 대중 연설 혹은 기자회견에 해당하고, 그 밖의 글은 참고 문헌에서 인용되었거나 달라이 라마가 개인적으로 하신 말씀에 해당합니다.
2. 본문에 쓰인 괄호 안의 설명은 옮긴이 주입니다.
3. 국립국어원이 편찬한 표준국어대사전에 등재된 단어 이외의 티베트어 표기는 티벳장경연구소에서 2010년 6월 8일 발행한 『티벳어 한글 표기안』을 따랐습니다.

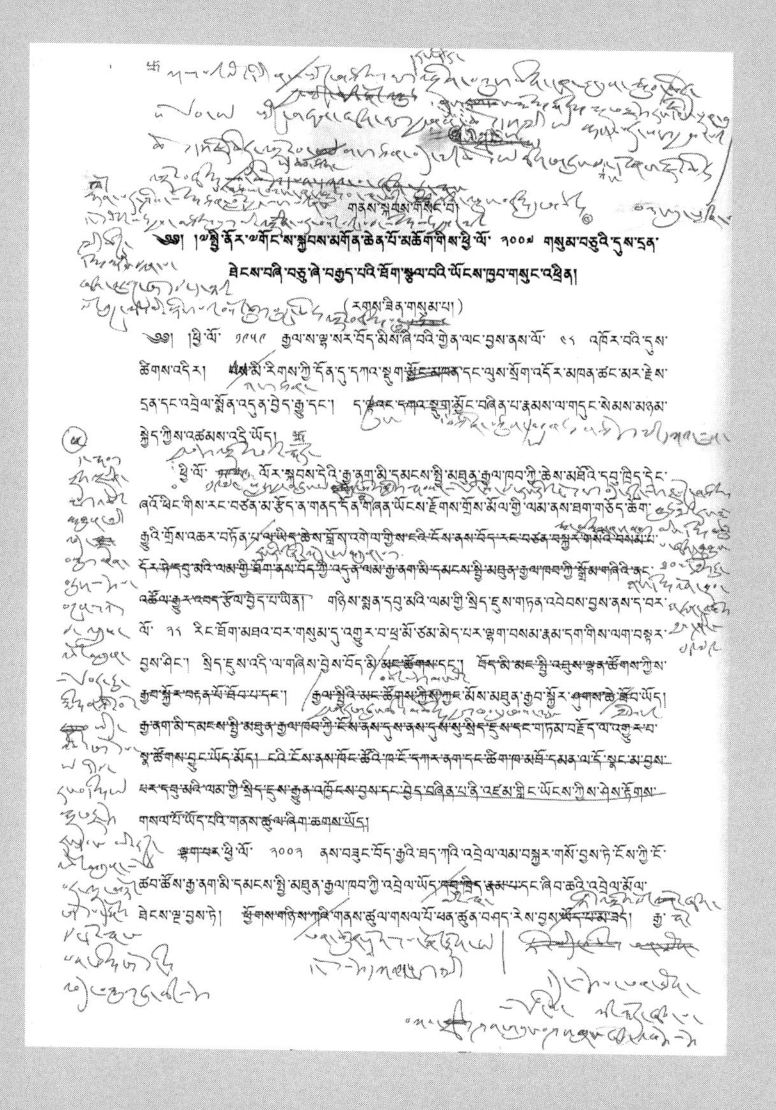

1961년 3월 10일 라싸 봉기 2주년 추모 행사를 위해 달라이 라마가 얼마나 세심하게 연설문을 준비했는지는 그가 직접 쓰고 수없이 첨삭한 원고를 통해 알 수 있다.

엮은이 서문

온 세상에 호소하는 달라이 라마의 말씀에 귀 기울이며

티베트의 환생 계보는 1391년 관세음보살의 첫 화신인 겐된둡에서 시작된다. 열네 번째 환생에 해당하는 분이 바로 현 달라이 라마다.

달라이 라마는 이 책에서 마치 어린 시절의 추억을 이야기하듯 자연스럽게 전생의 경험과 성취한 일들을 술회한다. 선대 달라이 라마 열세 분과도 생생한 관계를 유지하며, 소중하고 친근한 그분들의 현존을 기꺼이 오늘에 되살린다. 달라이 라마의 연세는 이 글을 쓰는 2009년을 기준으로 일흔넷이다. 그렇지만 그분의 의식은 무려 일곱 세기의 역사를 아우르고 있다. 그 7백 년 동안 그분은 티베트의 정신적 지도자이자 세속적 통치권을 지닌 국가원수 소임을 맡아 왔다. 여기서 우리는 다음번 환생에 대해 깊이 생각하는 그분의 모습을 만나 볼 수 있다. 당신의 이번 생이 끝나 가고 있음을 알기 때문이다. 그러나 죽는다고 삶이 끝나는 게 아니라는 것 또한 그분은 안다.

그분은 스스로를 '특별한 인물'이 아니라고 말한다. 남들과 다를 바 없는 '한 인간'일 뿐이라고. 그분을 만나면, 지금까지 확신해 온 수많은 것들을 다시 생각해 보게 될 것이다. 그분이 생각하는 '인류'란 우리가 보통 생각하는 인간 조건의 한계 안에 갇힌 존재가 아니기 때문이다.

나는 혼자 물음을 던져 보곤 한다. 그분의 중요한 가르침은 무엇이었던가? 바로 사람이 되라는 것, 백 퍼센트 사람이 되라는 것 아니었던가.

2006년 3월 10일 다람살라에서, 라싸 봉기 47주년을 기념하는 달라이 라마의 연설을 들으며 다시금 그 질문을 스스로에게 던져 보았다. 그분의 말씀이 구름에 가린 산맥 너머, 억수같이 내리는 찬비를 뚫고서 연설을 들으려고 운집한 수백 명의 청중 위로 멀리멀리 퍼져 가는 느낌이었다. 달라이 라마는 연설에서 티베트의 인권을 존중해 달라고 했다. 그러나 이 말은 비단 티베트만이 아니라 인류 전체에 해당된다. 달라이 라마는 사람을 사람답지 못하게 만드는 야만에 맞서서 전 인류를 수호하고 있는 것이다. 그분은 세계의 양심에 호소하고 있었다.

나는 15년 동안 칼라차크라 명상('칼라차크라'는 직역하면 '시간의 수레바퀴'로, 외적으로는 우주 삼라만상을, 내적으로는 마음속 의식의 흐름을 상징한다. 칼라차크라 명상은 삶의 목적을 뚜렷이 인식하게 하여 자기 생명의 본질을 깨닫도록 해 준다) 체계 안에서 그분의 가르침을 따르고, 또 그 가르침을 프랑스어로 번역해 왔다. 칼라차크라 명상은 티베트 불교도들이 최상승最上乘(수행에 있어 가장 수준 높은 차원을 뜻하는 용어)으로 생각하는 명상이며, 세계 평화를 위한 명상이다.

다람살라 연설을 접하던 날, 나는 달라이 라마의 놀랍도록 풍부한 인간미, 칼라차크라 명상의 큰스승다운 말씀, 그분의 정치적 담론, 이 셋 사이에 깊은 일관성이 있음을 알았다. 곰곰이 생각하니, 달라이 라마에게는 '인간이다'라는 말이 '마음속에 깃들어 자발적으로 일상에 구현되는 정신성을 삶으로 체화하는 것'이라는 뜻임을 이해할 수 있었다. 세계 유수의 과학자들과의 교류나 국제무대에서 발표한 공식 선언은 그분이 이 '정신성'을 어떻게 삶 속에 구현하는지를 잘 보여 준다. 14대 달라이 라마가 중국에 대해 그분 스스로의 표현대로 '중도中道' 정책을 택한 것은 정말이지 우연이 아니다. 불교에서 중도란 공성空性(사물의 있는 그대로의 모습. 우주 만유의 본체인 평등하고 차별 없는 절대 진리를 이르는 말)을 인식하는 지혜의 핵심이다.

정신성이라는 것에 이렇게 접근할 때 우리는 여러 활동, 생각, 감정들을 구획 지어 나누는 장벽을 없애고 마음의 보편성에 이를 수 있음을 나는 깨달았다. 그리고 이러한 '장벽 없애기'를 받아들였을 때, 마음이 맑고 투명한 경지에 이르며 내면적으로 바뀌게 되는 것을 생생히 체험했다. 달라이 라마에게 '기도'란 신앙의 형식을 넘어 삶 속에서 강렬하게 참여하는 그 무엇임을 나는 알게 되었다. 여러 종교에 보편적인 그 무엇에서 출발해 기도하다 보면, 인간으로서 우리가 지닌 좋은 품성을 되찾아 인간성의 내적 차원을 발견하게 된다.

이 점에 관해 나는 티베트 망명정부의 깔뢴티빠(수상)이자 달라이 라마의 최측근인 삼동 린뽀체('린뽀체'는 티베트 불교의 환생한 영적 지도자를 가리키는 말로, '귀한 분'이라는 의미)와 오랫동안 이야기를 나누었다. 나는 인도 사르나트 대학교에서 유학할 당시, 학장이었던 그분을 알게 되었다. 그래서 달라이 라마의 3월 10일 연설을 비롯해 국제무대에서 행한 연설 및 프랑스어로 아직 출간되지 않은 연설문을 묶어 책으로 내자는 제안을 했다. 이 책은 달라이 라마의 활짝 열린 정신을 보여 주는 생생한 자료가 될 것이라고. 책을 내는 목적은, 앞으로 살아갈 세대의 생존마저 위협받는 듯한 이 역사의 위기에 달라이 라마가 세계에 미치는 인도주의적 영향력을 보여 주기 위함이었다.

정신 혁명이자 윤리 혁명을 호소하는 달라이 라마의 선언은, 연기緣起(모든 현상은 원인인 인因과 조건인 연緣이 상호 관계하여 성립하며, 인연이 없으면 결과도 없다는 불교의 핵심 교리)를 바탕으로 하여 인류는 하나임을 인정하겠다는 선언이다. 삶의 참여적 실상 속에 모든 것이 연결되어 있다는 인식은 개인적 차원에서는 연민, 집단적 차원에서는 보편적 책임으로 표현된다. 이러한 개념은 그 표현법이 새로울 뿐만 아니라, 최근 유엔에서 나온 글 속에 담긴 정신을 키워 가는 데에도 큰 도움이 된다.

원래 생각한 책 제목은 '온 세상에 보내는 호소'였다. 책 출간 작업에서 나아갈 방향을 달라이 라마께서 확실히 해 주신 덕분에 이 일에 전념할 수 있었고, 그간의 달라이 라마 말씀을 죽 살펴보면서 어쩌면 이렇게 앞뒤가 맞는가 하고 다시 한 번 감탄하지 않을 수 없었다. 물론 세월이 흐르면서 그 말씀에 새로운 준거들이 덧붙기도 하고, 그것이 현 사회에서 발생하는 문제와 그 발전에 바로 연관되기도 한다. 그러나 분석해 보면 일관된 하나의 물줄기가 있어, 동일한 원천으로 우리를 이끌어 간다. 마르지 않는 지혜와 선善함의 원천, 그리고 결코 모순됨이 없는 진리의 원천으로.

나는 2008년 2월에 그것을 확실히 체험했다. 「달라이 라마, 한 생 뒤의 또 한 생Dalaï-Lama, une vie après l'autre」(2008년에 제작된 43분짜리 다큐멘터리 영화. 달라이 라마 및 응애리 린뽀체, 삼동 린뽀체 등과의 인터뷰가 기록 영상과 함께 전개된다. 감독은 프랑크 상송이며 이 영화의 시나리오 집필을 소피아 스트릴르베가 맡았다. 원안은 메라무즈 마바슈)이라는 영화 촬영을 위해 그분과 오래 대담한 끝에 얻은 체험이었다. 이 대담 후 한 달이 지나 라싸를 비롯한 티베트 전역이 화염에 휩싸일 때, 잠시 이런 의심이 드는 순간이 있었다. 예정대로 영화가 8월에 개봉된다면, 영화 속의 달라이 라마의 말씀 내용이 실제 상황과 너무 동떨어진 것이 되지 않을까? 그러나 이 사건 이전이나 이후나 다름없이 달라이 라마는 똑같은 표현으로 비폭력, 화해, 대화의 약속을 견지하고 있음이 금방 확인되었다. 그러니 달라이 라마의 말씀은 세상사의 우여곡절에도 변함이 없이 타당하다는 결론을 내릴 수 있는 것이다. 그분의 진실은 정말이지 드문 일관성을 지닌다.

그 이유는 무엇일까 생각해 보았다. 그분의 비전이 완벽한 상호성 속에서 보편적 삶을 끌어안고 있기 때문이 아닐까. 우리가 이런 수준의 진리—달라이 라마가 귀하게 여기는 위인 마하트마 간디가 '사티아그라하(비폭력 무저항 운동)'라고 부른 경지—에 도달할 때, 적대 관계는 더 이상 대립 없이 조화로운 상호 보완성 속에 합치되어서, 예를 들자면 중국인들도 '적'이 아니라 '형제자매'가 된다. 독자들이 그런 심오한 깊이를 이 책에서 실감하게 하는 일, 바로 그 일에 나는 도전한 것이었다.

작업의 최종 단계에서 나는 알게 되었다. 그간 내가 모아 놓은 일

인칭으로 된 달라이 라마의 글 모음이 그분의 '정신적 자서전'을 이룬다는 것을. 여기서 '정신적'이라는 말의 뜻은 달라이 라마가 이 단어에 부여한 대로 새기면 된다. 즉 모든 이의 안녕에 꼭 필요한 인간적 가치들이 충만히 발현된 상태를 말한다.

나는 2008년 12월 다람살라에 머무르면서 삼동 린뽀체에게 이런 직관적인 생각을 이야기했다. 2009년 1월 초, 달라이 라마는 이 이야기를 듣고 매우 기뻐하며 내 생각에 동의하셨다. 그동안 공개 석상에서 발표한 글을 이런 식으로 잘 읽히게 편집함으로써 당신이 기본적으로 바라던 바가 구체적으로 틀 잡혔다고 보신 것이다. 아울러 삼동 린뽀체가 직접 펜으로 주석을 빽빽이 달아 보관했던 2007년 10월의 연설문 또한 출판해도 좋다고 허락하셨다. 그리하여 이 책은 '나의 정신적 자서전Mon autobiographie spirituelle'이라는 제목에 합당한 책이 되었다(프랑스에서 출간 당시의 제목이 '나의 정신적 자서전'이었다).

새삼 이런 사실들을 확인하는 뜻은 이 책의 집필이라는 만만찮은 과제에 달려들면서 정말 살아 있는 책으로 만들고 싶었기 때문이다. 부디 여기 담긴 달라이 라마의 말씀이 모두의 귀에 가까이 다가가 깊이 생각하고 명상할 주제가 되고, 마음에서 마음으로 전해져 사람들에게 힘과 희망을 주었으면 한다.

2009년 1월 인도 사르나트에서
소피아 스트릴르베

한국어판에 부치는 엮은이 서문

세계인의 친구

"보살은 온 세상 모든 이의 친구로서, 연민심으로
모든 존재의 안녕을 위해 자발적으로 깨달음에 이른다."
_샨티데바

친애하는 한국 독자 여러분,

저는 지금 '맨라링'에서 여러분에게 이 편지를 씁니다. 파리 근처의 불교 센터인 이곳에서 저는 명상과 요가를 지도하고 있습니다. 달라이 라마의 이 책을 제가 엮어 내게 된 것은 무한히 영광스러운 일이었습니다. 이번에 한국어로 번역 출간되고 제가 이렇게 한국 독자들에게 서문을 쓰게 되니 이 또한 기쁘고 행복한 일입니다.

저는 한국을 아직은 파리에서 만난 한국인 친구들을 통해서만 알고 있습니다. 한국과 프랑스는 무려 만 킬로미터나 멀리 떨어져 있지만, 저는 여러분과 아주 가까이 있다고 느낍니다. 왜냐하면 '세계인의 친구'이신 달라이 라마의 말씀을 제가 여러분에게 전해 드리기 때문입니다. 그분이 세운 일생의 세 가지 서원—한 인간으로서, 불교 승려로서, 달라이 라마로서—은 우리에게 분리가 아닌 하나 됨이 더 중요하다는 점을 가르쳐 줍니다. 적敵도 형제자매가 될 수 있고, 미소는 무기보다 힘이 세며, 공격에 대한 최선의 답은 용서입니다.

달라이 라마의 이 책은 인간의 정신세계 및 체험 세계의 많은 분야를 명확히 밝혀 줍니다. 심리 문제, 정치 문제, 환경문제, 그 어느 것에 대해 이야기하든, 티베트의 정신적 지도자 달라이 라마의 말씀은 항상 우리의 마음에 바로 와 닿습니다. 그분은 우리에게 말씀하십니다. 지구상의 모든 존재에 대한 보편적 책임을 인식하고, 통상적인 한계를 넘어 그들을 사랑하라고. 1989년 노벨평화상을 수상할 때나 2007년 미국연방의회에서 훈장을 받을 때 그분이 남긴 메시지의 내용이 바로 이것이었습니다. 티베트를 위한 그분의 투쟁—오직 용기, 정의, 진실이라는 무기만 지닌 채 해 나가는 그 투쟁—은 인류의 이름으로 펼치는 투쟁입니다. 유일한 설득의 무기가 사랑이라는 것, 그리고 나 자신과의 평화와 더불어 다른 이들과의 평화가 가능하다는 것을 우리가 달라이 라마와 함께 믿을 수만 있다면…… 그렇다면 평화는 꼭 올 것입니다.

2011년 2월 프랑스 뷔에이유 맨라링 수행 센터에서
소피아 스트릴르베

차례

일생의 세 가지 서원

제 일생에 세운 서원誓願이 세 가지 있습니다.

첫째, 한 인간으로서의 서원입니다. 개인, 가족, 공동체 모두에게 행복한 삶의 열쇠인, 사람다운 가치와 심성이 계발되었으면 하는 것입니다. 우리 시대의 사람들은 이러한 내면의 심성을 제대로 계발하지 못하는 것 같습니다. 그래서 제가 최우선 과제로 생각하는 것이 바로 내적 심성의 계발입니다.

둘째, 불교 승려로서의 서원입니다. 여러 종교들끼리 더욱 화합하도록 하는 일입니다. 누구나 정치 면에서는 민주적인 생각을 하기에 다원주의의 필요성을 쉽사리 인정합니다. 그렇지만 종교와 신앙을 이야기할 때는 다양성에 관해 망설입니다. 세계의 주요 종교들은 비록 교리와 철학은 다를지라도, 담고 있는 메시지는 모두 같습니다. 그것은 사랑, 연민, 관용, 평정, 자기 절제 등의 메시지입니다. 어느 종교든지 좀 더 행복한 삶을 살도록 도와주는 힘을 갖고 있습니다.

셋째, 달라이 라마로서의 서원입니다. 제겐 아주 특별한 문제인 티베트의 대의大義를 위한 서원입니다. 저는 티베트인들에 대해 각별한 책임이 있습니다. 티베트 역사상 위기인 이 시기에도 그분들은 계속 저를 믿고 희망을 가집니다. 티베트인들의 안녕이야말로 언제나 저를 움직이는 동인動因입니다. 정의를 위한 티베트인들의 싸움에서, 저는 비록 망명 생활을 하고 있을망정 그들이 하고 싶은 말을 자유롭게 대변해 주는 사람이라고 스스로 생각합니다.

세 번째 서원은 티베트와 중국 사이에 서로 만족스런 해결책이 나올 때에야 성취될 것입니다. 첫 번째와 두 번째 서원은 제가 이 생의 마지막 숨을 내쉬는 날까지 계속될 것입니다. -2008년 12월 4일 벨기에 브뤼셀, 유럽의회 연설 중에서

첫째 서원

한 인간으로서

1

우리 모두가 지닌 인간성

우리가 이 세상 어디에서 태어났는가는 중요하지 않다. 근본적으로 우리는 모두 같은 인간이다. 누구나 행복을 바란다는 점에서, 또 행복해질 권리가 있다는 점에서 평등하다는 것을 인정하라. 그러면 저절로 다른 이들과 마음이 통하여 그들에게 다가가게 된다.

우리는 모두 같은 존재

오늘 노벨상을 받는 이 자리에 여러분과 함께하여 참으로 기쁩니다. 티베트의 일개 승려인 제가 이렇게 훌륭한 상을 받게 되다니 영광입니다. 저는 특별한 사람이 아닙니다. 그렇지만 이 상은 제가 붓다, 그리고 인도와 티베트의 위대한 성인들의 가르침대로 실천하고자 하는 이타, 자애, 연민, 비폭력 등의 진정한 가치를 인정해서 수여하는 상이라고 생각합니다.

우리가 이 세상 어디에서 태어났는가는 중요하지 않습니다. 근본적으로 우리는 모두 같은 인간입니다. 누구나 괴로움은 떨쳐 버리고 싶어 하고, 행복은 찾고 싶어 합니다. 우리 인간은 기본적으로 똑같은 욕구, 똑같은 근심 걱정을 갖고 삽니다. 누구나 자유롭게 살고 싶고, 개인의 운명이나 자기가 속한 민족의 운명을 스스로 결정할 권리를 갖고 싶습니다. 이것이 인간의 본성입니다. 오늘날 우리가 직면한 문제들은 하나같이 사람이 만들어 낸 것입니다. 곳곳의 격렬한 갈등, 환경 파괴, 빈곤과 기아, 어떤 문제든 다 그렇습니다. 이런 문제들은 오직 사람의 노력으로만 해결할 수 있습니다. 우리가 모두 형제임을 깨닫고 이 형제애의 의미를 키워 가야만 문제를 풀 수 있습니다. 서로에 대한 보편적 책임감을 키우고, 그 책임감을 우리가 함께 사는 이 지구 전체에 확산시켜야 합니다.

20세기 말에 들어서면서 저는 낙관적이 되어 갑니다. 왜냐하면 인류가 소중히 여겼던 옛 가치들이 지금 재확인되고 있고, 그래서 앞으로 보다 나은, 보다 행복한 21세기를 준비할 수 있기 때문입니다.

우리의 친구이건 우리를 핍박하는 이들이건, 지상의 모든 이를 위해 저는 기도합니다. 우리 모두가 상호 이해와 사랑의 정신을 널리 퍼뜨려 더 나은 세상을 이룰 수 있도록. 그래서 생명 있는 모든 중생의 고통과 괴로움을 덜어 줄 수 있도록. –1989년 12월 10일 노르웨이 오슬로, 노벨상 수상 연설 중에서

1989년 12월 10일 노벨평화상 시상식장에서 한 이 연설은 전 세계에 생중계된다. 이로써 티베트 문제는 전 세계적인 화제가 되었다. 그러나 이때 달라이 라마는 어느 망명정부의 지도자로, 아니면 한 사람의 티베트인의 자격으로 노벨상 수상을 수락한 것이 아니었다. 그는 한 인간으로서, 인간의 기본적 가치를 알고 지키려는 모든 이들과 수상의 영예를 함께 나눈 것이었다. 모든 균열이나 정체성 주장을 초월한 '마음'이라는 보편적 언어로 인간성을 강조한 달라이 라마는 우리에게 본연의 인간성을 되돌려 주었다. 이날 오슬로에서 우리 모두가 달라이 라마와 함께 노벨평화상을 수상한 셈이다.

한 인간으로서의 나

'달라이 라마('달라이'는 '바다'를 뜻하는 몽골어, '라마'는 '큰스승'을 뜻하는 티베트어로, '달라이 라마'는 '바다 같은 큰스승'을 의미함)'라는 표현은 사람에 따라 다른 의미를 가집니다. 어떤 사람들에게는 이 말이 제가 '살아 있는 붓다'요, '관세음보살의 화현化現'이라는 뜻이 됩니다. 또 다른 사람들에게는 제가 '신이자 왕'이라는 뜻이 된답니다(실제로 서양인들은 달라이 라마에게 '성하His Holiness'를 넘어 '신왕God-King'이라는 존칭까지 붙여서 부르고 있다). 1950년대 중반, 중국의 침공을 받은 티베트의 달라이 라마로서 저는 '중화인민공화국 전국인민대표대회 상무위원회 부위원장' 직분을 맡을 수밖에 없는 처지였습니다. 그 후 티베트를 떠나 인도로 망명해 살던 초기에는 사람들이 저를 '반혁명 분자'이자 '기생충'으로 취급했습니다. 그러나 앞서 말한 어떤 호칭도 제게 들어맞지 않습니다.

제가 알기로 달라이 라마는 제게 부여된 임무를 표현하는 칭호입니다. 그리고 저는 그저 한 인간일 뿐입니다. 또 불교 승려의 길을 택한 티베트인이기도 하지요.

인간의 관점에서 생각할 때

선함과 연민에 대해 이야기할 때, 그런 말을 하는 제 입장은 불자로서의 입장도, 달라이 라마로서의 입장도, 티베트인으로서의 입장도 아닙니다. 저는 그저 한 인간의 입장에서 말하는 것입니다. 여러분도 스스로 한국인이라거나, 동양인이라거나, 특정 집단의 구성원이라는 입장보다는 인간의 입장에서 생각해 주시길 바랍니다. 한국인, 동양인, 이런 구분은 부차적인 것입니다. 우리가 어떤 일에 개입할 때는 인간으로서 임해야 비로소 본질적인 것을 건드릴 수 있습니다. 만약 제가 "나는 승려다." 혹은 "나는 불자다."라고 한들, 그런 것은 인간이라는 본성에 비하면 극히 임시적인 현실일 뿐입니다. '인간'으로 태어났다는 것은 근본적인 일이며, 이것은 죽을 때까지 바뀌지 않습니다. 나머지, 즉 배움이 많거나 적거나, 부유하거나 가난하거나, 그런 것은 부차적인 사실입니다.

오늘날 우리는 여러 가지 문제에 봉착해 있습니다. 우리의 책임은 이념, 종교, 인종, 경제로 촉발된 갈등과 직결됩니다. 따라서 이제는 우리가 '인간'의 관점에서, 좀 더 깊은 차원에서 남들도 나와 똑같다는 것을—왜냐하면 남이나 나나 다 같은 인간이므로—존중하는 마음으로 배려할 때가 온 것입니다. 우리는 상호 신뢰, 이해, 상호 도움 속에서 문화, 철학, 종교, 신앙의 다른 점에 집착하지 말고 가까운 관계를 이루어 나가야만 합니다.

결국 살과 뼈와 피로 이루어진 인간은 모두 비슷한 존재입니다. 누구나 행복을 원하며 고통을 피하려 합니다. 우리는 같은 인간 가족의 구성원인데, 부차적인 원인으로 갈등이 빚어집니다. 언쟁, 거짓말, 살인 등은 부질없는 짓입니다.

만나는 사람마다 내 형제자매

핵심이라고 생각되는 점을 강조하겠습니다. 개개인이 행복해야 그 행복이 인간 공동체 전체에 깊게, 효과적으로 이바지해 공동체 전체를 향상시킬 수 있습니다.

우리 모두가 사랑받고 싶은 욕구를 공유한다는 것을 인식하면 어떤 상황에서 만나건, 내가 만나는 사람 하나하나가 내 형제요 자매라는 느낌이 들 것입니다. 얼굴을 처음 보는 사람이라도, 걸친 옷과 하는 행동이 익숙하게 느껴지지 않는 사람이라도 상관없습니다. 나와 남 사이를 나누는 의미 있는 구분 같은 것은 없습니다. 밖으로 보이는 차이에 집착하는 것은 말도 안 되는 일입니다. 왜냐하면 우리의 본성은 똑같으니까요.

마지막 분석을 해 보지요. 인류는 하나이며, 우리의 유일한 보금자리는 이 작은 지구입니다. 지구를 보호할 마음이 있다면, 저마다 보편적 이타주의를 삶에서 체현하도록 합시다. 오직 이런 자세만이 서로를 악용하게 만드는 이기적 동기를 몰아낼 수 있습니다. 신실하고 활짝 열린 마음이 되면 자연히 자신감이 생기고 자기를 믿게 되며, 남을 대할 때 아무것도 두렵지 않게 됩니다.

가정이나 국가나 세계나, 사회의 각계각층에서 더 낫고 더 행복한 세상을 여는 열쇠는 더욱 큰 연민심입니다. 굳이 특정 종교의 신도가 될 필요는 전혀 없습니다. 어떤 이념을 신봉할 필요도 없습니다. 중요한 것은 우리의 인간적 품성을 최대한 계발하는 것입니다. 저는 만나는 사람마다 오랜 친구처럼 대하려고 노력합니다. 그러면 정말 행복감이 느껴집니다.

지구촌 인간 가족이 더욱 자애심을 갖기를

어떤 외국인을 만나도
번번이 똑같은 느낌이 듭니다.
'또 한 사람의 인간 가족을 만나게 되는구나!'
이런 느낌.
이런 태도로 말미암아
모든 존재를 아끼고 존중하는 마음이 더욱 깊어집니다.

자연히 우러나는 이 배려심이
세계 평화에 작은 보탬이라도 되기를!
세상이 좀 더 정다운 곳이 되기를!
지구의 인간 가족끼리 서로 더 자애롭게 대하고 더 잘 이해하기를!

괴로움을 싫어하고
지속되는 행복을 소중히 여기는 모든 이에게 보내는
마음속 깊은 곳에서 우러난 저의 호소입니다.

좋은 심성이야말로 생존 조건

사람은 태어나면 생존에 필요한 모든 것, 이를테면 보살핌, 음식, 알뜰한 사랑 등을 자연으로부터 받습니다. 그렇지만 애초에 이렇게 좋은 조건을 지니고 있음에도 그것을 등한시합니다. 그 결과 인류는 쓸데없는 문제들에 봉착하게 됩니다. 우리는 우리의 기본 심성을 풍부하게, 폭넓게 만들기 위해 더 노력해야만 합니다. 그렇기에 인간적 가치를 높여 가는 것이 최우선 과제인 것입니다. 또한 국적, 신앙, 인종, 부, 교육의 차이가 어떻든 간에 우리는 모두 사람이라는 점을 생각하고, 사람과 사람 사이의 선한 관계를 계발하는 일에 힘을 쏟아야 합니다. 어려움에 맞닥뜨릴 때 항상 우리에게 자발적으로 도움을 베푸는 누군가를 만나게 됩니다. 우리는 고통스런 상황에 처할 때 서로서로 의지하며, 조건 없이 그렇게 합니다. 남에게 도움을 주기 전에 그들이 누구인지 물어보지 않습니다. 그저 똑같은 사람들이니 돕는 것입니다. –2008년 12월 10일 네덜란드 헤이그, 세계인권선언 60주년 기념식 연설 '인권, 민주주의 그리고 자유' 중에서

핏속에 흐르는 사랑

우리의 삶이 남에게 의존하고 있기에, 존재의 저 밑바닥에는 기본적인 사랑의 요구가 있습니다. 진정한 책임감과 남의 안녕을 진심으로 배려하는 마음을 키워 가는 일이 그래서 좋은 것입니다.

우리의 진정한 본성은 무엇입니까? 우리는 그저 물질로 이루어진 피조물에 지나지 않을까요? 아닙니다. 행복해지고 싶은 희망의 기준을 외면적 발전에만 맞추는 것은 잘못입니다. 우리가 몸담은 이 우주가 어떻게 생겨났고 어떻게 진화해 왔는지에 대해 굳이 본격적인 논란을 벌이지 않더라도, 부모가 우리를 낳았다는 사실은 누구든 인정할 것입니다. 보통 우리가 어머니 배 속에 잉태되었다는 것은, 부모의 입장에서 보자면 성적性的 욕망뿐만 아니라 아이를 갖겠다는 결심도 있었다는 뜻입니다. 부모의 그런 계획에 바탕이 되는 것이 이타적 책임감, 그리고 자식이 홀로 설 수 있을 때까지 돌보겠다는 약속입니다. 그래서 우리가 잉태되는 순간부터 부모의 사랑이 핵심 요소였던 것입니다.

나아가 우리는 태어나면서부터 어머니의 보살핌에 전적으로 의지해서 살았습니다. 어떤 학자들에 따르면 임신부의 마음 상태의 평온 여부가 배 속의 태아에게 바로바로 신체적 영향을 준다고 합니다.

또 사랑의 표현도 태어나면서부터 꼭 필요합니다. 태어나 처음 하는 행동이 엄마 젖을 빨아 먹는 것이지요. 우리는 본능적으로 아버지보다는 어머니에게 더 친근감을 느끼며, 어머니는 분명 애정을 느끼면서 아기에게 젖을 물릴 것입니다. 만약 어머니가 화가 나 있다거나 불만에 차 있다면 모유가 쉽게 나오지 않을 테니까요.

이어 사람의 뇌가 형성되는 중요한 시기가 있습니다. 갓난아기 때부터 서너 살까지의 시기입니다. 이 시기에 이루어지는 애정 어린 신체 접촉이 아이의 정상적 성장에 무엇보다도 기본이 되는 요소입니다. 이때 쓰다듬는 손길, 귀여움과 사랑을 받지 못하면, 아이의 발달은 제한되고 뇌도 충분히 성숙하지 못합니다. 타인의 보살핌 없이는 생존할 수 없는 아이에게 사랑은 기본입니다. 오늘날 수많은 어린이들이 불행한 가정에서 자라납니다. 애정이 결핍된 어린이들은 나중에 살면서 부모를 사랑하지 못하고 남들도 사랑하기 힘든 경우가 많습니다. 너무도 슬픈 일이지요.

몇 년 뒤 아이가 자라나 입학을 하면 교사들의 도움이 필요합니다. 만약 교사가 학교 공부를 가르치는 사람에 그치지 않고 학생들에게 인생을 준비시키는 책임까지 맡아 준다면, 아이들은 그에게 존경과 신뢰를 보낼 것입니다. 학교에서 공부한 내용이 아이들 마음속에 지워지지 않는 흔적을 남길 것입니다. 반면, 학생이 잘되건 말건 전혀 신경 쓰지 않는 교사가 가르친 내용은 일시적인 이익에 불과하며, 곧 잊히고 말 것입니다.

병원에서 환자를 치료하는 의사도 마찬가지입니다. 의사가 인간적 따스함을 보이면 환자는 위안받습니다. 최선을 다해 치료해 주고 싶어 하는 의사의 마음이 의료적 시술의 질과 상관없이 그 자체로서 치료 효과를 발휘하는 것입니다. 반대로 의사가 환자의 아픔을 자기 것으로 느끼지 못하고 무뚝뚝하고 참을성이 없거나 거만하다면 아무리 유명한 의사라도, 그의 진단이 정확하며 세상없는 명약을 처방한다 해도 환자는 걱정에 사로잡히게 됩니다.

일상을 살면서 누군가와 대화할 때, 상대가 진심으로 말을 건네오면 우리는 어떻게 하지요? 귀 기울여 듣고 기꺼이 대답을 하지요. 이야기 내용이 아무리 평범한 것이더라도 대화는 그렇게 해서 흥미로워집니다. 반대로 누군가가 차갑게 혹은 거칠게 말을 하면, 왠지 거북해지고 얼른 대화가 끝났으면 하고 바라게 됩니다. 아주 사소한 일부터 더없이 중요한 일에 이르기까지, 남을 대할 때 애정과 존중은 없어서는 안 될 요소입니다.

최근 저는 미국의 어느 과학자 그룹을 만났습니다. 그분들의 말로는, 미국에 정신질환자의 비율이 상당히 높아 전체 인구의 약 12퍼센트나 된다고 합니다. 논의를 해 보니, 그것이 물질적 자원의 부족 때문이 아니라 애정 결핍 때문임이 분명하답니다.

여기서 확실한 사실이 나옵니다. 우리가 의식을 하든 못 하든, 태어나는 날부터 우리 핏속에는 반드시 필요한 애정에 대한 욕구가 들어 있다는 것입니다. 이런 애정의 욕구를 갖지 않고 태어나는 사람은 없다고 저는 생각합니다. 그리고 이러한 사실은 요즘 어떤 학파가 내세운 가설과는 달리, 인간이란 단지 물질적 차원에만 국한되는 존재가 아님을 뒷받침합니다. 제아무리 아름답고 소중한 물질을 소유해도 그것으로 우리가 '사랑받는다'고 느낄 수는 없습니다. 우리의 깊은 정체성과 진실의 뿌리는 정신의 주관적 본성에 있기 때문이지요.

보통 연민, 또는 인간적 애정이라 칭하는 것이 우리 삶의 결정적 요소입니다. 다섯 손가락은 손바닥과 이어져 있어 제 기능을 발휘합니다. 만약 손가락을 손에서 끊어 낸다면 쓰지 못합니다. 마찬가지로 인간의 행동 하나하나는 거기에서 인간적 감정이 빠져 버리면 위험해집니다. 모든 활동은 하나의 감정 그리고 인간적 가치의 존중과 연결될 때 건설적인 것이 됩니다.

내 어머니, 사랑의 교육

미국연방의회가 수여하는 훈장을 받게 되어 저로서는 큰 영광입니다. 이러한 감사의 마음으로부터 끝없는 환희심이 샘솟고, 티베트인들을 위한 큰 희망이 생겨납니다. 저는 티베트인들에게 특별한 책임감을 느낍니다. 부디 티베트인들이 편안히 살게 되기를 바라며, 어떤 상황에서도 제가 그분들의 자유로운 대변인이라고 생각하고 있습니다. 이렇게 훈장까지 주시니 평화, 이해, 조화를 키워 가기 위해 애쓰는 모든 분들에게 큰 격려가 됩니다.

개인적으로는, 티베트의 외딴 시골 암도 출신으로 평범한 집안에서 태어난 불교 승려에게 이런 영예가 주어져 깊이 감동하고 있습니다. 어린 시절 저는 어머니의 자애로운 사랑을 듬뿍 받으며 자랐습니다. 어머니는 매우 연민심이 많은 분이었습니다. 네 살 때 달라이 라마의 환생자로 선택되어 라싸에 간 뒤로 제 주위의 모든 사람이 한결같이 가르쳐 준 것이 있습니다. 선하고 정직하고 자비롭다는 것이 무슨 뜻인지를 그들로부터 배우며 저는 자라났습니다.

훗날 불교 전통에 입각한 정식 교육을 받으면서 연기, 그리고 무한한 자비심을 발할 수 있는 인간의 잠재력 등의 개념을 알게 되었습니다. 그래서 보편적 책임, 비폭력, 종교 간 이해의 중요성을 깨달을 수 있었습니다. 이런 가치에 대한 믿음 덕분에 지금의 저로서는 인간의 기본 품성을 더욱 선하게 만들겠다는 의지에 강력한 동기부여가 됩니다. 티베트인들의 인권과 자유를 위해 투쟁하는 도정에서도 어디까지나 비폭력의 길을 벗어나지 않겠다는 제 약속에 길잡이가 되어 주는 것이 바로 이 가치들입니다. −2007년 10월 17일 미국 워싱턴, 미국연방의회 의회명예훈장 수여식 연설 중에서

내가 행복해지고 싶듯이

흔히 말하는 '연민'이란 무슨 뜻일까요? 연민에는 욕망이나 집착이 섞일 수도 있습니다. 예를 들면 자식에 대한 부모의 사랑이 그렇지요. 그런 사랑은 종종 부모 자신의 감정적 욕구와 결부됩니다. 그런 까닭에 완전한 의미에서는 연민이라 할 수 없습니다. 부부간의 사랑도 마찬가지입니다. 특히 신혼 초에 그렇습니다. 상대방의 성격을 깊이 알지 못할 때, 부부애라는 것은 진정한 사랑이라기보다는 집착에 가깝습니다. 욕망이 너무 강하다 보면 우리가 집착하는 대상이 실제로는 착하지 않은데도 착하게 보일 수 있습니다. 게다가 우리는 소소한 장점들을 지나치게 부풀리는 경향이 있습니다. 그래서 상대방의 태도가 변하면 그에게 집착하던 사람은 어찌할 바를 모르게 되고, 자기의 태도 또한 달라집니다. 이것은 대상을 향한 진정한 배려심보다는 개인적 필요—즉 애정의 욕구—가 사랑의 동기가 된다는 증거 아닐까요? 진정한 연민은 정서적인 호응일 뿐만 아니라, 이성적이고 굳건한 약속이기도 합니다. 그러므로 진정한 연민을 지닌 사람의 태도는 상황이 달라진다고 해서 변하지 않습니다. 심지어 상대방이 부정적인 행동을 보여도 변하지 않습니다.

분명한 것은, 이런 형태의 연민심을 키우기란 절대로 쉬운 일이 아니라는 겁니다. 우선 남들도 우리와 같은 사람이라는 것을 이해해야 합니다. 남들도 행복해지고 싶어 하며, 고통 받는 것은 원치 않습니다. 모든 존재는 행복을 바란다는 점에서, 또 행복해질 권리가 있다는 점에서 평등하다는 것을 인정하십시오. 그러면 저절로 남들과 마음이 통하여 그들에게 다가가게 됩니다. 보편적 이타주의에 마음을 길들여 가면 남들에 대한 책임감을 느끼게 될 것입니다. 그리고 남들이 고통을 극복하도록 효과적인 도움을 주고 싶다는 생각이 들 것입니다. 이런 희망은 선별적인 것이 아닙니다. 누구에게나 차별 없이 적용됩니다. 사람이 이 세상에서 고락을 체험하는 한, 설령 남들의 태도가 부정적이라 해도 그들을 보살피는 마음을 바꾸어 먹거나 그들을 차별 대우해도 된다는 논리적 기반은 있을 수 없습니다.

인내심과 시간 여유를 갖고, 이런 형태의 연민을 키워 보십시오. 물론 이기심이, 그리고 독립적이고 자율적인 '나'라는 것이 존재한다는 집착이 연민을 방해할 것입니다. 사실 진정한 연민은 자아에 대한 집착을 떼어 냈을 때에야 비로소 체험할 수 있습니다. 그렇다 해도 지금 당장 조금씩이라도 연민심을 키우기 시작할 수는 있지요.

진정한 연민은 보편적인 것

사람들은 때로 연민심을 동정심과 똑같은 것으로 여기는데, 이는 잘못된 생각입니다. 진정한 연민의 본질에 좀 더 들어가 봅시다.

누구든지 친구는 가깝게 느낍니다. 그러나 이것은 편파적 감정입니다. 진정한 연민은 보편적 감정입니다. 그것은 누구와 가깝다고 느끼는 쾌락에서 나오는 것이 아닙니다. 남들도 나와 똑같이 고통받지 않기를, 행복하기를 바라는 확신, 그리고 남들을 슬프게 하는 요소가 극복되도록 돕겠다는 나의 약속에서 나오는 것입니다.

이러한 태도는 지인이나 친구 동아리에만 국한되어서는 안 됩니다. 적대적인 사람들에게까지 확장되어야만 합니다. 그래서 진정한 연민이란 편을 가르지 않으며, 남의 안녕과 행복에 대한 책임감까지 포함하는 것입니다.

진정한 연민은 마음속의 긴장을 편안하게 해소하여, 차분하고 평온한 상태가 되게 합니다. 일상에서 자신감이 필요한 상황에 부딪힐 때 이 연민심은 매우 쓸모가 있습니다. 연민심을 가진 사람 주변에는 따스하고 긴장 없는, 누구든지 받아들여 조화를 이루는 분위기가 형성됩니다. 이런 인간관계 속에서 연민은 평화와 조화를 이루는 데에 보탬이 됩니다.

연민의 힘

분노와 증오는 연민의 주적主敵입니다. 이 강력한 감정들에는 정신을 완전히 함몰시키는 힘이 있습니다. 그렇지만 우리는 분노와 증오를 통제할 수 있습니다. 만약 우리가 분노와 증오를 통제하지 못하면, 이 감정들은 끊임없이 우리를 들볶아 자애로운 정신의 특징인 평정심에 이르지 못하게 방해합니다.

무엇보다 먼저 이런 물음을 던져 봅시다. 분노에는 가치가 있는가? 때로 어떤 어려운 상황에 맞부딪혀 낙담할 때면, 분노가 에너지와 믿음과 단호한 결정을 내는 데에 보탬이 되는 것처럼 보이기도 합니다. 그럴 때는 우리의 마음 상태를 세심히 점검하세요. 설령 분노가 일정량의 에너지를 더해 주는 것이 사실이더라도, 잘 관찰해 보십시오. 그러면 그것이 맹목적이라는 것을 알게 됩니다. 분노의 결과가 긍정적인지 부정적인지는 단정 지을 수 없습니다. 왜냐하면 분노는 두뇌의 가장 좋은 부분인 이성적 추론을 아예 차단해 버리니까요. 바로 그래서 분노의 에너지는 신뢰할 수 없는 것입니다. 분노의 에너지는 아주 파괴적이며 불행한 행동을 초래할 수 있습니다. 이 에너지를 극단까지 밀어붙이면, 분노가 광기를 자아내어 자기도 남도 어찌할 수 없는 행동까지 하게 됩니다.

큰 시련을 주는 힘든 상황에 대처하려면 분노만큼 강한, 그러나 훨씬 더 잘 제어된 에너지를 키워서 써야 합니다. 이 제어된 에너지는 연민과 이성이 인내심과 합쳐질 때 생겨납니다. 이것은 분노에서 독성을 제거하는 아주 효과적인 방법입니다. 불행히도 이런 품성을 얕잡아보는 사람들이 많습니다. 사람들은 그것을 유약함과 동일시합니다. 그러나 저는 반대로 확실히 장담합니다. 이 에너지야말로 내면적 힘의 참된 표시라는 것을 말이지요. 연민은 그 본성이 사랑스럽고 평화롭고 부드럽습니다. 아주 강하면서도 그렇습니다. 인내심을 잃은 사람들은 확신이 없고 불안정합니다. 그래서 제가 생각하기엔, 불처럼 활활 타오르는 분노야말로 오히려 그 사람의 유약함을 그대로 보여 주는 표징입니다.

그러니 어떤 문제가 닥치면, 성실한 태도를 견지하면서 겸손한 자세로 적절한 해법을 곰곰이 생각해 보십시오. 아마 어떤 사람들은 이런 당신의 태도를 이용해 이득을 취하려 하겠지요. 누가 당신의 이런 초연한 태도를 이용해 부당하게 공격할 마음을 먹는다면, 단호히 이에 대처하되 연민심을 갖고서 하십시오. 준엄하게 반격하여 반박 공세를 취하며 당신의 견해를 밝혀야 할 상황이라면 그렇게 하십시오. 단, 유감이나 나쁜 의도를 갖지 말고 그렇게 하십시오.

적이 당신에게 해를 끼치는 듯이 보여도, 결국은 그들의 파괴적 행동이 그들 자신에게 부메랑처럼 되돌아간다는 것을 알아야 합니다. 당장 몸을 던져 복수하고 싶은 이기적 충동을 제어하려면, 연민심을 실천하겠다는 서원을 기억하십시오. 그리고 남들이 자신의 행동으로 말미암아 고통을 받지 않도록 미리 도와주어야 할 사람인 당신의 책임을 되새기십시오. 침착하게 선택한 대처 방법이 그렇지 못한 방법보다 더욱 효과가 크고, 상황에 더 잘 적용되며 힘도 더 클 것입니다. 분노의 맹목적 에너지에 의해 펼쳐지는 복수가 소기의 목적을 달성하는 경우는 매우 드뭅니다.

나는 웃음 전문가

저는 살아오면서 시련을 많이 겪었고, 제 조국 티베트도 아주 힘든 시기를 겪고 있습니다. 그래도 자주 웃습니다. 제가 웃으면 그 웃음이 전염되니까요. 그렇게 웃을 힘을 어떻게 찾느냐고 사람들이 물으면 대답합니다. "나는 웃음전문가"라고. 웃음은 티베트인들의 특징이기도 합니다.

명랑한 천성은 우리 집안 대대로 물려받은 것입니다. 저는 대도시가 아닌 시골 오지 마을 출신입니다. 촌마을에서는 아무래도 도시보다 더 명랑하고 쾌활하게 살아갑니다. 시골에서는 사람들이 웬만하면 늘 즐겁게 지내고, 서로 장난도 잘 치고, 농담도 곧잘 합니다. 그러는 것이 습성이 되어 있습니다.

게다가 제가 종종 하는 말이지만, 현실주의자가 되어야 한다는 의무감도 있습니다. 물론 지금 문제는 한두 가지가 아닙니다. 하지만 부정적인 면만 생각해서는 해결책을 찾는 데에 도움이 안 되고 마음의 평화가 깨어집니다. 세상만사는 상대적인 것입니다. 더없이 비극적인 최악의 상황 속에서도 전체를 보는 관점을 택한다면 얼마든지 긍정적인 면을 찾아낼 수 있습니다. 반대로 부정적인 측면을 절대적이고 결정적인 것으로 본다면, 늘 근심 걱정만 더해질 뿐입니다. 문제를 보되 넓게 보면, 나쁜 점을 알더라도 그 나쁜 점을 수용할 수 있습니다. 이러한 태도는 아마 제게 아주 큰 도움이 된 불교 수행과 불교철학에서 얻어진 듯합니다.

예를 들어 봅시다. 우리 티베트인들은 현재 나라를 잃은 민족입니다. 티베트의 다른 숱한 괴로운 상황들과 함께 나라 없는 역경에도 대처해야 합니다. 그렇지만 이런 체험에는 장점도 많습니다.

저는 반세기 동안 일정한 주거지 없이 살고 있습니다. 대신 세계 곳곳에 무수한 새로운 거처를 찾았습니다. 만약 제가 티베트의 포탈라 궁에만 머물러 살았다면, 이렇게 많은 사람들—아시아, 타이완, 미국, 유럽 등의 여러 국가원수, 로마 교황님, 유명한 여러 과학자 및 경제학자들—을 만날 기회는 없었을 것입니다.

망명 생활은 불행한 생활입니다. 그렇지만 저는 항상 행복한 마음을 북돋우려고 애쓰며 살았습니다. 이렇게 일정 거처 없이 일체의 의전儀典에서 벗어나 떠도는 삶이 주는 기회를 소중히 여기면서 말입니다. 이렇게 해서 마음의 평화를 간직할 수 있었습니다. -2008년 6월 타이완 법문 중에서

목숨 다하도록 연민을 실천하리

연민을 실천하는 수행은 저에게 더없는 만족감을 줍니다. 어떤 상황, 어떤 비극과 맞닥뜨려도, 저는 연민심 수행을 합니다. 이 수행을 하면 내면의 힘이 생기고 행복해지며 내 삶이 쓸모 있다는 것이 느껴집니다. 지금까지 저는 연민심을 최대한 키우는 수행에 힘써 왔고, 최후의 숨을 쉬는 이번 생의 마지막 날까지 계속 그렇게 할 것입니다. 왜냐하면 저의 존재 가장 깊은 곳에서, 제가 몸 바쳐 연민을 실천하는 자라는 것을 알고 느끼기 때문입니다.

달라이 라마가 여러 차례 공석에서 밝힌 이야기지만, 티베트를 떠나오면서 그는 가진 것을 모두 두고 나왔다. 그러나 가슴속에 무한한 연민이라는, 값을 따질 수 없는 보물을 품고 나왔다.

연민은 행복의 길

우리가 의식하든 안 하든, 체험의 밑바닥에 도사린 커다란 질문이 하나 있습니다. "삶의 의미는 무엇인가?"

저도 이 질문에 대해 곰곰이 생각해 보았고, 이에 관한 제 생각을 나누고 싶습니다. 삶의 목표는 행복해지는 것이라고 생각합니다. 태어나면서부터 사람은 누구나 행복을 갈망하며, 고통을 원하지 않습니다. 사회적 조건도, 교육도, 이념도 우리 존재 깊은 곳에 자리한 이 성향을 어쩌지 못합니다. 바로 그래서, 우리를 가장 행복하게 하는 게 무엇인지를 찾아내는 것이 중요한 겁니다.

사람들은 단번에 괴로움과 즐거움을 정신적인 것과 물질적인 것, 이 두 범주로 나눌 것입니다. 그런데 대부분의 경우에는 정신이 주로 큰 영향을 미칩니다. 중병에 걸렸거나 정말 꼭 필요한 물건이 결핍된 경우가 아니라면, 우리의 물질적 조건은 삶에서 부수적인 역할을 합니다. 몸이 만족할 때는 별로 그것이 의식되지 않지요. 반면 마음은 어떤가요? 티끌만큼이라도 무슨 일이 생겼다 하면, 도로 평화를 찾기 위해 애를 써야만 합니다.

제 경험에 따르면, 더할 나위 없는 내적 평온은 자애와 연민 수행에서 옵니다. 남의 행복을 배려할수록 우리 자신이 더 편안해집니다. 남들을 진심으로 대하고 따스하고 친근하게 대하면, 그들 안에 있는 두려움과 반신반의하는 마음을 사라지게 하는 데 도움이 되어 상대방은 정신적 긴장이 풀립니다. 이것이 삶에서 성공하는 궁극적 원천입니다.

살다 보면 어려운 일들을 만나게 마련인 이 세상에서, 희망을 잃고 낙담한다면 대처 능력이 줄어드는 것입니다. 게다가 고통스런 시련은 자기 한 사람만이 아니라 누구나 겪는다는 것을 기억한다면, 이 현실주의적 전망은 우리의 결연한 의지와 고통 극복 능력을 강화시켜 줍니다. 실제로 이런 태도를 가지면 새로운 장애를 만나더라도 마음 상태를 개선할 수 있는 좋은 기회로 받아들이게 됩니다!

이렇게 해서 점점 더 연민심이 키워지고, 그러면서 타인의 고통에 진정 공감하고 거기서 벗어나도록 도움을 주겠다는 의지도 키워집니다. 그 결과 내면적인 힘과 마음의 평온이 더해집니다.

미소는 사람만이 지을 수 있어

연민, 이성, 인내가 좋은 것이라고 생각은 해도 그 생각만으로 이 셋을 키우지는 못합니다. 어려움이 닥쳤을 때가 이 세 가지를 계발하는 실제 수행의 좋은 기회입니다. 그런 기회를 누가 일부러 만들 수 있겠습니까? 친구들은 그런 기회를 못 줍니다. 적대적인 사람들만이 줄 수 있습니다. 우리에게 문제를 던지는 것은 적들이니까요. 요컨대 정말로 발전을 원한다면 적대적인 사람들을 최선의 스승으로 생각할 줄 알아야 합니다.

자애와 연민을 높은 덕목으로 치는 사람에게, 관용의 실천은 핵심입니다. 관용을 실천하려면 적이 있어야만 하지 않겠습니까. 그러니 적들에게 오히려 감사해야지요. 평정심을 자아낼 수 있게 가장 큰 도움을 주는 것이 그들이니까요! 분노와 증오는 맞서서 없애야 할 진정한 적들입니다.

종종 저는 농담 삼아 말합니다. 진짜 이기주의자라면 이타주의자가 되어야 한다고요! 남들을 챙기고, 그들을 편안하게 해 주고, 돕고, 섬기고, 더 활짝 미소를 지어야 합니다. 그 결과는? 당신 자신에게 도움이 필요할 때, 다 받게 될 것입니다! 반면 남의 행복을 나 몰라라 한다면 길게 보아 이득이 없습니다. 언쟁, 분노, 질투, 지나친 경쟁, 이런 것으로부터 우정이 싹트겠습니까? 오직 사랑만이 진정한 친구를 갖게 합니다.

물질 위주의 요즘 사회에서 돈이 있고 권력이 있으면 일견 친구가 많은 것 같겠지요. 그렇지만 그런 사람들은 진짜 친구가 아닙니다. 그들은 당신이 지닌 돈과 권력의 친구일 뿐입니다. 부와 영향력을 잃어버리면 그런 사람들을 다시 주변에 모으기는 힘들어집니다.

누구나 일이 잘 풀릴 때는 혼자서도 잘 헤쳐 갈 것 같은 생각이 듭니다. 그렇지만 차츰 상황과 건강이 안 좋아지면서 그런 생각이 얼마나 잘못된 것인지를 금방 깨닫게 됩니다. 그제야 비로소 우리를 진정 돕는 사람이 누군지를 알게 되는 것입니다. 진정한 친구, 필요할 때 도움이 될 친구를 만들어 그런 때에 대비하기 위해서는 이타주의를 실천하고 키워 가야 합니다.

제 경우는, 항상 친구를 더 만들고 싶습니다. 저는 미소를 좋아합니다. 사람들이 좀 더 미소 짓는 것을 보았으면 하는 것이 소원입니다. 진짜 미소를 보고 싶습니다. 미소에도 여러 종류가 있거든요. 남을 비웃는 조소도 있고, 꾸며서 짓는 거짓 미소도 있고, 외교적인 미소도 있습니다. 보아서 마음이 전혀 흐뭇하지 않은 미소도 있습니다. 때로는 의심이나 두려움까지도 일으키는 미소가 있습니다.

참된 미소는 진정 신선한 느낌을 불러일으킵니다. 미소는 오직 인간만이 지을 수 있습니다. 이러한 미소를 원한다면, 우리는 그런 미소를 지을 만한 이유를 자꾸 만들어 가야 합니다.

2

시작도 끝도 없는 나의 삶

누구나 시작이 없이 태어나고 끝도 없이 다시 태어난다.
이러한 연속성은 업으로 말미암은 것이다. 그런데
어떤 수준에서 정신적인 큰 깨달음에 도달하면, 업을
통한 태어남은 중단된다. 그때 비로소 의도적으로 다시
태어날지를 선택할 수 있다. 여기서 '환생'이란 이런
형태의 다시 태어남을 이른다.

망명 티베트인들의 삶의 터전 다람살라로 그분을 만나러 갔다. 너무 도 인간적인 분, 만나고 나면 우리의 삶이 바뀌는 그런 분을. 세계적으로 유명한 심리학자 폴 에크먼은 달라이 라마와 악수할 때 연민을 직접 '만진다'는 느낌이 들었다고 한다. 선善이라는 것이 그렇게 '만져지는' 것일 수 있음을 알게 되었고, 이 일로 인해 그의 삶 전체가 바뀌었다.(『감정 자각』 중에서) 어린 시절의 힘든 기억을 간직한 그는 자주 화를 내거나 회한에 잠기곤 했었다. 그런데 달라이 라마를 만난 뒤로는 전처럼 치밀어 오르는 대로 화를 내지 않고, 용서하는 힘을 갖게 되었다. 전과 달라진 그는 과연 어떻게 이런 변화가 생겼는지 스스로에게 물었다. 그가 내린 결론은 이것이었다.

달라이 라마는 날마다 명상하면서 마음을 자애와 연민으로 가득 채웠기 때문에 이러한 품성을 남에게 직접 전할 수 있었고, 그래서 남들을 더 나은 사람으로 만들 수 있었다는 것.

땐진갸초, 제14대 달라이 라마. 우리는 그분이 계신 인도의 히마

찰프라데시 주州로 향했다. 인도 북서부의 이 지방은 '신들의 땅'이라는 별칭이 붙은 곳이다. 옛 인도, 무굴 제국, 시크 왕국, 그 뒤를 이어 영국과 티베트 문명이 만나는 교차로가 된 이곳은 마하라자(인도에서 왕을 일컫는 칭호이며, 산스크리트어로 '대왕大王'이라는 뜻)들의 고도古都 캉그라를 중심으로 한 평원을 내려다보며, 우뚝한 히말라야의 설산 준봉들이 방패처럼 둘러쳐 있다. 우리가 찾은 곳은 지리상으로는 인도 땅이지만, 정신적으로는 티베트 땅이었다.

골짜기엔 티베트 불교 의식에서 부는 기다란 의식용 나팔 걀링과 뿔피리 깡링의 소리가 일정 간격을 두고 붕붕 울려 퍼졌다. 옛날에는 브라만 청년의 뼈를 다듬어 이 뿔피리를 만들었다고 한다. 이런 악기들을 '세계의 지붕' 티베트의 승려들이 불면 심오하고 마음 깊이 스며드는 소리가 난다. 그 소리를 듣고 있으면 마음이 활짝 열리며, 자기도 모르게 성스러운 세계로 마음이 향하게 된다. 이곳에서는 어디를 가든 기도 소리가 들린다. 순례자들도 염주를 돌리며 중얼중얼 기도문을 외고, 집들의 벽에도 기도문이 써 붙여져 있다. 사대四大(세상 만물을 구성하는 땅, 물, 불, 바람의 네 가지 요소)의 색을 띤 네모난 깃발에 기도문을 먹물로 찍어 깃대에 달아 놓기도 했다. 부는 바람이 그 깃발에 담긴 성스러운 음절들을 살랑살랑 어루만지고, 그 기도를 멀리멀리 실어다 바람과 닿는 모든 존재에게 축복을 전하는 듯하다.

달라이 라마의 거처는 맥그로드 간즈(티베트 망명정부가 위치한 다람살라의 윗동네)가 내려다보이는 한 언덕 꼭대기에 세워져 있다. 인도 펀자브 지방을 통치했던 스코틀랜드 총독의 이름을 딴 이곳은 등반의 요지이자 영국 식민정부 고관들의 여름 휴양지였다. 지금은 달라이 라마가 상주하는 '소小라싸'가 되었다. 인구는 만 명쯤인데, 그중 사분의 일이 비구와 비구니이다. 이 수행자들은 적갈색이나 자주색으로 벽을 칠한 여러 사원에 나뉘어 살고, 이 사원들은 다울라다르 산맥의 높지도 낮지도 않은 산등성이에 층을 지어 서 있다. 해마다 음력 1월 티베트 라싸에서 시작되는 '묀람'이라는 대규모 기도 행사가 열리면, 달라이 라마의 법문을 듣기 위해 길도 좁고 험한 이 마을로 전 세계에서 수많은 사람들이 몰려든다. 그래서 주변에는 호텔이 많다. 이 기도 행사의 전통은 달라이 라마의 인도 망명 후에도 계속되어, 티베트인 방문객뿐만 아니라 유럽, 오스트레일리아, 미국의 불교 신자들 혹은 그냥 구경 오는 관광객만 해도 헤아릴 수 없을 정도다. 아시아에서는 일본, 한국, 타이, 베트남, 말레이시아, 싱가포르, 홍콩, 타이완 등지에서 수백 명씩 무리 지어 몰려든다. 약 10년 전부터 몽골에서도 오고, 구소련이었다가 독립한 칼미크 공화국, 부랴트 공화국, 투바 공화국 등 중앙아시아 나라들에서도 많은 사람들이 달라이 라마를 만나러 온다.

미끈하고 당당한 위용을 자랑하는 떡갈나무와 가문비나무, 히말라야삼나무가 둘러싼 달라이 라마 거처 위를 황금빛 부리의 흰 독수리들이 매와 다른 맹금류와 번갈아 가며 빙빙 선회한다. 새들은 두 마리씩 짝을 지어 날아오른다. 독수리와 까마귀가 나란히 허공에 빠른 곡선을 그리며 아찔한 속도로 오르내리며 날아다닌다.

때는 2008년 2월. 음력 정월 초하루, 티베트의 설날인 '로싸르' 직전이다. 아침 일찍 승려들은 화려한 춤으로 묵은해의 부정적인 기운을 털어 버리고 액운을 쫓는 의식을 거행했다. 달라이 라마가 이미

현직에서 물러나 조용히 살고 있음에도 일정 수의 대중은 여전히 그분의 주위로 찾아든다. 한 무리의 몽골인이 달라이 라마 거처의 열린 문으로 우르르 몰려든다. 수놓은 비단 천에 은장식이 달린 긴 옷들을 떨쳐입고 있다.

이 억센 몽골 민족은 만주족의 침략에 맞서서 역대 달라이 라마들을 수호해 왔다('달라이 라마'라는 칭호는 몽골 황제 알탄 칸이 제3대 달라이 라마 쐬남갸초에게 바친 것이다. 쐬남갸초는 겸손의 의미로 자신의 스승과 스승의 스승에게 2대, 1대 달라이 라마의 칭호를 바치고 스스로는 3대 달라이 라마가 되었다). 몽골을 다스리던 최고 통치자 '칸'들은, 자신들이 정신적 스승으로 받드는 티베트 수장 달라이 라마를 외호하겠다는 서원을 세웠던 것이다. 오늘날 몽골에서는 불교가 부흥하여, 수십 년간 공산주의 정권하에 파괴된 불교 사원을 재건하고 있다. 그러나 몽골에 거주하는 인구는 대부분 중국인이며, 정작 몽골족은 이제 전체의 오분의 일밖에 남아 있지 않다. 달라이 라마는 모국 티베트도 이렇게 될까 봐 심히 우려하고 있다. 사실 티베트도 중국의 한족이 인구의 점점 더 많은 부분을 차지해 가고 있으며, 문화 또한 강제로 중국화되고 있기 때문이다.

몽골인들은 정신적 지도자 달라이 라마에게 길상吉祥 무늬를 넣어 짠 예식용 푸른 비단 목도리 '까딱'을 선물한 뒤 눈물을 흘리며 작별 인사를 했다. 달라이 라마의 개인 비서 땐진따클라가 내 이름을 부르자, 달라이 라마는 나에게 손짓을 하셨다. 여러 청중 앞에서 법문하는 대접견실로 들어오라는 뜻이었다. 가로보다 세로가 긴 직사각형 방으로 들어가니 커다란 유리창으로 끝 간 데 없는 하늘이 그대로 환히 보였다. 방 안의 가구는 간소했고, 사방 벽에는 깨달음을 얻은 자비로운 불교 큰스승들을 그린 탱화가 천 위에 걸려 있었다.

달라이 라마는 이렇게 일대일로 친근하게 이야기를 할 때도 큰 국제 행사의 단상에 섰을 때나 다름없이, 단순 소박하면서도 쾌활하고 진솔한 태도로 일관했다. 격의 없는 명랑함을 보이다가도, 대화하다 세상 사람들의 고통이 떠오를 때면 슬픈 표정을 지었다.

"수많은 붓다가 우리 사는 세상에 왔지만, 인류는 계속 고통을 겪고 있습니다. 이것이 윤회의 실상입니다. 그렇다고 우리에게 온 붓다들이 실패했다는 이야기는 아닙니다. 붓다의 가르침을 실천하지 않은 사람들이 실패한 것이지요."

나의 하루

저의 하루는 새벽 세 시에서 세 시 반쯤에 시작됩니다. 잠에서 깨어나면 붓다를 생각하고 인도의 위대한 현자 나가르주나(한역되면서 '용수'로 알려진 남인도의 불교 승려. 공 사상을 기초로 하여 대승불교를 널리 알렸으며, 저서로 『중론中論』이 전한다)가 쓴 예경(붓다나 보살 앞에 예배하는 일)의 기도를 암송합니다. 누운 채 합장하고 반쯤은 잠이 덜 깬 상태에서 공경하는 마음으로 그 기도를 합니다.

불교 승려이며 수행자인 저는 하루 종일 좀 더 이타적이고 자비로운 마음을 내어 남들에게 도움이 되려고 노력합니다. 그다음에는 체조를 합니다. 걷기 좋게 깔아 놓은 융단 위를 걸어다닙니다.

다섯 시쯤 아침 식사를 하고 나면, 시간을 정해 몇 차례 명상을 하고, 오전 여덟 시나 아홉 시까지 소리 내어 기도를 합니다. 그다음에는 습관대로 신문을 읽습니다. 약속이 있을 때는 접견실로 가기도 합니다. 특별히 다른 일이 없을 때는 주로 불교 경전을 읽습니다. 예전에 스승님들로부터 배운 경전도 다시 읽으며 공부하고, 최근에 나온 책들을 읽기도 합니다.

그런 다음 남들을 위한 명상을 하는데, 이때 남들을 위하는 마음을 불교 용어로는 '보디치타(보리심)'라고 합니다. 또 공空에 관한 명상도 합니다. 매일의 수행 중에서도 이 보리심 명상과 공에 관한 명상이 가장 중요합니다. 하루 종일 살아가면서 이 명상들의 도움을 받기 때문입니다. 어떤 어려운 일이나 슬픈 일, 안 좋은 일이 있어도 명상을 하면 마음이 깊은 안정을 찾게 됩니다. 정말로 내부에서부터 마음을 지탱해 주는 명상이지요.

점심 후에는 다시 접견실로 가서 약속한 분들을 만납니다. 이때는 거의 매주, 최근 망명해 온 티베트 분들과 만납니다.

오후 다섯 시경 차를 마십니다. 불교 승려인 저는 저녁은 먹지 않습니다(남방 및 티베트 불교에서는 오후에는 식사를 하지 않는 붓다 당시의 전통을 지키고 있다). 정 시장할 때면 붓다께 양해를 구하며 비스킷 하나 정도만 먹습니다.

그런 다음 기도와 명상에 전념합니다.

일곱 시에서 여덟 시 사이에 잠자리에 드는데, 그 전에 물론 그날의 일들을 죽 점검하지요! 보통 여덟 시간 수면을 취합니다. 가끔 아홉 시간 잘 때도 있고요. 잘 때가 가장 좋은 순간이죠! 완전히 긴장이 이완된 상태 아닙니까…….

포효하는 호랑이 마을에서

저는 티베트력曆으로 돼지해 5월 5일(한국 및 중국에서 쓰는 음력으로 환산하면 을해乙亥년 6월 6일)에 태어났습니다. 양력으로 하면 1935년 7월 6일생이죠. 태어나서 받은 이름은 하모된둡. '소원을 들어주는 여신'이라는 뜻입니다. 티베트의 인명, 지명, 물건 이름은 그 뜻이 아주 아름다운 경우가 많습니다. 예를 들면 '창포'는 티베트에서 가장 큰 강 이름입니다. 이 강이 인도로 흘러가면 '브라마푸트라' 강이 되지요. '창포'는 '정화하는 자'라는 뜻입니다.

제가 살던 마을 이름은 '딱체르'였어요. '포효하는 호랑이'라는 뜻이지요. 제 어린 시절 그곳은 널따란 강 유역이 내려다보이는 언덕 위의 가난한 작은 마을이었습니다. 그 마을의 초원은 정착민들이 농사와 목축을 하는 곳이 아니라, 유목민들이 짐승들에게 풀을 뜯기는 장소였습니다. 이 지역은 날씨가 워낙 예측할 수 없을 만큼 변화무쌍하니까요. 제가 아주 어렸을 때 우리 가족은 스무 가구쯤 되는 다른 마을 주민들이나 마찬가지로, 시골 땅을 일궈 겨우겨우 먹고사는 형편이었습니다.

딱체르는 티베트의 북동쪽 끝, 암도 지방에 있습니다. 제가 태어난 집은 이쪽 지방의 전형적인 가옥입니다. 돌과 흙으로 짓고 납작 지붕을 얹은 집이었지요. 이 건축 양식에서 딱 한 가지 독특한 점은 지붕의 빗물받이 홈통이었습니다. 빗물이 잘 빠지도록 노간주나무 가지에 홈을 파서 처마의 홈통을 만들었지요. 집 바로 앞, 건물의 양 날개 사이에 해당하는 곳에 작은 뜰이 있고, 뜰 한복판에는 커다란 장대를 세워 깃발(티베트식으로 기도를 적어 매달아 놓은 깃발을 '룽따'라고 함)을 매달았습니다. 수많은 기도를 적어서 말입니다.

집에는 부엌을 포함해 방이 여섯 칸 있었는데, 겨울이면 대부분의 시간을 부엌에서 보냈습니다. 그리고 기도하는 방이 있었지요. 작은 제단이 갖추어진 그 방에 가족이 모두 모여 아침 예불을 드렸습니다. 여기에다 부모님 방과 손님방, 식료품을 두는 찬방, 그리고 가축을 기르는 축사가 있었습니다. 집 뒤뜰에는 돌아다니는 짐승들을 길렀고요.

아이들 방은 따로 없었습니다. 어릴 때는 어머니와 함께 자고, 그 다음에 조금 커서는 부엌 화덕 옆에서 잤습니다. 의자나 침대 같은 것은 없었지만 부모님 방과 손님방엔 침상용으로 바닥보다 조금 높은 목판 침대 같은 것이 있었지요. 또 나무판에 알록달록하게 칠을 한 찬장이 몇 개 있었습니다.

농부의 아들이라서 좋아

우리 가족이 살던 곳은 아주 외진 시골이었습니다. 가장 가까운 도시는 암도 지방의 수도인 실링이었지요. 거기까지도 말이나 노새를 타고 세 시간은 가야 했습니다. 무척 가난한 마을이었어요. 큰형님이 아주 어린 나이에 꾸붐 대사원에 계시던 라마(티베트 불교의 고승)의 환생자로 인정을 받았지요. 그 덕에 우리 가족은 다른 집보다 조금 낫게 살 수 있었습니다.

가난한 집안에 태어난 것을 저는 항상 달갑게 생각했습니다. 제가 만약 부잣집이나 귀족 가문에 태어났다면 티베트의 순박한 보통 사람들의 고충을 함께할 수 있었겠습니까. 딱체르 마을에서 보낸 어린 시절은 제게 깊은 영향을 주었습니다. 덕분에 소박하디소박한 사람들의 마음속 생각을 읽고 아픔을 함께 나누고, 그들이 좀 더 나은 조건에서 살 수 있도록 애쓰게 된 것이지요.

우리 어머니는 아들딸을 열여섯이나 낳으셨는데, 그중 일곱 명만 어려서 죽지 않고 살아남았습니다. 그래서 저는 여러 남매 틈에서 자랐습니다. 어머니가 저를 낳을 때 열여덟 살인 큰누님이 출산을 도왔다고 합니다. 우리 가족은 마음 깊이 서로 결속되어 있었고, 어려운 살림이었지만 항상 오순도순 즐거웠습니다.

부모님은 소농이었습니다. 거창하게 '농민'이라고 하기도 무엇할 만큼, 땅뙈기를 조금 소작 내어 갈아먹고 사는 처지였지요. 티베트의 주요 작물은 보리와 메밀입니다. 우리 집도 보리와 메밀 농사를 지었고 감자 농사도 조금 했습니다. 그렇지만 일 년 내내 땀 흘려 농사지어도 심한 우박이나 가뭄으로 망치는 경우가 많았습니다.

농사보다 좀 더 믿을 만한 소득원이 되는 것이 가축이었습니다. 조모(티베트의 대표적 가축인 야크와 암소를 교배시켜 만든 잡종. 수컷은 조, 암컷은 조모라고 함) 대여섯 마리를 길렀는데 어머니가 항상 젖을 짜시곤 했지요. 저는 두 발로 아장아장 걸을 수 있게 되자 바로 어머니를 따라 축사로 갔습니다. 유아용 긴 내리닫이 옷의 자락 속에 작은 사발 하나를 달랑달랑 차고 가면 어머니가 막 짜낸 따끈따끈한 젖을 거기 부어 주셨습니다.

집 밖에서 치는 양 떼와 염소 떼도 합쳐 80마리쯤 있었습니다. 아버지는 거의 항상 말 한두 필, 어떤 때는 세 필을 끌고 다니며 정성껏 보살피셨습니다. 그 지역에서 말을 잘 돌보고 병난 말을 잘 고치기로 이름난 분이 우리 아버지였습니다.

우리 집은 야크도 두 마리 길렀습니다. 해발 3천 미터가 넘는 고산지대에서도 잘 살 수 있는 이 동물은 자연이 인류에게 준 선물인 것 같습니다. 닭도 길렀지요. 저는 닭장에서 달걀을 집어 와도 된다는 허락을 받았습니다. 종종 닭장으로 가서는 닭이 알을 품는 곳까지 기어 올라가 앉아 암탉처럼 꼬꼬댁 소리를 내며 장난도 쳤답니다.

달라이 라마가 될 줄이야

만 두 살까지의 일들은 어머니가 해 주신 이야기를 들어서 아는 내용입니다. 제가 아주 어린 나이에 "나는 티베트 중부 지방에서 났어. 거기로 돌아가야 해! 식구들도 다 데리고 갈 거야."라는 말을 되풀이하자 어머니는 깜짝 놀라셨다고 합니다. 제가 좋아하는 놀이는 여장旅裝을 꾸려 주변 사람들에게 작별 인사를 하고는 말이나 마차에 올라 흔들리며 떠나는 시늉을 하는 것이었답니다. 식구들은 어린애 장난이겠거니 하며 아무도 그다지 괘념치 않았다고 합니다. 훗날에야 어머니는 제가 이미 닥쳐올 운명을 직감하고 있지 않았나 하는 생각이 드셨다고 하네요.

정말이지 부모님은 제가 제14대 달라이 라마가 될 것이라고는 꿈에도 생각지 못하셨습니다. 제가 태어나기 몇 달 전에 아버지는 이름 모를 병에 걸려 의식을 잃고, 거듭 찾아오는 현기증에 시달리며 자리에 누울 수밖에 없었답니다. 그래서 집 안팎 대소사는 모두 저를 잉태한 어머니 몫이 되었지요. 그런데 신기하게도 제가 태어나던 날 아침, 아버지는 병이 나은 듯한 기분을 느꼈고, 거뜬히 자리를 떨치고 일어나 기도를 하셨답니다. 언제 아팠더냐는 듯이 말이지요. 상서로운 그날, 아들이 태어난 것을 알고 아버지는 어머니에게 말씀하셨답니다. "이 아이는 범상치 않은 아이인 것 같아요. 나중에 스님이 되게 합시다."라고.

내 염주를 알아보다

지금도 가끔 혼자 묻곤 합니다. 14대 달라이 라마를 찾으러 다니던 탐사단이 티베트 암도 지방의 메마른 초원 지대, 그중에서도 외딴곳에 있는 우리 마을을 도대체 어떻게 찾아냈을까?

1933년 제13대 달라이 라마 툽땐갸초가 57세로 이 세상을 떠나셨습니다. 그분의 시신은 의전儀典에 따라 방향芳香 처리되었지요. 그런데 어느 날 아침에 보니, 남쪽을 향해 놓여 있던 그분의 머리가 놀랍게도 북동쪽으로 돌려져 있더랍니다. 이처럼 기이하게도 머리 위치가 바뀐 것이 그분의 환생자가 태어난 장소를 가리키는 확실한 징표라고 사람들은 해석했습니다.

얼마 후 섭정이 신통력으로 본 광경이 이 징표를 확실히 해 주었습니다. 그는 '하모라쪼'라는 호수의 성스러운 물 위에 티베트 문자로 '아', '까', '마'가 뚜렷하게 반짝이는 것을 보았습니다. 이어서 4층짜리 사원의 모습이 물 위에 떠올랐습니다. 그 사원의 지붕은 청옥색과 금빛이 섞여 있었습니다. 그리고 작은 집 한 채가 보였습니다. 그 집은 처마의 빗물받이 홈통이 특이하게도 매듭을 엮어 만든 모양으로 되어 있었습니다. 섭정은 물에서 본 '아'라는 글자가 '암도' 지방을 뜻한다고 짐작했습니다. 그러니까 돌아가신 13대 달라이 라마는 암도 쪽으로 머리를 돌리신 셈이었죠. '까'는 논리적으로 추론하면 '꾸붐' 사원의 첫 글자를 가리키는 것으로 보였습니다. 꾸붐 사원은 4층 건물이고 지붕은 청옥 색이었으니까요. 그렇다면 이젠 특이한 빗물받이 홈통이 달린 작은 집을 찾는 일만 남은 것이었습니다.

계곡에 당도한 탐사단이 우리 집 지붕 밑으로 축 늘어진 노간주나무 가지를 보자, 환생한 달라이 라마가 이 부근 어디엔가 살고 있다는 것이 한층 자명해졌습니다. 조사해 보니 아닌 게 아니라 이 집에 어린 아들이 있다는 것입니다. 그러자 탐사단 사람들은 정식으로 우리 집을 방문해 하룻밤 재워 달라고 부탁했습니다.

집에 들어오자 탐사단의 우두머리 라마는 일행이 먹을 것을 직접 챙기겠다며 부엌으로 갔습니다. 그때 제가 쫄랑쫄랑 따라 달려가 그의 무릎에 앉더니, 그가 지닌 염주를 내 것이라며 달라고 했답니다. 왜 이렇게 버릇없이 구느냐고 어머니가 꾸중했지만 그 라마는 말했답니다. "아가야, 내 이름을 말해 보렴. 맞추면 내가 이 염주를 주마."

저는 서슴없이 대답했습니다. "쎄라 아가." 이 말은 제 고향 사투리인데 '당신은 쎄라(티베트 라싸에 있는 쎄라 사원)의 라마입니다.'라는 뜻입니다. 그 라마와 함께 온 탐사단 사람들의 이름도 제가 다 알아맞혔답니다. 저는 그날 저녁 내내 그 라마와 함께 놀다가 잤습니다. 다음 날 아침, 탐사단은 제 부모님께 아무 말도 하지 않고 라싸로 돌아갔습니다.

전생 기억 테스트

그로부터 3주 후, 라마들과 고위 승려들로 좀 더 완벽하게 구성된 방문단이 다시 우리 집을 찾아왔습니다. 이번에는 13대 달라이 라마가 소장했던 유품들을 갖고 왔는데, 일부러 그분과 무관한 물건들도 섞어서 가져왔답니다. 만약 제가 달라이 라마의 환생인 어린이라면, 돌아가신 분의 물건이며 전생에 알았던 사람들을 기억해야 하는 것이었습니다. 아니면 아직 글을 못 깨친 어린 나이라도 불교 경전을 좔좔 외워야 하는 것이었지요.

사람들이 저에게 지팡이 두 개를 건네주니, 저는 머뭇거리며 그중 하나를 잡아 잠시 들여다보고는 도로 놓고 다른 지팡이를 잡았답니다. 바로 그 지팡이가 13대 달라이 라마가 쓰시던 지팡이였습니다. 저를 뚫어지게 쳐다보는 라마의 한 팔을 가볍게 톡 치면서 제가 말했답니다. "이 지팡이는 내 거예요. 왜 내 물건을 갖고 가셨어요?" 그리고 여러 개의 검정 색 염주와 노란 염주 중에서 13대 달라이 라마가 쓰시던 염주들을 골라냈답니다. 라마는 또 선대 달라이 라마가 시자侍者(귀한 사람을 모시고 시중드는 사람)들을 부를 때 쓰시던 단순한 모양의 작은북과, 좀 더 크고 금빛 리본을 둘러 장식한 북을 제 앞에 내밀며 둘 중에 골라 보라고 했습니다. 저는 둘 중에 작은북을 골라 의식儀式에 맞는 박자로 두드리기 시작했다고 합니다.

이 시험을 무사히 통과하자, 방문단 사람들은 힘들게 찾아다니던 환생자를 드디어 발견했다고 확신했습니다. 또한 13대 달라이 라마가 전에 중국에 다녀오시는 길에 우리 마을에서 멀지 않은 사원에 유숙한 적이 있었다는 사실도 저를 그분의 환생으로 확인하는 데에 요긴한 징표가 되었습니다. 당시 그 사원에서는 성대한 의식을 베풀어 달라이 라마를 환영했는데, 겨우 9세였던 제 부친이 거기 참석했었다고 합니다. 우리 집에 온 방문단장 라마의 말씀인즉, 13대 달라이 라마가 당시 그 사원에 노란 장화 한 켤레를 벗어 놓은 채 잊어버리고 두고 왔는데, 그것이 그분의 환생을 예고하는 신호로 해석된다는 것이었습니다. 그분은 또 잠시 제 생가를 유심히 바라보더니 집터가 아주 멋있고 좋다고 하셨답니다.

전생의 치아를 되찾다

라싸에 도착하자마자 저는 가족들과 함께 노르불링까 궁(달라이 라마의 공식 관저는 겨울에는 포탈라 궁, 여름에는 노르불링까 궁이다)에 살게 되었습니다. 정원에 온갖 꽃이 활짝 피어나는 그 궁전의 별칭은 '보석 정원'입니다.

티베트력으로 8월, 바야흐로 나무에는 사과, 배, 호두 등 열매가 주렁주렁 열리는 더없이 상쾌한 계절이었습니다. 그런데 우리 어머니의 기억에 따르면, 당시 제 머릿속에는 오직 전생의 제 거처에 있던 상자 갑 하나를 되찾는다는 생각밖에 없었다고 합니다. "그 상자 속에 내 이(齒)가 들어 있어요."라고 제가 단언했답니다. 그래서 사람들은 13대 달라이 라마 성하의 도장으로 봉인된 커다란 유품 가방들을 하나하나 다 열어 보게 했습니다. 그렇게 해서 마침내 찾던 것을 발견했습니다. 무늬가 들어간 아름다운 천에 싸인 작은 함을 보고 저는 소리쳤답니다.

"저 속에 내 이들이 있어요!"

함을 열어 보니 정말로 13대 달라이 라마가 생전에 쓰시던 틀니가 그 안에 있었답니다.

금생의 이 몸과 기억들이 마음에 가득 차, 그간 이 일화를 잊어버리고 있었습니다. 전생에 일어난 일들에 대한 기억은 흐릿해져서 일부러 애써 떠올리지 않으면 이제 저절로 기억나지는 않는군요.

사자좌에 오르다

1940년 겨울, 사람들이 저를 포탈라 궁으로 데려갔습니다. 거기서 저는 공식적으로 티베트의 정신적 지도자 자리에 올랐습니다. 이날의 즉위식에서 따로 특별히 제 기억에 남은 것은 없고, 생전 처음으로 달라이 라마의 사자좌獅子座(붓다가 설법할 때 앉았던 자리, 혹은 큰스님이 법회에서 법문할 때 앉는 자리를 말함)에 앉은 기억만이 남아 있습니다. 사자좌는 아주 커다란 의자였습니다. 목재에 보석을 상감하여 훌륭한 솜씨로 조각한 이 의자는 포탈라 궁의 동쪽 날개에 해당하는 중앙 홀 '시치 퓐촉'—'현세와 정신적 세상의 모든 공덕행功德行의 방'이라는 뜻—에 놓여 있었습니다.

그 직후 사람들은 저를 라싸 시내 한복판에 있는 조캉 사원으로 데리고 갔습니다. 거기서 저는 사미승(비구가 되기 위해 수행 중인 어린 승려)으로 계戒를 받았고, 삭발식을 했습니다. 삭발식에서 기억나는 것이 하나 있습니다. 스님들이 울긋불긋한 의상을 입고 승무를 출 때 너무도 마음이 설레어 순간적으로 옆에 있던 형 롭상삼땐에게 "저것 좀 봐!"라고 소리쳤던 일입니다.

이때 제 머리를 깎아 준 분이 라뎅 린뽀체라는 것은 상징적인 일이었습니다. 저의 섭정이었던 이분은 제가 성년이 될 때까지 대신 티베트 국가원수 직분을 맡아 주셨을 뿐 아니라, 저의 최고 은사의 소임도 맡으셨습니다. 저는 처음에는 그분을 대하는 것이 조심스럽기만 했지만, 나중에는 정말 많이 좋아하게 되었습니다. 상상력이 대단한 분이며, 열린 마음으로 항상 삶의 좋은 측면을 보는 긍정적인 분이었습니다.

이분은 소풍과 말을 좋아하셨습니다. 그래서 말을 잘 다루는 우리 아버지와 절친하셨지요. 그런데 불행히도 섭정 기간 중, 고위 관직의 매관매직이 성행하던 부패한 정부에서 이분이 논란의 대상이 되어 버렸습니다.

제가 달라이 라마로 추대되던 무렵, 라뎅 린뽀체가 삭발 의식을 주관할 수 없다는 소문이 돌았습니다. 그분이 비구로서 지켜야 할, 음행을 해서는 안 된다는 계를 범해 승복을 벗었다는 소문이 퍼져 있었던 것입니다. 그렇기는 했지만, 전통 관습에 따라 '하모된듑'이라는 제 이름을 그분의 이름 '잠뺄예쎄'를 따서 개명했습니다. 그래서 저의 원래 이름은 제대로 부르자면 이렇게 깁니다.

잠뺄 응악왕 롭상 예쎄 땐진 갸초(이 이름을 순서대로 번역하면 '깨어 있는 지혜-언어의 왕자-완벽한 지성-고양된 지혜-배움을 지닌 분-지혜의 바다'이다).

유년의 추억

티베트 정부는 우리 부모님이 거처할 집 한 채를 따로 지어 놓았지요. 저는 어머니와 떨어져, 노르불링까 궁의 노란 담장 안에서 살았습니다. 하지만 실제로는 날마다 어머니가 계시는 집으로 갔습니다. 부모님도 궁으로 저를 만나러 오셨지요. 그래서 아주 가깝게 지냈습니다. 어머니는 꽤나 자주, 적어도 한 달에 한 번씩은 형제자매들과 함께 저를 찾아오셨습니다. 노르불링까 궁 정원에서 아이들이 즐기는 놀이를 같이 하면서 놀던 기억이 납니다.

또 표범과 호랑이의 박제가 보관되어 있던 사원도 기억납니다. 제 동생 땐진최갤은 그 박제가 진짜 짐승인 줄 알고, 쳐다보기만 해도 겁에 질리곤 했지요. "저건 동물 박제라는 거야, 괜찮아." 하며 안심시켜도 동생은 거기에 다가갈 엄두를 못 냈습니다.

포탈라 궁의 겨울철 관행은, 달라이 라마가 한 달간 사람들과 일절 접촉 없이 홀로 수행하는 것이었습니다. 그래서 햇볕도 안 들고 창문은 꽁꽁 닫힌 추운 방에 저 혼자 있게 되었습니다. 2~3백 년쯤 된 방인 데다 기름등잔 불이 항상 켜져 있어, 마치 어둡고 연기 자욱

하며 더께가 잔뜩 앉은 부엌 같았지요.

게다가 쥐까지 있었습니다! 소리 내어 기도나 염불을 하노라면 쥐들이 다가오는 것이 보였습니다. 쥐들은 공양물 주위를 마음대로 돌아다니고 붓다를 모신 단 위에 떠 놓은 물을 슬쩍 마시기까지 했습니다. 공양을 받는 분이 과연 이 물을 달가워하셨을지는 잘 모르겠지만, 아무튼 궁 안의 쥐들이 물을 원 없이 마신 것만은 확실합니다.

저를 개인 지도 했던 스승님은 몇 년간 단 한 번도 웃지 않았습니다. 항상 너무도 엄했습니다. 제가 그분 밑에서 공부하는 동안에도 짐승을 치는 소박한 목동들은 암소나 다른 가축들을 몰고 산으로 들로 쏘다니다 즐겁게 돌아오곤 했습니다. 그들의 노랫소리를 들으면 가끔 속으로 이런 생각이 들었지요. '아, 내가 저 사람들 중 하나라면 얼마나 좋을까!'

금지된 맛난 음식

스승님은 얼굴부터 아주 엄하게 생긴 분이었는데, 항상 꾸중을 입버릇처럼 했습니다. 그래서 수업이 끝나면 부리나케 어머니 집으로 달려가, 다시는 달라이 라마 궁으로 돌아가지 않으리라 마음먹고 그 집에 틀어박혔습니다. '지겨운 공부의 의무에서 벗어나 엄마 곁에서 자유롭게 지내야지.' 이렇게 굳은 결심을 하곤 했습니다. 하지만 저녁 수업 시간이 다가오면 다시 얌전히 거처로 돌아갔지요……. 철부지 적 이야깁니다.

어린 시절의 추억들, 재미있는 일화들이 떠오르네요. 예를 들면 이런 겁니다. 전통적으로 달라이 라마 궁의 부엌에서는 돼지고기, 달걀, 생선 같은 음식은 찾아볼 수 없습니다. 하지만 제 아버지는 돼지고기를 참 좋아하는 분이었습니다. 가끔씩 부모님 댁에 가면 저도 돼지고기를 달라고 했습니다.

돼지고기를 맛나게 드시는 아버지 바로 옆에, 마치 고기 한 점 얻어걸리기를 기다리는 강아지처럼 오도카니 앉아 있던 생각이 납니다. 어쩌다 맛보는 달걀도 아주 맛있었습니다. 어머니는 더러 저에게 특별히 달걀 요리를 해 주셨습니다. 말하자면 불법不法으로 먹은 셈이죠!

달라이 라마의 어린 시절은 어찌 보면 우리들의 어린 시절과도 비슷했던 것 같다. 부모님 사랑을 듬뿍 받고, 공부하다 장난치다 하면서, 호랑이 같은 선생님의 눈길을 살짝 피하려는 순진한 꾀도 내고 말도 안 듣고…….

달라이 라마는 집중력, 기억력, 명상 수행에의 타고난 소질 등, 사람들이 으레 비범하리라 짐작하는 자신의 장점들에 대해 아주 신중하게 이야기한다.

중국의 티베트 지배가 점점 더 큰 위협으로 다가오던 24세 무렵, 달라이 라마는 '게쎄', 즉 서양의 '신학박사'에 해당하는 칭호를 받는다. 이 칭호를 얻기까지는, 평범하지 않은 달라이 라마의 교육 과정이기에 더욱더 까다로웠던 스승들의 엄격한 훈육 아래 집중적 훈련을 받아야 했다. 스승들은 어린 달라이 라마 앞에 절하며 체벌에 대해 미리 사죄한다. 그런 다음 황금빛 손잡이 달린 채찍—황금 손잡이가 달렸어도 맞으면 아프기는 마찬가지인—으로 때려 잘못을 바로잡곤 했다.

달라이 라마는 순진무구하고 엉뚱한 일화들을 기꺼이 꺼내 놓으며 간간이 폭소를 터뜨리기도 했다. 스스로를 '못된 녀석'이었다고 회고하면서, 마치 원래 성질이 못된 사람인 양 이야기한다.

한편 하인리히 하러는 그분의 모습을 좀 더 칭송 일변도로 소개함으로써 달라이 라마의 또 다른 측면을 환히 드러내 준다.

"내 앞에 있는 소년은 놀라운 신동이다. 어떤 책도 한 번만 읽으면 다 외워 버린다. 그 덕분에 티베트는 크나큰 관심을 받고 있다. 이 또래의 어린이가 이렇게까지 자기 관리를 잘하는 것을 나는 본 적이 없다. 혹시 이분은 애초부터 신성한 본성을 갖춘 사람이 아닐까 하고 때로 자문하게 된다."(하인리히 하러, 『티베트에서의 7년』 중에서)

히말라야 산중에 파묻혀 시간을 초월한 고유 의례와 수행 방식을 면면히 이어 나가던 티베트 사회는, 현대화나 기술 발전 같은 것에서는 완전히 동떨어져 있었다. 청소년기의 달라이 라마는 외부 세계를 알고 싶다는 호기심에 가득 차 있었는데, 하인리히 하러와의 만남으로 더할 나위 없는 대화 상대가 생긴 셈이었다. 오스트리아 출신 등산가이자 탐험가인 하러는 1949년부터 1951년까지 신기한 인연으로 만난 달라이 라마에게 역사, 지리, 생물학, 천문학, 기계역학을 가르치면서 완전히 새로운 지식의 지평을 활짝 열어 주었다. 이렇게 그는 달라이 라마의 '세속 학문 쪽의 스승'이 되었다.

하러는 1951년 티베트를 떠났다. 바로 이해에 중국인민해방군이 티베트의 동쪽 고원지대인 암도와 캄을 침략했다. 그가 2006년 1월 10일 세상을 떠나자, 달라이 라마는 개인적으로 가까운 친구이자 티베트 인권의 수호자였던 이 사람의 죽음을 이렇게 애도했다.

"내가 모르는 세상에서 온 그는 내게 많은 것, 특히 유럽에 관한 많은 것을 가르쳐 주었다. 그가 『티베트에서의 7년』이라는 책을 쓰고 또 일생 동안 티베트에 관한 강연을 한 덕분에 티베트와 티베트인들이 전 세계에 알려지게 된 것을 고맙게 생각한다. 우리는 중국 점령 이전의 자유 티베트를 체험했던 충실한 서양인 친구를 잃어버렸다."(2006년 1월 10일 인도 아마라바티에서)

모세 다얀처럼 될 뻔했다!

포탈라 궁에서 살던 시절에 무엇보다도 좋았던 것은, 오래된 물건을 쟁여 둔 수많은 창고 같은 방들이 있었다는 점입니다. 어린 소년이었던 제게 그곳은 금은으로 만든 티베트 불교의 진귀한 보물을 보관한 방들보다도 더욱더 흥미진진했지요. 역대 달라이 라마들이 안치된, 보석으로 치장한 화려한 묘실보다도 그런 창고 방들이 훨씬 더 재미있었습니다. 장검, 총, 쇠사슬 갑옷 등 많은 소장품이 갖춰진 무기 보관창고도 참으로 재미있었습니다. 그것보다 더 좋은 것은 역대 달라이 라마들의 소장품이 보관된 여러 방에 있는 믿기 힘들 만큼 진귀한 보물들이었습니다. 그중에서 오래된 공기총 하나를 꺼내 보았습니다. 과녁을 맞히는 장치며 부속품들이 함께 갖춰져 있었습니다. 망원경도 하나 있었고, 제1차 세계대전을 다룬, 삽화가 들어간 영어 책들이 무더기로 쌓여 있었습니다. 이 모든 것을 기초 삼아 마음속으로 전함, 탱크, 비행기의 작은 모형을 만들면서 여기에 푹 빠졌습니다. 나중에 저는 이 책들을 티베트어로 번역해 달라고 부탁했습니다. 그곳에는 또 서양 구두 두 켤레도 있었습니다. 당시엔 제

발이 너무 작아 발톱에 헝겊을 칭칭 동여 발을 크게 만들어서 그 신을 신고 다녔습니다. 징이 박힌 널찍한 구두 밑창이 바닥에 닿으며 또각또각 소리를 내면 마음이 설레었습니다.

제가 좋아하는 일과는 물건들을 분해했다가 다시 조립하는 일이었습니다. 자꾸 해 보니 나중엔 누구보다도 잘 해내게 되었지만, 처음에는 노력을 기울인 만큼 잘되지 않더군요. 특히 13대 달라이 라마의 소장품 중에는 러시아 황제에게 선물 받은 낡은 오르골이 있었지요. 고장 나서 제대로 작동이 안 되는 그 물건을 제가 직접 수리해 보겠다고 손을 댔습니다. 오르골은 중심 나사 장치가 낡아서 헐거워져 있었습니다. 드라이버를 대고 세게 돌렸더니 기계장치 자체가 갑자기 분해되어 어디서부터 손을 써야 할지 모를 지경이 되고, 작은 금속 부품들은 산산이 흩어져 버렸습니다. 방 안에 산지사방으로 부품들이 흩어지면서 악마의 교향악 같은 소리가 나던 것을 잊을 수 없군요. 그 일을 다시 생각해 보면 그때는 정말 운이 좋았다고 하지 않을 수 없습니다. 기계를 만지느라 얼굴을 바짝 들이대고 있어 자칫하면 한쪽 눈이 멀어 버릴 수도 있었으니 말입니다. 나중에 세상 사람들이 저를 애꾸눈의 이스라엘 장군 모셰 다얀인 줄로 착각할 뻔했지요!

남을 돕기 위해 달라이 라마가 되다

저는 달라이 라마 궁의 정원사, 심부름하는 사람들, 청소부들과 끊임없이 이야기를 나누곤 했습니다. 그들 대부분은 저를 달라이 라마로 한없이 받드는 순박한 분들이었지요. 이미 그 당시에, 저의 재위 기간에는 티베트의 미래가 좀 나아졌으면 하는 바람을 표하는 노인들도 있었습니다.

특히 청소부 중에 가장 오래된 분들은 13대 달라이 라마 재위 때부터 일하던 분들이었습니다. 그들은 13대 달라이 라마 생전의 일화를 많이 들려주었지요. 그래서 앞으로 제가 맡을 일들을 제대로 아는 데에 큰 도움이 되었습니다. 달라이 라마라는 자리가 참 어렵고도 복잡한 자리라는 생각은 나중에야 하게 되었습니다. 그렇지만 어떻든 해 볼 만한 도전이었고, 저는 이 도전에 직면할 수밖에 없었습니다. 불교 수행승으로서 저는 수많은 전생은 큰 가치가 있다고 생각합니다. 전생에 쌓은 선업의 공덕으로 금생에 남들을 돕고 불법을 섬기는 이 크고도 무량한 가능성을 부여받게 된 것 아니겠습니까. 이 모든 것을 생각하면 남들의 행복을 위해 제가 할 수 있는 일은 다 하고 싶다는 생각이, 그러한 동기부여가 한층 더 강해집니다.

포탈라 궁의 어린 소년은 고귀한 직책을 이행할 소명을 받았다는 사실을 차츰 깨달아 간다. 그것은 형제들이나 주위 사람들과는 다른 책무였다. 남들의 시선과 태도에서, 그분은 달라이 라마라는 말의 정확한 의미를 알기도 전에 이미 자신이 달라이 라마임을 깨닫는다. 사람들이 자신에게 대단한 것을 기대한다는 사실 또한 인식했으며, 남들이 바라는 바에 부응하는 사람이 되고자 한다. 이웃 열강, 곧 인도와 중국이 전례 없는 국제 정세의 혼란 속에 흔들리고 영국과 러시아의 제국주의가 세계의 지붕 티베트를 두고 각축전을 벌이는 정치 상황 속에서, 그분의 책무는 무겁기만 했다. 그러나 이 젊은 티베트 지도자는 이 상황을 오히려 도전으로 받아들였고, 티베트인들을 위해 있는 힘을 다해 이 도전에 응하자고 결심한다.

달라이 라마가 어린 시절을 술회한 이 부분에서 그분과 나의 대담은 중단되었다. 접견실에 한 스님이 들어와, 달라이 라마의 귀에 대고 귓속말을 했다. 달라이 라마는 즉시 일어나 미안하다는 말을 남기고 방을 나갔다.

달라이 라마의 개인 비서의 설명에 따르면, 티베트 불교의 큰스승 한 분이 입적하셨다고 했다. 민링 린뽀체(2008년 2월 9일에 입적한 11대 민링 티첸. 이름은 규르메꾼상왕걜로, 티베트 불교사상 가장 오래된 학교인 닝마

학교의 라마)가 이틀 전에 세상을 떠난 것이었다. 그분이 주석(승려가 한 절에 거처를 정하고 머무는 것)하던 사원의 대표들이 장례 의식 및 제반 의전에 대한 지침을 들으려고 달라이 라마를 찾아왔다.

20분 후 달라이 라마는 방으로 다시 들어왔다. 그분의 눈에 슬픔은 없었지만 심각한 빛이 드리웠다. 그리고 돌아가신 라마에 대해 친근한 어조로 내게 일러 주었다. 나이는 달라이 라마보다 조금 위고, 평소 가까웠던 분이라고 했다. 그분의 죽음은 불교적 의미에서 무상無常을 다시금 일깨워 주는 일이었다. 무상이란 세상의 생명 있는 존재나 현상들은 모두 덧없다는 것이다. 원인과 조건에 의해 태어나는 것들은 모두 언젠가는 죽기 때문이다. 무상이란 모든 것이 그대로 지속된다고 느끼는 우리의 생각에 역행한다. 그리고 영원불멸을 바라는 인간의 갈망에도 배치된다. 이 세계의 실체란 없다고 보는 불교 정신이 몸에 밴 불교도가 아닌 보통 사람들의 입장에서 보면, 무상이란 견딜 수 없는 것이다. 무상을 받아들이지 않고 부정하는 것이 바로 우리 삶에서 고통이 생기는 주요 원인 중 하나다. 무상을 깊이 명상하고 받아들이라는 것이 붓다의 가르침이다.

15대 달라이 라마는?

민링 린뽀체가 이틀 전에 입적하셨습니다. 제5대 달라이 라마 때부터 그분의 문중(승가僧伽의 계보)과 저희 문중 사이엔 각별하고 아주 강한 유대 관계가 있었습니다. 그분은 세속 나이 78세, 그러니까 여든 살 가까이 사셨습니다.

저도 앞으로 몇 년을 더 살지 모릅니다. 여든 살, 아흔 살, 백 살? 언제까지 살지 모르지요. 이제는 일흔을 한참 넘었으니까요. 분명한 것은 제가 14대 달라이 라마인데, 초대 달라이 라마(초대 달라이 라마 겐뒨둡은 83세까지 살았다)를 제외하면 지금까지의 달라이 라마 중 제일 장수했다는 겁니다. 다른 달라이 라마들은 모두 일흔 살을 못 채우고 돌아가셨습니다. 그러니 제가 명이 참 긴 거죠!

불자로서 저는 끊임없이 무상에 대해 명상합니다. 지금 이분의 경우만 보아도, 자 어때요? 무상이 실상이 되지 않았습니까? 무상은 점점 더 가까워 오는 현실입니다.

저는 앞날을 내다보고 이미 1969년에 선언했습니다. 달라이 라마 제도가 계속되어야 하는지의 여부는 전적으로 티베트인들이 결정할 일이라고 말입니다. 제가 죽고 나면 그다음 시대에 티베트가 어떻게 될까 하고 걱정하는 티베트인들도 있습니다. 그래서 제 의견을 밝혔습니다. 티베트인 대다수가 달라이 라마 제도의 존속을 원한다면 여러 가지 경우를 생각해야 한다고요.

세상일들은 계속 발전합니다. 티베트에 관한 일도 새로운 현실에 맞게 대응해 가야 합니다. 그리고 이제는 티베트 사람들만을 고려할 것이 아니라, 전통적으로 달라이 라마 제도에 아주 밀접하게 연관된 몽골 사람들도 고려해야 합니다. 만약 이들이 달라이 라마 제도의 존속을 원한다면, 전통 의식에 따라 제 환생을 찾는 관행을 그대로 이어야 할 것입니다. 환생의 목적은 분명 전임 달라이 라마가 미처 완수하지 못한 과업을 이어받는 것이니, 논리적으로 볼 때 그래야 합니다. 만약 우리가 티베트 땅을 벗어나 이렇게 망명 생활을 하는 동안 제가 죽는다면, 저의 환생은 미처 제가 마치지 못한 일을 마무리 짓기 위해 티베트 아닌 외국에서 나타날 것입니다(4대 달라이 라마 욘땐갸초는 티베트인이 아니라 몽골 황제 알탄 칸의 직계 후손이었다).

그러나 또한 다른 가능성들도 있습니다. 몇 년 전에 제가 설명했다시피, 티베트 전통에서는 이제 달라이 라마의 계승 과정을 다른 방식으로 결정할 수도 있습니다.

달라이 라마직은 언제까지?

저는 달라이 라마의 티베트 통치권이 2001년 선출된 현재의 깔뢴티빠에게 넘어갔으면 하는 의사를 이미 표명했습니다. 그랬더니 사람들이 가끔 제게 묻더군요. 은퇴를 생각하느냐고.

은퇴라는 것이 가능할까요? 제가 달라이 라마'직'에서 물러나 은퇴한 노인으로 살아갈 수 있을까요?

저는 정년퇴직한 노인이 될 수 없습니다. 티베트 사람들 대다수가 저를 달라이 라마로 여기지 않는다면 모를까요. 만약 그런 경우라면 완전히 은퇴할 수 있겠지요!

농담이었습니다!

2001년부터 우리 티베트에는 5년에 한 번씩 보통선거에 의해 선출하는 행정부의 수장이 존재했습니다. 이렇게 하여 제가 정치적으로는 반쯤 물러난 '파트타임'직이 된 것입니다. 저는 1952년에 티베트 민주화의 첫걸음이 될 변화를 시작했습니다. 그러나 그 후 숱한 혼란이 있었기에 그 근대화 계획을 제대로 실천할 수가 없었습니다.

그 뒤, 인도로 망명 와서는 모두가 민주주의에 찬성했습니다.

2001년 이후로 주요 결정은 선출된 사람들이 하게 되었습니다. 제가 결정을 내리지 않습니다. 저는 경륜 있는 원로로서 자문 역할을 할 따름이지요. 2006년에 삼동 린뽀체가 재선되었는데, 법률상 한 번만 재임할 수 있습니다. 그래서 4년 후엔 선거로 또 새로운 분을 뽑을 것입니다.

달라이 라마 제도를 보존하는 것 자체가 중요하다고는 생각지 않습니다. 한편으로 티베트 문화 및 티베트 불교의 보존, 또 한편으로 달라이 라마직의 보존, 이 두 가지는 명확히 구별해야 합니다. 이 제도도 다른 제도나 마찬가지로 일정한 때에 나타났다 언젠가는 사라지는 것입니다. 그러나 불교와 티베트 문화유산은 티베트 민족이 존속하는 한 남아 있을 것입니다.

그래서 1992년 저는 이렇게 선언했습니다. 우리가 우리 땅 티베트로 돌아갈 때가 오면, 다시 말해 진정한 독립을 찾으면, 그때는 달라이 라마로서의 모든 합법적 권한을 티베트 정부에 넘기겠다고 말입니다. -2007년 12월 2일

다음 환생자는 여성일 수도

옛날에는 전임 달라이 라마가 세상을 떠나기도 전에 몇몇 사람을 자신의 환생으로 인정하고, 그중에 대를 이을 만한 사람을 직접 고르기도 했습니다. 저의 대에는 때가 때이니만큼, 특수한 상황에 따른 여러 일이 있을 수 있습니다.

서양인들은 다음번 달라이 라마의 환생이 여자일 수도 있다는 생각에 지대한 관심을 보입니다. 이론상으로는 가능합니다. 환생의 심오한 이유는 이전 생에서 못다 한 일을 이루고자 함이니까요.

환생의 목적은 바로 불법을 받들고 이어 나가는 것입니다. 그런데 불교의 가르침에서 남자와 여자가 가진 기본적 권리는 똑같습니다. 그러나 현실적으로 보면 2,500년 전 인도의 전통은 비구니보다 비구에게 우월성을 부여했지요. 불교 공동체에서 이론상으로는 비구니들도 구족계具足戒(출가한 비구와 비구니가 지켜야 할 계율로, 일체의 청정을 약속하는 것이므로 구족이라 함)를 받을 수 있지만, 티베트, 스리랑카, 타이의 비구니들은 구족계를 받지 못합니다. 티베트에서 구족계는 처음에 샨타라크시타(8세기 인도의 영적, 철학적 스승. 티쏭데짼 왕의 초청을 받고 티베트에 가서 불교를 알렸다)가 주었는데, 비구니들은 그 계를 받지 못했습니다. 다행히도 중국에서는 비구니가 비구나 다름없이 구족계를 받는 전통이 이어졌습니다. 오늘날 이 문제로, 여성도 다시 구족계를 받도록 하자는 논의가 있습니다.

그러나 티베트 전통에서는 이미 고승이 여성의 몸으로 환생한 계보가 있습니다. 이를테면 '도제 파가모(달라이 라마, 판첸 라마에 다음가는 티베트 불교 최고의 여성 화신)'의 계보는 6백여 년의 전통을 자랑합니다. 고승의 환생인 여성들이 모두 비구니가 되었는지 아닌지는 모르겠지만, 대부분의 경우 그런 원願을 세우고 살 것이라고 생각됩니다. 따라서 상황에 따라 만약 여성 달라이 라마가 중생에게 더욱 도움을 주고 불법을 더욱 널리 펼 수만 있다면, 여자라서 안 되리라는 법이 어디 있겠습니까?

육체의 차원에서 이야기해 봅시다. 소중한 인간의 몸이 지닌 여덟 가지 장점이 있는데, 그중 하나가 아름다움입니다. 만약 여성 달라이 라마의 외모가 추하다면 사람들을 끄는 힘이 덜하겠지요. 그런데 달라이 라마가 여성으로 환생한다면, 그 환생의 목적은 사람들에게 붓다의 가르침을 좀 더 설득력 있게 전하려는 것일 겁니다. 요컨대 24시간 내내 명상이나 염불만 하려고 환생하는 것은 아니라는 겁니다. 이런 관점에서 보면 신체의 문제는 중요합니다. 그래서 저는 가끔 사람들에게 농담 반 진담 반으로 이런 말을 합니다. 만약 제가 여자로 환생한다면, 당연히 대단한 미인으로 태어날 것이라고요.

앞에서 말한 것처럼 제 생전에 후임 달라이 라마를 지명하는 일이 생길지는 아직 모르겠습니다. 그럴 가능성도 염두에 두고는 있습니다. 사람들마다 각기 의견이 다르겠지만, 두고 봅시다. 몇 달 있으면 아마 이 문제를 논의하는 회의가 열릴 겁니다. 그때 여성 달라이 라마 문제도 논의 대상이 되겠지요.

티베트의 종교 지도자는 남성 라마들이 대부분이다. 그리고 전통적으로 남자의 몸으로 환생하는 것을 우월하게 여겼다. 티베트 불교도들이 지혜의 상징으로, 여성적인 것을 찬미하고 해탈케 하는 다라보살—여자의 몸으로 깨달음을 얻겠다는 서원을 세웠고 그 원을 이룬 보살—을 공경한다지만 현실은 그렇다.

물론 여성 라마의 계보도 있기는 하다. 그렇지만 고승의 환생으로 태어난 라마가 그 고승과 성별이 다른 경우는 극히 드물다. 그러므로 앞에서 자신의 계승자에 대해 달라이 라마가 선언한 내용은 매우 파격적인 것이 아닐 수 없다. 14대 달라이 라마가 티베트 조상들의 관습을 현대 세계에 적용하면서 그 형식보다는 정신을 보존하는 데에 주력하는 등, 개혁 성향의 과감성으로 끊임없이 세상을 놀라게 한 것은 사실이다. 그는 이제 후계라는 미묘한 사안을 두고 모종의 새로운 개혁을 준비하고 있는 듯하다. 티베트 불교의 근간이라 할 환생자(환생자 라마를 의미하는 '뚤꾸'는 산스크리트어 '니르마나카야'를 티베트어로 번역한 것으로, '변화의 몸'이라는 뜻) 체계는 앞으로 어떻게 될 것인지 주목할 만하다.

달라이 라마의 환생이란

달라이 라마의 환생이 연속된다 함은, 전임자와 환생자 둘 사이의 연속성을 뜻합니다. 연기에 바탕을 둔 무아론無我論에 따라, 불교는 자아를 시작도 끝도 없는 것으로 봅니다. 시작도 끝도 없으며 '나'라는 것도 없지만 업이 윤회하기에 끝없이 다시 태어납니다. 완전히 깨달아 성불하여 열반에 이를 때까지는 그러합니다.

붓다나 뛰어난 보살은 동시에 여러 차례 현현할 수 있지만, 이보다 덜 중요한 보살들은 단 한 번, 단 한 사람으로만 다시 태어날 수 있습니다. 그러나 보살이든 범부든 누구나 시작이 없이 태어나고, 끝도 없이 다시 태어납니다. 이러한 연속성은 업으로 말미암은 것입니다. 그런데 어떤 수준에서 정신적인 큰 깨달음에 도달하면, 업을 통한 태어남은 중단됩니다. 그때 비로소 의도적으로 다시 태어날지를 선택할 수 있습니다. 여기서 '환생'이라고 하는 것은 이런 형태의 다시 태어남을 말합니다. -마르틴 브라우엔과의 인터뷰, 『달라이 라마들』 중에서

벌레로도 환생할 수 있다

환생한 라마 또는 '뚤꾸'를 인정하는 일은 그저 막연히 보고 짐작하는 것보다 훨씬 논리적인 문제입니다. 불교는 윤회에 따른 환생이라는 법칙을 입증된 사실로 봅니다. 환생의 유일한 목적은 고해苦海의 모든 중생으로 하여금 해탈을 향해 계속 노력할 수 있게 만드는 것이라고 불교도는 믿습니다. 이러한 믿음이 있기에, 특별한 사람들의 환생을 실제로 확인하는 게 가능하다는 것을 받아들일 수 있습니다. 그런 확인을 통해 환생자들을 얼른 찾아내어 교육시키고 세상에 자리 잡게 하여 그들이 세상에 올 때 지닌 사명을 되도록 빨리 완수하도록 만들 수 있습니다. 환생자 확인 과정에서는 물론 오류도 있을 수 있습니다. 그렇지만 뚤꾸 대다수의 삶을 보면, 환생자를 찾고 확인하는 체계가 효율적이라는 것이 입증됩니다. 중국의 티베트 침공 이전에는 확인된 환생자가 수천 명쯤 되었지만, 지금은 수백 명 정도입니다.

환생자 확인 과정은 보통 사람들이 상상하듯 그렇게 신비로운 것만은 아닙니다. 우선 여러 후보 중에서 환생자 아닌 사람을 제외하는 작업부터 시작합니다. 예를 들어 한 스님의 환생자를 찾는다고 합시다. 먼저 그분이 돌아가신 시간과 장소를 확실히 파악합니다. 우리의 경험에 따라, 만약 환생자가 다음 해에 입태入胎된다고 본다면 그에 따라 달력을 작성합니다. 그러니까 만약 X라는 스님이 Y라는 해에 돌아가셨다면, 그분의 환생자는 아마도 그로부터 일 년 반 내지 2년 후에 태어날 것입니다. 그러니까 그 스님이 돌아가신 지 5년 후라면 환생자는 서너 살쯤 될 것입니다. 이렇게 하면 벌써 탐색의 범위가 훨씬 좁아지지요.

그다음에 가장 그럴 법한 탄생지를 추정합니다. 보통 이 일은 쉬운 편입니다. 우신 탄생지가 티베트일지 다른 곳일지를 추측합니다. 만약 외국이라면 예컨대 인도 내의 티베트 망명 공동체들, 네팔, 스위스, 이렇게 한정된 후보지가 등장합니다. 그러고 나서 문제의 어린이를 찾을 가능성이 가장 높은 도시를 결정합니다. 바로 이전의 환생자—예를 들면 앞에 든 X 스님—의 생애를 추적하면 대략 추정 장소가 나옵니다.

다음 단계는 탐사단을 조직하는 것입니다. 탐사단이라지만 보물이나 유적을 찾는 답사 팀처럼 사람들을 파견할 필요는 없습니다. 보통 한 공동체만 정해서 잘 조사해 보면, 3~4세의 어린이가 환생자 후보가 될 만한지 아닌지는 충분히 알 수 있습니다. 아이가 태어날 때 특이한 현상이 있었더라는 식의 유효한 징표가 확보될 때도 많습니다. 아니면 아이가 비범한 점을 보이기도 합니다.

때로 이 단계에서 두세 가지 혹은 그 이상의 가능성이 대두되기도 합니다. 선대 라마가 다음 생에 자신의 환생자로 태어날 아이 이름이나 그 부모에 관해 상세한 정보를 남기는 경우도 있습니다. 이럴 때는 환생자를 찾는 탐사단조차 필요 없지요. 하지만 이런 경우는 드문 편입니다. 또 어떤 경우엔, 돌아가신 스님의 직계 제자들이 환생자가 어디 있는지를 꿈에서 뚜렷이 보거나, 아니면 일상에서 신통력으로 눈앞에 나타나는 영상을 보기도 합니다. 환생자를 찾는 데에 어떤 엄격히 정해진 규칙이 있는 것은 아닙니다.

만약 누군가가 환생한다면 그 환생의 목적은 무엇일까요? 한 생에 하던 일이 그다음 생에도 이어질 수 있게 하는 것입니다. 찾아낸 환생자가 누구냐에 따라 그 결과는 아주 중요할 수도 있습니다. 그렇기는 하나 만약 티베트 사람들에게 더 이상 달라이 라마가 필요 없는 상태라면, 제 환생자를 굳이 찾을 필요조차 없을 것입니다. 그러니 저는 다음 생에 벌레나 짐승으로 태어날 수도 있고, 혹은 대다수 중생에게 이로운 어떤 중생의 모습으로 태어날 수도 있겠지요.

티베트 사회를 확실히 장악하기 위해 중국공산당은 환생의 계보를 통제할 권리를 독점해 버렸다. 라마의 환생자로 판명된 어린이들은 혹시라도 중국 정부에 체포되어 구금될까 봐 몰래 가족의 특별 보호를 받으며 지낸다. 밀입국을 돕는 사람들이 극비리에 그 어린이들을 네팔이나 인도로 데리고 간다. 거기서 사원에 들어가 앞으로 맡게 될 라마 직분에 합당한 종교 교육을 받게 되는 것이다.

1995년 달라이 라마는 6세 소년 겐뒨최끼니마를 제10대 판첸 라마의 환생인 11대 판첸 라마로 공인했다. 판첸 라마는 달라이 라마 다음가는 티베트 불교의 제2인자이다. 판첸 라마를 공인한 이틀 뒤, 중국의 국가종교사무국은 이 선택이 "불법이며 무효"라고 선언했다. 같은 날, 라마의 환생자를 찾는 임무를 띤 티베트 불교 지도자 쟈댈 린뽀체가 체포되어 투옥되었다. '달라이 라마 일당과 공모해 겐뒨최끼니마를 선택했다.'는 죄목이었다. 몇 주 뒤에는 제11대 판첸 라마와 그 부모가 실종되었다. 1995년 7월부터 지금까지 제11대 판첸 라마는 아무도 모르는 장소에 갇혀, 연금 상태로 살고 있다. 이 일로 그는 세계 최연소 복역수가 된 것이다. 중국공산당은 멋대로 종교 관련 법령을 제정하여 다른 어린이를 선택했고, 꼭두각시 같은 의식을 통해 그를 판첸 라마로 즉위시켰다. 이에 국제 사회가 거듭 반발했지만, 정통 티베트 불교 의식을 통해 판첸 라마로 공인된 겐뒨최끼니마의 소식은 여전히 아무도 모른다.

최근 중국 정부는 티베트 라마의 계보를 좀 더 통제하겠다는 의사를 공공연히 표명했다. 그래서 2007년 8월 중국 신화통신사에 따르면, '활불活佛'의 공인에 관한 새로운 법령이 공표되었다. 중국인들은 환생한 큰스승들을 '활불'이라는 호칭으로 부른다. 그 이후 '활불'의 인정은 모두 중국 정부 국가종교사무국에 신청해 승인을 받아야만 가능하게 되었다. 그렇게 하지 않으면 처벌을 받게 된다.

달라이 라마는 이러한 조치들에 대해 익살 섞인 논평을 한다.

"이런 희한한 결정은 무엇을 의미할까요? 이런 조치를 생각해 낸 사람들, 즉 운전면허증 같은 '환생면허증' 발급권을 독점하겠다는 사람들이 정작 환생이나 불교에 대해서는 아무것도 모른다는 것입니다. 그들은 법령이나 조례를 제정해 사람들의 정신까지도 마음대로 쥐락펴락할 수 있다고 생각합니다. 그러나 그렇게는 안 되지요. 이건 주변 현실을 조금만 주의 깊게 살펴보면 금방 알 수 있을 겁니다."(클로드 B. 르방송, 「티베트 · 베이징의 아킬레스건」 중에서)

이처럼 라마의 계보를 법적으로 통제하는 일은 현 달라이 라마의 나이가 많아져 후계자 문제를 생각하지 않을 수 없는 상황에서 비롯된 것이다. 그런데 중국 정부는 티베트인들의 정신적 권리를 무시한 채 이런 것까지 법제화하는 결정을 내렸다. 티베트 망명정부의 깔륀 티빠 삼동 린뽀체에 따르면 "달라이 라마 후계자 문제를 주도적으로 언급한 것은 정작 달라이 라마 자신이 아니라 중화인민공화국이었다." 말하자면 중국은 달라이 라마의 환생자를 자기 손으로 직접 고르고 싶어서 안달이 난 것이다. 그들은 또한 14대 달라이 라마가 앞으로 더 장수하기를 바라지 않기에, 현 달라이 라마가 암 말기라는 헛소문을 퍼뜨려 후계자 지명 문제를 은근히 자기들에게 유리하게 만들려고도 한다. 그들은 무슨 수를 써서라도 중국의 명령대로 움직이는 신임 달라이 라마를 억지로 옹립할 것이 뻔하다. 그래서 티베트인들이 15대 달라이 라마의 지명 절차를 확실히 하는 것이 무엇보다 중요한 일이다.

"초대 달라이 라마 이래 가장 장수한 분이 현재의 달라이 라마다. 아직 그의 과업이 완수되지 않았으니, 그가 몸소 후계자를 생각해야만 한다. 여기서 섭정 문제가 대두된다. 어린 나이의 다음 달라이 라마를 찾아서 성장할 때까지 기다린다는 것은 너무 복잡한 문제다. 현 달라이 라마는 아주 어린 나이에 그 자리에 올라 직분을 수행해야만 했다. 참으로 어려운 일이었다. 그의 뒤를 잇는 달라이 라마는 언제라도 때맞춰 직분을 수행할 수 있을 만한 나이여야 한다. 그래서 달라이 라마가 생전에 뙬꾸를 지명할 생각을 하고 있는 것이다. 도 높은 스승이 죽기 전에 미리 자신이 수행으로 성취한 핵심을 후계자에게 전하는 전통에 따라 그렇게 지명할 수도 있다."

1989년 12월 10일 달라이 라마의 노벨평화상 수상자 소개 연설에서 노르웨이 정치인 에길 오르비크는 다음과 같이 말했다. "환생의 과정이란 서양인의 입장에서는 미지의 영역에 발을 들이는 것이나 마찬가지입니다. 그 영역 속에서는 믿음, 생각, 행동, 이 모든 것이 우리가 전혀 모르거나 이미 망각한 삶의 차원에 존재합니다."

앞서 달라이 라마는 진심으로 자신은 '특별한 사람'이 아니라고 했지만, 그분이 살아온 삶은 평범한 사람의 삶은 아니었다. 탄생으로 시작되어 죽음으로 끝을 맺는 삶이 아니라는 말이다. '깨어 있는 연민'의 화신인 관세음보살의 계보를 잇는 분으로 존경받는 달라이 라마는 온 법계에 미치지 않는 곳 없이 빛을 방사한다. 명상과 불교 수행으로 드러난 심층 의식 상태는 이 일에 어떻게 공헌하는가?

다음 장에서 그분은 수행승의 입장에서 자신의 생각을 피력해 이 질문에 대한 답을 보여 준다. 이야기가 이어질수록 달라이 라마의 놀라운 인품이 환히 드러날 것이다. "우리 자신의 인간됨을 알게 함으로써 마음에 행복을 일깨우고, 또한 동시대에 살아 행복하다고 느끼게 해 주는 한 사람의 품성이."(『용서』, 「서문」의 '데즈먼드 투투의 말' 중에서)

둘째 서원

불교 승려로서

3

자기 바꾸기

나 스스로 변하지 않으면서 어찌 다른 이가 변하도록
도울 수 있겠는가? 종교는 은둔 수행자보다 정치인에게
더 필요하다. 외딴곳에서 수행하는 자가 나쁜 행동을
하면 자신에게만 해를 끼치게 되지만, 사회 전체에
영향을 미치는 정치인이 나쁜 행동을 하면 수많은
사람이 그 부정적 결과를 뒤집어쓰게 된다.

나는 승려입니다

저는 자신을 남에게 소개할 때 기꺼이 '불교 승려'라고 합니다. 왜냐하면 저의 개성과 정체성이 모두 승려로서 하는 일을 중심으로 이루어져 있으니까요. 저는 선대 달라이 라마들과 아주 강한 업연業緣(업의 인연. '업karma'이란 우리가 생에서 짓는 모든 것들의 선함과 악함이 쌓여 이룬 에너지이다)으로 맺어져 있다고 느낍니다만, 우선 저 자신을 생각할 때는 그저 한 사람의 승려라고 여깁니다. 달라이 라마이기에 앞서 어디까지나 수행자요 승려라는 것이지요!

이것은 제 마음속에 아주 뚜렷하고도 굳건하게 자리 잡은 확신이라서, 자면서 꿈을 꿀 때도 이것을 기억합니다. 아무리 심한 악몽을 꾸더라도 제가 수행승이라는 것은 잊지 않습니다. 반면 지금껏 꿈에서 제가 달라이 라마로 등장한 적은 한 번도 없었습니다.

이런 꿈속의 반응은 지성으로 통제할 수 없는 무의식의 차원에서 일어나는 것입니다. 이 반응이야말로 제 마음속 깊은 곳에 승려라는 직분의 도장이 지울 수 없을 만큼 선명하고 깊게 찍혀 있다는 방증이라고 생각됩니다.

제가 일개 불교 승려일 따름이라는 것을 진한 체험으로 실감하며 살고 있습니다.

승려로서 세우는 서원

티베트의 사원 생활에는 비구가 지킬 계율이 253가지, 비구니가 지킬 계율이 364가지 있습니다. 그 계율들을 가능한 한 철저하게 지키고 살다 보면, 쓸데없이 마음을 산란하게 하는 여러 가지 일들과 삶의 근심 걱정에서 놓여나 홀가분해집니다. 계율에는 예컨대, 어느 사원 소속의 일반 승려가 그 사원의 최고 어른인 큰스님 뒤를 따라 걸을 때 거리를 얼마나 두어야 하는지까지 명시되어 있지요.

기본적인 다섯 계율 중 앞의 네 가지 서원은 각각 네 가지 금지 사항에 해당합니다. 수행하는 승려는 살생해서는 안 되고, 남의 것을 훔쳐서는 안 되며, 진실이 아닌 말을 해서는 안 됩니다. 또한 독신 수행하는 청정비구의 계율을 엄격히 지켜 음행을 해서는 안 됩니다. 만약 이 네 가지 계율 중 하나를 어기면, 더 이상 승려라고 할 수 없습니다.

때로 사람들은 묻습니다. 음행을 금하는 계율이 정말 바람직한 것이냐고. 또 지킬 수 있는 것이냐고. 이 계율을 지키는 것이 결국은 성욕을 억압하는 것 아니냐고 말하는 사람도 있습니다. 그러나 사실은 그와 정반대입니다. 성적인 욕망이 있다는 것을 충분히 받아들이되, 수행으로 이성을 발휘해 그 욕망을 초월하는 것이 필요합니다. 그러한 경지에 이르면 몸뿐만 아니라 마음도 저절로 다스려집니다. 이건 매우 유익합니다. 성욕은 맹목적이라서 반드시 문제를 만들어 냅니다. 누군가가 마음속으로 '나는 저 사람과 성관계를 갖고 싶다.'고 생각할 때는, 지성이 주도하지 않은 욕망이 표출되는 것입니다. 반면 '나는 세상의 가난을 없애고 싶다.'고 생각할 때, 그것은 지성으로 통제가 가능한 욕망입니다. 성적 욕구의 충족은 일시적 만족에 지나지 않습니다. 인도의 위대한 성자 나가르주나는 이렇게 말했습니다. "몸 어딘가가 가려우면 그곳을 긁는다. 그렇지만 오래 긁는 것보다는 아예 가렵지 않은 것이 훨씬 낫다."

날마다 명상

저는 하루에 적어도 다섯 시간 반을 기도, 명상, 공부에 씁니다. 그리고 특별한 일이 없는 여가 시간, 식사 시간, 여행하는 시간에는 매 순간 기도를 합니다. 불자로서 저의 종교적 수행과 일상생활은 전혀 차이가 없습니다. 수행은 24시간 내내 해야 할 일입니다. 게다가 아침에 잠 깰 때부터 씻을 때, 식사할 때, 심지어 잘 때까지도 내내 활동별로 그에 맞춰 하는 기도가 있습니다. 탄트라(밀교密教적 수행법 또는 그 수행법을 담은 경전) 수행의 경우, 깊이 잠든 상태와 꿈꾸는 상태에서 하는 수행이 가장 중요합니다. 왜냐하면 이 두 가지는 죽음에 대비하는 수행이기 때문입니다.

제가 주로 하는 명상은 공에 관한 명상입니다. 이는 불교의 핵심인 연기, 그중에서도 더할 나위 없이 미묘한 차원인 공에 관해 집중적으로 명상하는 것입니다. 이 수행에는 요가도 포함됩니다. 요가 수행을 할 때는 다양한 만다라(밀교에서 발달한 상징의 형식을 그림으로 나타낸 것)를 사용하여 연달아 여러 신의 형태로 나를 시각화합니다. 그렇다고 여기서 '신'이라는 것이 외부 세계에 독립적인 실체로서 실재하는 초월적 존재들이라는 말은 아닙니다. 시각화를 하면서 내 마음이 의식을 통해 주어진 것들에 더 이상 좌우되지 않는 수준에 있도록 초점을 맞추어 집중합니다. 이것은 어떤 몽환적 황홀경 같은 것이 아니라 완벽히 명징하게 깨어 있는 상태입니다. '트랜스trance'라기보다는 오히려 '순수의식' 훈련이라고 할 수 있겠지요.

지금 제가 전달하고자 하는 내용을 말로 표현하기란, 과학자가 시공간을 언어로 표현하는 것만큼이나 어렵군요. 순수의식 체험이란 일상의 언어나 체험으로는 도저히 표현할 길이 없습니다. 몇 년간 수행을 거쳐야만 이 순수의식을 자기 마음대로 할 수 있게 되지요.

제가 매일 하는 수행 중에 중요한 것이 죽음에 대한 생각입니다. 사람이 사는 동안 죽음에 대해 할 수 있는 일은 두 가지밖에 없다고 봅니다. 하나는 아예 죽음을 무시하는 것입니다. 그러면 일정한 시간 동안은 어찌어찌 죽음에 대한 생각을 몰아낸 채 살 수도 있을 것입니다. 또 하나는 죽음에 대한 생각과 직면하는 것입니다. 죽음이라는 것을 분석하려는 시도를 하며, 그렇게 하면서 죽음이 촉발하는 불가피한 고통을 줄이려는 노력을 기울이는 것입니다. 전자든 후자든 모두 죽음이라는 생각을 아예 뿌리 뽑지는 못합니다.

불자로서 저는 죽음을 삶의 당연한 한 과정으로 받아들입니다. '내가 윤회의 수레바퀴 속에서 돌고 도는 한, 죽음은 일어날 수밖에 없는 현실이다.'라고 받아들이는 것입니다. 피할 수 없음을 알기에, 번민해 보아야 소용없다는 것을 압니다. 죽는다는 것은 어떻게 보면 오래 입던 낡은 옷을 휙 벗어 버리는 것과 같습니다. 죽음은 그 자체로서 끝이 아닙니다.

아울러 불자로서 저는 죽음의 체험이야말로 본질적인 것이라고 생각합니다. 이렇게 받아들이면 더없이 심오하고 유익한 바로 그 체험이 드러날 수 있습니다. 명상에 든 상태로 생을 마친 큰스승들이 많은 것은 바로 이러한 까닭입니다. 이 경우 그분들의 육신은 의학적 사망 확인이 이루어지고도 한참 지나서야 분해됩니다.

보살로 산다는 것

이제는 제 개인적인 불교 수행 이야기를 해 드리지요. 저는 '보살菩薩의 이상'에 따라 살고자 노력합니다. 불교에서 보살이란 붓다가 되는 길에 들어선 존재입니다. 목숨 가진 모든 중생이 고통을 벗어나도록 돕는 데 완전히 헌신하는 이를 일컫는 말입니다. 보살(보리살타)의 원어인 '보디사트바'는 '보디菩提'와 '사트바薩埵', 이 두 단어를 따로 떼어 번역하면 더 이해하기 쉽습니다. '보디'는 실상의 궁극적 본질을 깨닫는 지혜를 말합니다. 그리고 '사트바'는 보편적 연민심에 의해, 중생 구제의 원력願力으로 움직이는 사람입니다. 그러므로 보살의 이상이란 무한한 지혜로 무한한 연민심을 실천하고자 하는 발원에 해당한다고 할 수 있지요.

더 나은 인간이 되기 위한 수행

여러분, 저에게 무슨 특별한 것을 기대하지 마십시오. 여러분의 삶을 당장 이 자리에서 기적적으로 바꿔 줄 전능한 축복 같은 것을 기대하지 말라는 말입니다. 현실과 동떨어져 그런 생각을 하는 건 옳지 않습니다.

저는 누구일까요? 어릴 적부터 불교 수행을 하고, 항상 붓다의 가르침에 맞게 살려고 노력하고 있는 일개 승려일 뿐입니다.

한 사람의 승려로서 붓다 앞에 겸손하게 예경드리며, 숭고한 스승인 그분의 뜻을 전하는 사람입니다. 붓다도 생전에 평범한 수행자의 모습으로 사셨습니다. 맨발로 이곳저곳을 다니셨고, 음식을 탁발하는 바리때를 손에 들고 다니셨습니다. 붓다를 뒤따라 수많은 위대한 수행자들이 이런 모습으로 살았습니다. 만약 외양에만 치중해서 세속의 눈으로 본다면 이런 모습은 천하게 보일 것입니다.

붓다와 우리의 공통점은 무엇일까요? 그분이나 우리나 똑같이 선함과 평정심의 잠재력을 갖고 있다는 점입니다. 그렇지만 우리는 그것을 모르는 경우가 많고, 그래서 남의 행복과 우리의 내적 평화를 동시에 깨뜨리는 일이 종종 일어납니다. 우리는 모두 고통을 피하고 행복을 맛보고 싶어 합니다. 우리는 행복과 고통에 대해 체험에서 우러나는 내밀한 앎을 갖고 있지요. 목숨 가진 중생이라면 누구나 그러합니다.

저도 제 삶의 체험을, 붓다의 가르침과 수행에 바탕을 둔 그 체험을 여러분과 나눕니다. 하지만 이렇게 나누는 것은 불교를 널리 퍼뜨려 신도를 늘리고자 하는 욕심 때문이 아닙니다. 다섯 대륙에 생생히 살아 있는 위대한 정신적 전통들 안에는 전 세계인의 다양한 입장이 반영되어 있습니다. 그 전통들은 자비, 인내, 관용 등 인간의 좋은 품성을 계발하고 지나친 욕망을 떨침으로써 우리로 하여금 좀 더 나은 인간이 되게 하는 윤리적 원칙과 기반을 정해 줍니다.

각자가 자신이 사는 곳에 뿌리내린 정신적 전통을 잘 지키는 것이 바람직합니다. 그것이 훨씬 확실한 길입니다. 예컨대 프랑스처럼 대대로 그리스도교 전통이 이어지고 가톨릭이 주를 이루는 나라에서 불교의 가르침을 전할 때면 항상 의문이 들곤 합니다. 자기 조상의 종교를 보존하고 깊이 믿는 것이 더욱 만족스러운 일이라고 저는 믿기 때문입니다. 서양인의 경우 꼭 불자가 될 필요는 없습니다.

세계의 손꼽히는 종교들을 검토해 보면, 하나같이 한편에는 철학적이고 형이상학적인 견해가 있고 또 한편에는 일상에서 실천하는 정신적 수행이 있습니다. 비록 철학적 견해가 다르거나 때로 서로 모순된다 하더라도, 수행에서는 모든 종교가 만납니다. 모든 종교는 우리 의식의 흐름을 내면에서부터 바꾸어 보다 나은 인간, 보다 헌신적인 인간이 되는 길로 나아가게 합니다.

여러 종교 전통들의 가르침은 수많은 사람들의 각양각색의 처지에 맞게 이루어져 있음을 이해해야 합니다. 그 가르침들에 순위를 매겨서는 안 됩니다. 게다가 같은 불교라 해도, 이른바 '8만 4천' 법문을 설하셨다는 말에서 볼 수 있듯이 붓다의 가르침은 워낙 많고 다양합니다. 종교 전통마다 제가끔, 수백만 명이 좀 더 나은 사람이 되고 고통을 덜 받는 쪽으로 도움을 주고 있습니다. 그러니 종교들이 훌륭한 전통이라는 것을 인정하면서, 다양한 철학적 견해가 있을 수밖에 없음을 받아들여야 합니다. 종교 전통마다 각각 따르는 길이 있고, 깊이 궁구하는 진리가 있습니다. 아울러 다른 종교 전통의 진리도 인정해야 합니다. 설령 그 진리가 우리의 확신과 일치하지 않는다 해도, 어떤 이들에게 힘이 된다는 점에서는 존재 이유가 있는 것입니다. 그러므로 한편으로는 자신만의 확신을 간직하되, 또 한편으로는 그 확신을 함께하지 않는 사람들에 대해서도 열린 마음, 관용의 마음을 지니도록 합시다.

여러 종교가 함께 기도하다

인류 역사에서 종교의 이름으로 갈등이 끊이지 않는 것은 특히 안타까운 일입니다. 지금 이 순간에도 종교의 차이로 인해, 또 자기만 옳다는 편협한 마음, 증오를 부추기는 행태로 말미암아 곳곳에서 사람들이 살해당하고, 공동체가 집단 학살을 당하고, 여러 사회의 안정이 깨어지고 있습니다. 제 개인적 체험에 따르면, 여러 종교의 조화로운 공존을 막는 장애 요인을 극복할 최선의 방법은 다른 전통과 대화하는 것입니다. 대화를 하면 서로를 좀 더 이해하게 됩니다.

저는 1960년대 말에, 지금은 고인이 되신 가톨릭 트라피스트 수도회(프랑스 라 트라프에서 시작된 엄격한 수도회. 기도, 침묵, 정진, 노동을 강조한다)의 토머스 머튼 신부님과 여러 차례 만나서 대화를 나누고 깊은 영감을 받았습니다. 그로 인해 그리스도교의 가르침에 진심으로 감탄하는 마음이 생겨났습니다.

여러 종교의 지도자들이 모여 함께 기도하는 만남은 아주 효과가 좋다고 생각합니다. 1986년 이탈리아 아시시에서 그런 만남이 있었지요. 이런 행사를 주도적으로 자꾸 만들어 가야 합니다. 저는 지난

30년간 여러 종교의 지도자들과 만나 종교 간 화합과 이해에 대해 논의했습니다. 이런 만남에서 어떤 종교의 신자들은 정신적, 도덕적 영감의 원천을 타 종교에서 발견하기도 했습니다. 세계의 주요 종교들이 비록 교리는 다를망정, 개개인이 변모해 보다 나은 삶을 살 수 있도록 돕는다는 것만은 확실합니다. 모든 종교는 사랑, 연민, 인내, 관용, 용서, 겸손, 개인적 수행을 강조합니다. 그러므로 종교의 다원성을 인정해야 합니다.

수행자보다 정치인에게 더 필요한 것이 종교

저는 영국 성공회의 캔터베리 대주교인 로버트 런시 박사와 열정적인 대화를 여러 차례 나누었습니다. 대주교님과 제가 공유한 견해가 있습니다. 종교와 정치는 실제로 접점이 있다는 것이었지요. 그리고 종교의 의무는 분명히 인류에게 봉사하는 것이라는 데서 우리 두 사람은 의견 일치를 보았습니다. 종교는 현실을 무시해서는 안 됩니다. 종교인이 기도에만 몰두하는 것이 다가 아닙니다. 종교인들은 세계의 문제를 해결하기 위해 할 수 있는 최대한 이바지해야 할 사람들입니다.

이 점을 함께 토론해 보자고 저를 초청했던 인도의 어느 정치인이 기억납니다. 그는 진심으로 겸손하게 말했습니다. "네, 하지만 저희는 종교인이 아니라 정치인들이잖습니까!"라고. 이 말에 저는 이렇게 대꾸했습니다. "종교는 사실 은둔 수행자들보다 정치인들에게 더 필요합니다. 외딴곳에서 수행만 하는 사람들이 만약 좋지 못한 동기로 어떤 행동을 한다면, 기껏해야 자기 자신에게만 해를 끼치는 셈이죠. 그렇지만 만약 사회 전체에 직접 영향을 미칠 수 있는 어느 정치인이 나쁜 동기로 행동을 한다면, 수많은 사람들이 그 부정적 결과를 뒤집어쓰게 됩니다."

저는 정치와 종교가 상충한다고 생각하지 않습니다. 실제로 종교란 무엇입니까? 선한 동기에서 이루어진 행동은 모두 종교적인 행동이라는 것이 제 생각입니다. 반면 선한 동기 없이 사찰이나 교회에 모인 사람들이라면, 함께 기도한다 하더라도 그건 종교적인 행위를 하고 있는 것이 아닙니다.

나의 순례, 루르드에서 예루살렘까지

종교 간 화합과 이해를 북돋워 세계 평화를 이루는 방향으로 갈 수 있다고 저는 확신합니다. 그런 목적을 위해 종교 간 교류, 특히 순례를 권하고 싶습니다. 그래서 저도 프랑스 남부의 가톨릭 성지 루르드를 방문했습니다. 관광객으로서가 아니라 순례자로서 간 것입니다. 거기서 성수도 뿌리고, 성모마리아상 앞에도 멈춰 서 보았습니다. 그곳에서 수백만 명이 축복을 받거나 마음의 평화를 얻고 있음을 실감했습니다. 성모마리아상을 바라보니 제 안에도 그리스도교에 대한 신실한 감탄과 진정한 존중의 마음이 일어났습니다. 이렇게도 많은 사람들에게 유익한 종교이니 말입니다. 그리스도교의 교리는 물론 제 종교인 불교의 교리와 다릅니다. 그렇지만 그리스도교가 인류에게 가져다준 구체적인 도움과 이익은 부인할 수 없습니다.

이와 같은 생각의 바탕 위에서 1993년 저는 예루살렘에도 갔습니다. 예루살렘은 세계에서 손꼽히는 세 종교—그리스도교, 이슬람교, 유대교—의 성지입니다. 통곡의 벽에서 유대인 친구들과 함께 명상을 했고, 그리스도교 신자들이 경배하는 장소에서는 그리스도교인 친구들과 함께 기도했습니다. 이어 이슬람교 친구들의 성지도 방문하여 그들과 함께 기도했습니다.

또한 인도 및 각지의 힌두교, 자이나교, 시크교의 여러 사원과 조로아스터교의 성지에도 갔습니다. 그 종교의 신도들과 함께 기도도 하고 침묵 명상도 했습니다.

최근에는 그리스도교와 불교의 중책을 맡으신 분들과 인도 부다가야를 순례했습니다. 아침마다 보리수 아래 앉아 함께 명상을 했습니다. 붓다가 탄생한 지 2,600년이 넘었고(서기 2011년이 불기 2555년이다. 불기는 붓다의 입멸入滅 연도를 기준으로 계산한다. 즉 2011년은 붓다 입멸 후 2555년이 된다. 붓다는 80세까지 살았으므로 붓다 탄생은 지금으로부터 2,635년 전의 일인 셈이다) 예수 그리스도가 태어난 지도 2천 년이 넘었는데, 그 긴 세월 동안 이러한 만남이 이뤄진 것은 최초인 것 같습니다.

오래전부터 제가 방문하고 싶은 장소가 하나 있지만 이 소원은 아직까지 이루어지지 못했습니다. 그건 중국의 우타이 산五臺山입니다. 다섯 대臺가 있는 산으로, 지혜를 대표하는 보살인 문수보살에게 바쳐진 곳이라 하여 중국 불교에서 성지로 꼽는 곳입니다. 저의 선대이신 13대 달라이 라마는 우타이 산에 가서 문수보살께 참배했습니다. 1954년 중국에 처음 갔을 때 저는 13대 달라이 라마가 가신 그 길을 따라서 우타이 산을 참배하겠다는 원을 세웠습니다. 그 당시 중국 정부는 길의 상태가 안 좋다는 핑계를 대며 제 요청을 거부했습니다.

사랑으로 보낸 한 생

저는 언젠가 스페인 바르셀로나 부근의 몬세라트 대수도원을 방문한 길에, 그 근처 어느 동굴에서 5년을 보낸 베네딕트 수도회(베네딕트가 창설한 수도회. 청빈, 동정, 복종을 맹세하고 수행과 노동에 종사한다)의 수사 한 분을 우연히 만났습니다. 제가 그 수도원을 방문한다고 하니 그분이 일부러 저를 만나러 오셨던 것입니다. 그분은 영어를 잘하지 못했습니다. 사실 저보다도 못하셨습니다. 그래서 많은 말을 나눌 수는 없었지만 저는 그분의 얼굴을, 그분은 저의 얼굴을 바라보았습니다. 아주 행복한 체험이었고, 우리 둘 사이에 전율이 오고 가는 것이 느껴졌습니다. 이 만남 덕분에 저는 그리스도교 수행의 진정한 결과가 어떤 것인지를 이해하게 되었습니다. 그리스도교는 제 종교인 불교와 다른 방식, 다른 전통, 다른 철학을 갖고 있지만, 그 수사님 같은 분을 배출하는 힘을 지녔습니다. 저는 그 수사님에게 물었습니다.

"홀로 5년간 수도하시면서 어떤 명상을 하셨나요?"

"사랑, 사랑, 사랑."

그분은 대답했습니다.

얼마나 놀라운 일입니까! 꼬박 5년간 단지 '사랑'에 대해 명상한 것입니다. 단지 사랑이라는 '말'에 대해서만 명상한 것이 아닙니다. 그분의 눈에서 저는 토마스 머튼 신부님에게서 보았던 깊은 정신성과 사랑의 증거를 다시 보았습니다.

자기 안에 건물 세우기

세상의 모든 주요 종교의 목적은 외적으로 거대한 건물을 세우는 것이 아니라 내적으로 즉 마음속에 선함과 연민심의 건물을 세우는 것입니다.

종교적 불관용을 해결하는 가장 합리적인 방법으로 단 하나의 보편적인 종교를 만들면 된다고 생각하는 분들도 있습니다. 제가 늘 생각해 온 바이지만, 세상 사람들이 처해 있는 정신적 입장이 다양하면 다양한 만큼 종교 전통도 다양하게 존재해야 합니다. 종교 하나로는 수많은 개인들을 만족시킬 수 없습니다. 그러므로 설령 종교의 이름으로 수많은 갈등이 빚어진다 하여도 지금처럼 여러 종교가 공존하는 상태가 바람직합니다. 인류의 정신적 입장이 각양각색인 지금의 상황에는 다양성이 좀 더 잘 맞는다지만, 불행히도 또 그 다양성이 본질상 갈등과 불협화음의 잠재적 원천이 되기도 합니다. 바로 그렇기 때문에 모든 종교의 신봉자들은 불관용과 몰이해를 뛰어넘어 화합을 찾는 노력에 더욱 박차를 가해야 합니다. –『달라이 라마 예수를 말하다』 중에서

마음에 무슨 일이 일어났는가

고통에서 벗어나려면, 고통이 생기기에 앞서 무슨 일이 일어나는지를 알아야 합니다. 원인과 조건 없이 일어나는 일은 아무것도 없기 때문입니다. 고통에서 벗어나기란 고통을 늘리거나 줄이는 원인을 인식하는 데에 달렸습니다. 이는 마음 분석의 일부이며, 마음 수행에서 빼놓을 수 없는 예비 단계입니다.

마음은 상황의 압박을 받으면 상황과 함께 출렁거리며, 감각이 받는 영향에 따라 그대로 반응합니다. 물질적 발전과 생활수준의 향상으로 더 편안하게, 더 건강하게 살게 되었다고들 하지만 이것이 마음 바뀌는 일로는 여간해서 이어지지 않습니다. 오직 마음만이 지속적인 평화를 줄 수 있음에도 말이지요.

깊고 깊은 행복이란 덧없는 만족과는 달리 정신적인 것입니다. 심오한 행복은 남의 행복에 달려 있으며, 자비와 따뜻한 마음에 기반을 두고 있습니다. '가장 좋은 것을 남이 못 갖게 내가 거머쥐는 것이 행복이다.'라고 생각하면 그건 착각입니다. 남을 생각하고 남을 이롭게 하지 않으면 말썽이 생기고, 집안도 엉망이 되고, 외로운 처지에 빠집니다. 너무 외면적인 것만 지향하지 않도록 유념하십시오. 물질적인 것을 손에 쥐고 소유할수록 자기중심주의만 강화된다는 것을 안다면 말입니다.

행복의 열쇠는 마음의 힘, 내적 평정심 그리고 꾸준함 같은 덕목 속에 있습니다. 저마다의 깊은 본성에 해당하는 따뜻한 마음과 자애를 키우면 이 행복의 열쇠를 가질 수 있습니다. 모자 혹은 모녀 관계를 보십시오. 자기보다 남을 더 생각하는, 비범한 사랑의 가장 좋은 예 아닙니까. 누구나 세상에 태어나 처음으로 한 말이 '엄마'입니다. 이 말은 세계 어느 언어에서나 거의 공통되지요. 어머니를 가리키는 단어에는 보통 '마'라는 음절이 들어갑니다. 세계의 언어에 대부분 있는 또 하나의 단음절어가 있습니다. 일본어의 경우만 단음절이 아니군요. 그 단어는 무엇일까요? 바로 '나'입니다. 이 단음절어('나'를 뜻하는 일본어는 '와타시'로 단음절이 아님)는 우리가 얼마나 '나'에, 즉 자아에 집착하고 있는지를 잘 보여 줍니다. 이타적 품성이 충만히 발휘되게 하려면 이 집착을 없애야 합니다.

물론 특정 종교를 신봉하지 않아도 인간적 품성을 계발할 수는 있습니다. 그러나 일반적으로 종교를 가지면 좀 더 효과적으로 이런 품성들을 증장시킬 수 있지요.

있는 그대로 보기

불교는 겉모습에 속지 않고 사물의 진정한 본질을 깨달아 보다 나은 사람이 되게 하는 한 방법을 제시합니다. 우리가 감관으로 포착하는 현상들은 궁극적 실체가 없습니다. 산을 예로 들어 봅시다. 어제나 오늘이나 산의 모습은 변함없이 똑같은 것처럼 보입니다. 수억 년 전에 형성된 산은 현상계에서는 변함없이 지속되는 것의 대표 격이라 할 수 있지요. 대략 겉모습으로 보면 상대적으로 산이 변함없이 안정된 모습을 유지하고 있는 것 같지만, 아주 미세한 차원에서 보면 산을 구성하는 분자 하나하나가 순간순간 바뀌고 있음을 인정하지 않을 수 없습니다. 극미極微의 차원에서 변화가 일어남에도 동시에 우리 마음은 그 겉모습이 그대로 지속되는 것으로 파악합니다. 그런데 이렇게 마음에 인식된 지속성이 사실은 스쳐 가는 환상같이 덧없는 것입니다. 왜 그럴까요? 언제까지나 동일하게 지속되는 것은 아무것도 없으며, 연속되는 찰나 찰나에서 실은 어느 한 순간도 같은 순간은 없기 때문입니다.

방금 산을 예로 들었는데, 이번엔 꽃을 생각해 봅시다. 꽃이 연약하고 금세 시든다는 것은 확실합니다. 지금 시든 이 꽃이 맨 처음에는 씨앗이었고, 그다음에는 봉오리로 피어났습니다. 이러한 상태 변화는 매 순간이 미묘하고 무상하다는 것을 잘 보여 줍니다. 이 무상함이야말로 금방 시들 수밖에 없는 꽃의 본성입니다. 산이든 꽃이든 어떤 현상이 나타나는 순간, 그 현상은 바로 자신의 종말의 원인을 내포하고 있는 겁니다. 이 사실을 깨달아야 하고 그 깨달음이 우리의 습관이 되어야 합니다.

현상들은 외부적 원인과 조건에 달려 있기에 무상한 것입니다. 만물이 서로 의존관계에 있다는 말은, 만물에는 본연의 실체성이 있는 게 아니라는 뜻입니다. 현상 속에 발현된 변모의 잠재력, 바로 그것이 생명은 근본적으로 상호적임을 말해 줍니다.

'꽃'이라는 하나의 실재가 저 혼자서 존재한다고 단언할 수 있을까요? 답은 '아니다'입니다. 꽃은 그저 모양, 색깔, 향기 등 여러 특성들이 모인 집합체일 뿐입니다. 외관과 따로 떨어져 독립적으로 존재하는 '꽃'이라는 본질은 없습니다.

우리의 시간 인식도 따지고 보면 실상에 대한 그릇된 이해에 기반을 두고 있습니다. 실제로 과거란 무엇일까요? 과거란 하나의 실재가 아니라 단지 개념일 뿐이죠. 미래는 무엇입니까? 지금 여기서 미리 투사하는 것, 미리 내다보는 것이 미래인데, 이 또한 실체가 없습니다. 과거는 이미 닥쳐왔다가 흘러갔고, 미래는 아직 오지 않았습니다. 이런 개념들이 마치 실재하는 것처럼 우리에게 영향을 주지만, 사실 보면 실체는 전혀 없습니다.

현재란 우리가 지금 여기에서 체험하는 진리입니다. 그러나 이것은 지속되지 않는, 잡을 수 없는 실상입니다. 우리는 지금 역설적 상황 속에 있습니다. 이 상황에서는 과거나 미래나 둘 다 구체적 실체가 없고, 그 둘 사이의 경계, 한계가 현재입니다. 현재란 잡을 수 없는 이 순간, 지나가 버려 더 이상 없는 것과 아직 오지 않은 것 사이의 바로 이 순간입니다.

우리가 실재한다고 여기는 이 개념들은 사실 순전히 우리 머릿속에서 만들어 낸 것에 불과합니다. 이 개념들은 자체로서 존재하는 독립적 실체를 포괄하는 개념이 되지 못합니다. 붓다에 따르면, 감관으로 인식되는 현상들은 우리가 거기 갖다 붙이는 지칭, 이름, 개념으로만 존재할 뿐입니다. 현상들이 이렇게 저렇게 돌아간다 하여 그 현상에 고유한, 어떤 만져 볼 수 있는 실체가 드러나는 것은 아닙니다. 이런 현상들을 신기루에 비유할 수 있습니다. 신기루에 가까이 다가갈수록 신기루는 점점 멀어지다가 마침내 스러집니다. 마찬가지로 현상을 통렬히 꿰뚫어 분석하는 정신 앞에서는 현상들이 스러집니다.

그러므로 두 가지 진리를 구분하는 것이 좋겠습니다. 하나는 상대적 진리입니다. 이는 현상의 외관, 그 발현, 휴지休止에 관한 것입니다. 또 하나는 궁극적 진리입니다. 이것은 현상에 고유한 실체가 없다는 것입니다. 현상 속에 실존의 자리는 텅 비어 있다고 우리는 말하지만, 그 현상들이 실제로 있는 것이 아니라고 단언하지는 않습니다. 단지 여러 현상들이 상호 의존하고 있고 구체적 실체가 없다고 말합니다. 현상들의 공空함이란 정신이 쌓아 올린 그 무엇이거나 어떤 개념이 아니라, 현상세계의 실상 그 자체입니다.

붓다는 사물이 눈앞에 나타나는 것을 부정하지 않으셨습니다. 다만 외양과 공성의 결합을 강조하셨습니다. 눈에 보이는 꽃이 있고, 그 꽃의 모양과 색깔, 기타 등등이 우리 마음속에 입력됩니다. 그러나 그 본성에 내재하는 실체는 따로 없는 것입니다.

붓다의 길 따라 마음 바꾸기

불교는 철학적 세계관이기에 앞서 우선 '마음을 바꾸는 길'입니다. 마음을 바꾸는 일의 목표는 무엇이지요? 고통과 그 원인으로부터 놓여나는 것입니다. 마음을 바꾸려면 우선 마음을 알고 마음의 기능이 무엇인지를 알아야 합니다. 그래야 탐貪(탐욕), 진瞋(성냄), 치癡(어리석음), 삼독三毒(불교에서 깨달음에 장애가 되는 근본적인 세 가지 번뇌 탐, 진, 치를 아울러 이르는 말)을 제거할 수 있습니다. 그러므로 우리 의식의 흐름과 그 다양한 변용을 분석해야 합니다. 시작도 끝도 없는 의식의 궁극적 본성을 이해하는 것, 그것이 정신의 원초적 순수함이 발현되게 만드는 바탕입니다. 의식의 연속체는 흔히 말하는 몸의 신체적 토대와는 다른 것입니다.

현실을 불교적으로 분석하다 보면 양자물리학의 결론과 만나게 됩니다. 양자물리학에 따르면, 물질의 분자들은 궁극적이고 견고한 실체가 없는 채로 실재합니다. 마찬가지로 불교에서는 상호 의존하며 존재하는 현상들이 그 자체만의 내재적 실체 없이 텅 비어 있다고 봅니다.

연기는 총체적인 개념입니다. 원인도 조건도 없이 그냥 일어나는 일은 아무것도 없습니다. '인과' 혹은 '업'이 현상계를 지배하는 법칙입니다. 원인과 결과에 따라서 외양 변화라는 역동적 물결이 일어납니다. 하지만 그렇다고 해서 만물을 조직하고 주재하는 하나의 원리 같은 그런 최초의, 불변의, 영구적인 원인을 상정할 수 있다는 이야기는 아닙니다. 끊임없이 변하는 이 세상에서, 현상들은 원래 변하게 마련인 속성을 갖고 있는 것입니다.

현상세계의 요소들이 나타나는 조건이 일단 정해지면, 이어 우리 마음속에 고苦와 락樂이라는 상반된 두 상태를 만들어 내는 기제를 분석할 수 있습니다.

살아 있는 모든 존재는 기본적으로 행복을 열망하며 고통을 피하고 싶어 합니다. 우리가 체험하는 고와 락은 어떻게 외부 세계에 연결될까요? 외부 세계와 대면해 우리는 반응을 하는데, 그 반응은 다양한 특성을 지닌 감각의 형태로 표현됩니다. 우리는 이런 감각들을 평가하고 그 감각이 체험한 내용을 우리라는 주체에 전달합니다.

고와 락은 반드시 즉각적인 하나의 감각에서 일어나지는 않습니다. 과학의 입장에서는, 뇌 속에서 일어나는 전기화학 작용이 아마도 우리의 모든 정신적 경험의 기원일 것이라고 합니다. 그러나 생리적 기능 작용은 미묘한 의식의 체험을 고려하지 않습니다.

불교는 의식을 뇌의 일로만 한정하지 않습니다. 명상과 관조는 미묘하고 깊은 마음의 상태를 가져오는데, 이런 상태는 몸의 생리적 과정 자체를 바꿔 놓을 만한 힘이 있습니다. 물론 의식은 몸과 연결되지만, 그렇다고 의식이 육체적인 것으로만 축소되지는 않습니다.

의식은 명료하고 밝게 비추는, 그래서 현상을 직접적으로 이해하여 인식하게 해 주는 기능을 대표합니다.

의식은 꿈 같고 환상 같은 체험들을 낳습니다. 꿈속에서 우리는 행복도 맛보고 고통도 맛봅니다. 그러나 이런 느낌에는 그 바탕이 되는 어떤 실체적 대상이 없습니다. 사람들은 어제의 의식과 꿈속의 의식, 깊이 잠들었을 때의 의식을 구별합니다. 이 구분이 오직 감각기관에만 달린 것은 아닙니다.

우리가 아무 생각 없이 멍하니 있을 때도 눈은 무언가를 보고 있지만 이런 상황에서는 의식이 이미지를 입력하지 않습니다. 순수의식이란 잡스러운 것이 다 떨어져 나가 본질만 남은 상태의 순수 인지능력입니다.

물론 의식은 육체와 연결되지요. 하지만 의식은 우리가 통상적으로 말하는 '몸'과는 질적으로 다릅니다. 왜냐하면 의식을 지탱하는 원인과 조건들은 그 나름의 자율성을 갖고 있으니까요. 의식은 중간에 끊어지지 않습니다. 심지어 기절을 한다 해도 의식은 그대로 있으며, 꿈을 꾸거나 졸고 있는 상태에서도 의식은 존속합니다. 이때는 다만 의식과 몸의 토대와의 관계가 다른 방식으로 바뀌는 것이지요. 의식이 육체에서 떨어져 나와 육체에 연결되지 않고 진화하는 경험 속에 육체적 토대는 필요 없다고까지 말할 수 있습니다. 만약 의식이 단지 물질적이고 실체적인 것일 뿐이라고 해 봅시다. 그렇다면 부모 자식 간에 생물학적 연속성이 존재하듯이 앞서 말한 체험들 간에도 의식 차원에서 동일성이 있어야 할 것입니다.

만약 의식 현상의 시초를 생각해 본다면 시작은 제1의 원인의 형태를 갖고 있을 것이며, 아마도 그 시초는 생명 없는 세계의 변모에서 나왔다고 주장할 수 있을지도 모릅니다. 논리적으로 이 설명은 만족스럽지 못합니다. 그러므로 의식의 연속성을 상정하는 것이 낫습니다. 의식의 매 순간은 그 전 의식의 순간에서 옵니다. 우리가 어떤 사람이라고 부르는 것은 의식의 흐름에 결부된 개념입니다. 사람이 그렇듯 이 흐름에는 시작도 끝도 없습니다. 그 흐름은 변화하는 원인과 조건에 따라 달라지는 무상한 연속체인 것입니다.

잠재력 발휘하기

무명無明이란 자아와 현상들이 스스로 견고하게 존립한다고 믿는 그릇된 인지 방식이라고 정의할 수 있습니다. 이런 인지 방식은 마음의 자연스런 기능에 상응하며, 오랜 습성에 의해 더욱 강화됩니다. 한편 분석을 해 보면 사물에는 실체도 견고함도 없다는 것을 발견할 수 있습니다. 사물의 궁극적 분석에서 나오는 인식을 계발해야 합니다. 그래서 그것을 이런 그릇된 인식에 대한 해독제로 써야 합니다. 이렇게 하면 우리는 자아와 이 세상이 실제로 있는 줄로 믿게 만드는, 강하게 뿌리박힌 경향성을 깨부술 수 있습니다.

무명을 타파하는 것, 이는 또한 고통을 뿌리 뽑는 것이기도 합니다. 무명은 앞서 말한 삼독의 원천이며, 마음을 어둡게 가리는 원천입니다. 이타주의, 사랑, 자애, 연민을 계발하면 탐진치는 자연스레 줄어듭니다. 그러나 마음을 어둡게 가리는 일은 아직 완전히 없어지지 않고 미세한 형태로 남아 있습니다. 그것은 오직 한 가지 해독제로만 없앨 수 있습니다. 그 해독제는 현상들과 자아에 전혀 실체가 없음을 깨닫는 일입니다. 자아와 현상에 집착하고 매달리는 일이 이어지는 한 고통의 원인은 없어지지 않습니다. 고통을 뿌리 뽑으려면 정신의 연속체 안에 지긋이 안정된 품성들을 계발해야 합니다. 그러면 그 안정된 품성들이 제2의 천성이 됩니다. 실상을 바르게 인식하면 이런 품성이 생겨납니다. 그 결과 지속적인 지혜와 평정심이 나옵니다. 왜냐하면 지혜와 평정심은 바로 의식 그 자체와 연결되어 있으니까요.

의식이 본래 지닌 환한 빛은 앞에 말한 마음의 삼독을 씻어 내는 해독제입니다. 삼독은 마음속 구조물들이 만들어 내는 열매입니다. 의식 위로 덮어씌워져 고통을 자아내는, 밖에서 온 일시적 너울의 효과입니다. 그럴 때 어떻게 '고苦'가 없는 상태를 만들 수 있을까요?

지혜는 무명을 몰아내는 가장 확실한 해독제입니다. 그런데 붓다의 가르침은 이렇게 방해되는 감정들과 가장 미세한 형태의 무명마저도 제거하는 유용한 앎을 전해 줍니다. 다르마 즉 불법佛法은 우리를 고를 넘어선 곳으로, 열반으로 이끕니다. 붓다를 두고 '바가반'이라고들 하는데, 이 말은 '마군魔軍 넷을 무찌른 분'이라는 뜻입니다. 여기서 네 마군이란 죽음, 해태解怠, 자만, 혼침昏沈입니다. 불법은 깨달음을 가로막는 정신적 요인들을 극복하게 해 줍니다. 그리고 어두운 쪽으로 가는 감정들을 없애, 훌쩍 넘어선 곳에 있는 열반에 이르게 합니다.

아리야데바(2~3세기 인도의 현자. 나가르주나의 수제자로 대승불교의 기본을 이루는 논서들을 집필했다)는 이렇게 말했습니다. "처음에는 일체의 부정적 행위를 끊어야 한다. 그다음에는 자아에 대한 집착을 버려야 한다. 나중에는 견해든 개념이든 극단의 것을 모두 버려야 한다."

이를 실천하려면 지혜와 내면적 성취가 합쳐져야 합니다. 이론적 지식과 지적인 확신만으로는 안 됩니다. 삶의 실제 상황 속에서 스스로 깊이 생각해야 합니다. 삶의 상황들 자체가 가르침입니다. 그렇게 해서 개인적 체험을 통해, 또 그 체험을 일반 사람들에게도 친숙한 것으로 만들어 감으로써 교리의 내용이 맞는다는 것을 실제로 보여 주어야 합니다. 명상은 우리를 새로운 견해에 습관 들이게 하는 점진적 과정입니다.

오직 꾸준한 수행을 통해 우리의 마음을 바꾸고 의식의 내면 공간을 우리 스스로 제어할 수 있게 될 때에야 비로소 공부를 해도 그 공부가 확신을 줄 것입니다. 사람들은 공부만 들이파면서 마음공부는 전혀 하지 않는 석학의 예를 자주 들곤 하지요. 그렇게 하면 다음 세상에 당나귀 머리를 가진 귀신으로 태어난다고 말입니다.

티베트 동부에서는 도 높은 스님이 돌아가시기 전 주위 사람들에게 미리 당부를 해 놓습니다. 죽은 다음, 일주일간 시신을 건드리지 말고 방문도 열지 말고 그대로 닫아 놓으라고. 이레 후 그 방에 들어가 보면 스님의 몸이 완전히 분해되어 온데간데없고 오직 입었던 승복만 남아 있습니다. 손톱과 머리카락조차 자취가 없습니다. 이런 분은 아주 간결하고 단순한, 오직 명상에만 바쳐진 삶에서 얻은 깨달음의 징표를 전혀 외부에 노출하지 않은 수행자입니다. 그래서 수행을 통해, 마음의 원초적 순수함을 발휘하기에 이른 것입니다.

이런 경지는 아무나 도달할 만한 것은 아닙니다. 일반인은 재가자로서 가정생활과 직장 생활을 영위하며 각자의 생활 터전에서 매일 수행하는 것이 더 낫습니다. 불법의 원리에 따라, 사회의 안녕에 이

바지할 긍정적 생활 방식으로 나날이 조금씩 더 나아지는 삶을 살아가는 수행을 실천하는 것입니다. 직업으로는 이왕이면 교육, 건강, 사회에 기여하는 분야를 택하는 것이 좋습니다. 수행한다고 모든 일을 놓아 버린 채 혼자만 외딴곳으로 가는 것은 피하는 게 좋습니다. 오로지 수행에만 전념한답시고 빙하 속에 푹 파묻힌 외톨이 같은 삶을 살아가라는 것이 아닙니다. 양극단의 입장에 빠지지 않게 조심하면서 변함없이 꾸준하게 한 걸음 한 걸음 안정되게 나아갑시다.

수행은 꼭 필요합니다. 수행은 내면의 삶을 새롭게 해 주기 때문입니다. 계戒(규율), 정定(삼매), 혜慧(지혜)는 진정한 변화를 가능케 하는 삼학三學입니다. "우리 스스로 변하지 않으면서, 어떻게 남이 변하도록 도울 수 있겠습니까?" 티베트의 성자 쫑카빠(13세기 티베트의 대학자이자 성인. 티베트 불교의 한 종파인 겔룩빠의 창시자. 역대 달라이 라마들은 겔룩빠의 계보를 잇고 있다) 스님의 질문입니다.

우리는 점점 우리의 인식, 사고방식, 행동을 바꾸어 나가는 버릇을 들입니다. 공부와 깊은 숙고와 명상이라는 점진적 과정—즉 이런 상태가 점점 더 익숙해지게 하는 과정—을 밟으면서 감정들을 차츰 줄여 나가 나중에는 마음의 습성을 완전히 뒤집습니다. 잠재력 활성화 훈련을 통해 마음을 순화하고 성숙시키는 일은 바로 이렇게 하는 것입니다. 우리는 의식의 흐름을 스스로 제어하는 법, 어두움 쪽으로 이끌어 가는 감정에 끌려다니지 않고 그 감정들을 통제하는 법을 배웁니다. 이것이 절대 본성의 실현으로 가는 길입니다. 우리의 수행은 이처럼 붓다의 가르침의 모든 측면과 다양한 층위를 하나로 통합합니다.

마음을 어둡게 하는 감정들이 밀어닥치더라도, 게으르게 그냥 놔두지 않고 언제나 깨어 있을 수 있어야 합니다. 잡다한 감정들 중 어느 한 가지가 마음에 떠오른다면, 마치 집에 도둑이 든 것처럼 반응하십시오. 우선 빨리 그 도둑을 밖으로 내쫓아야 하지 않겠습니까. 도둑이 우리에게서 탈취하려 하는 것은 바로 우리의 깨달음입니다. 탐진치 삼독이 마침내 지혜로 전환될 수 있다면, 그건 삼독의 본성 속에 궁극적으로 본래 환한 빛을 발하는 원초적 순수성이 이미 배어 있기 때문입니다.

감정생활 교육

자아는 탐진치 삼독의 뿌리입니다. 우리의 마음은 사람들, 대상들에 대한 개념을 만들어 내고 그것을 투사하고 갖다 붙입니다. 우리가 남에게 갖다 붙이는 장점이나 단점들은 자아 중심적인 고착으로 더욱 강해집니다. 그 결과, '나'와 '나 아닌 것', '내 것'과 '내 것 아닌 것' 사이의 단절은 더욱 확실해집니다. 우리가 분리된 것으로 인식하는 사물들이 실제로는 연결되어 있습니다. 그러나 우리의 자아는 그것들을 다 따로 떼어 놓습니다. 우리가 무명 속에 있는 한, 그래서 나라고 할 것이 없음을 체득하지 못하는 한, 우리의 마음은 자아가 견고하다고 굳게 믿고 있습니다. 본래부터 나라고 할 만한 존재가 없음을 깨닫는 것만이 자아 중심적 고착을 없애는 효과적인 해독제입니다. 붓다의 가르침의 목적도 바로 그 깨달음입니다.

취착取着(거머쥐고 집착함)과 욕망에 의해 마음은 녹아들고 취착의 대상에 집착하게 됩니다. 소유의 욕망은 지극히 강해서, 나와 내 것에 대한 집착을 결정화結晶化합니다. 자신에게 해로운 것에 대해서는 밀어내고 싶은 마음을 느낍니다. 그리고 이 밀어내는 감정은 혐오가 되고, 혐오는 마음의 혼란이 되고, 상처를 주는 말이 되고, 폭력이 됩니다. 이런 부정적 감정들이 건강을 해치는 원인입니다. 의학적 연구 결과를 보면, 일상적으로 쓰는 말 중에 유난히 '나', '내가', '내 것'이라는 말의 비중이 높은 사람들이 그렇지 않은 사람들보다 심장병에 걸릴 확률이 크다고 합니다. 요컨대 부정적 감정의 뿌리에는 자아가 있고, 사물이 눈에 보이는 대로 견고하게 존재한다는 믿음이 있는 것입니다. 우리는 이런 그릇된 믿음을 떨쳐 버리되 차츰 더 미세한 차원까지 그렇게 되도록 노력해야겠습니다.

우리의 감정생활을 교육하는 데는 수십 년의 노력이 듭니다. 어느새 우리 마음의 정상적 상태가 되어 버린 부정적 감정들을 내쫓는 데 드는 시간입니다. 우리는 자기가 진정 누구인지를 알려고 해 본 적이 없기 때문입니다. 자아의 사물화, 현상의 사물화로 말미암아 주체와 객체 사이에 괴리가 생겼습니다. 내가 실제로 있는 것이라는, 세상이 실제로 있는 것이라는 믿음을 없앨 때, 지혜 또한 실체조차 없음을 알게 됩니다. 이 정도까지 되면 수행의 길에서 성큼 앞선 단계라 할 것입니다.

"귀금속을 시험하는 금속 세공인처럼, 내 말을 자세히 잘 새겨 보고 따를 만하면 따르라."고 붓다는 말했다. 달라이 라마는 붓다의 이러한 가르침을 그대로 실천했다. 달라이 라마가 법문을 할 때 우리에게 전해지는 것은 단지 말씀만이 아니라 깊은 수행에서 나온 순수한 황금 같은 결정체다. 진솔한 마음으로부터 아낌없이 우러나는 법문이다. 자신보다 남을 더 귀하게 생각하게 하는 깨달음의 힘에 대해 자세히 이야기하면서 달라이 라마가 눈물을 흘리는 일도 종종 있다. 때로는 인간적인 천진함과 엉뚱함에 대해 이야기하면서 폭소를 터뜨리기도 한다. 달라이 라마의 눈물과 웃음은 삶 속에 구체적으로 드러난 지혜를 보여 주는, 법문 속의 또 다른 법문이라 하겠다.

끝없이 활짝 열린 그분의 마음 거울에 우리는 우리 삶의 길을 비추어 볼 일이다. 세계의 정신적 스승인 이분이 화두로 던지는 것은 우리가 이 세상과 어떤 관계를 맺고 있는가 하는 질문이다. 우리가 실제로 있다고 여기는 것들을 어떻게 볼 것인가?

'나', '나의', '내 것'이라고 말하는 사람을 해체해 분석적으로 탐구하는 연습을 통해서 이성은, 이를테면 의식의 체험, 감지되는 세계의 체험을 드러내 자기 것으로 만든다. 데카르트의 나라인 프랑스인인 나로서는 '나는 생각한다, 그러므로 나는 존재한다.'라는 확언이 문득 오만하게 느껴진다.

그리고 티베트 스승들의 가르침은 이런 확신이 과연 맞는지 묻고 있다. "당신의 지금 그 얼굴은 당신이 아닙니다."라고 라마 예쎄는 선언했다. "당신의 뼈와 살은 당신이 아닙니다. 당신의 피도, 당신의 근육도, 당신 몸의 어떤 부분도 당신의 본질이 아닙니다. 이 육신은 당신의 유일한 몸이 아닙니다. 우리의 육체적 형태의 한계 안에는 미세 의식인 몸이 존재합니다. '미세 의식'이라고 칭하는 것은 의식의 깊은 차원과 밀접하게 연결되어 있기 때문입니다. 극히 미묘한 이 차원에서부터 지혜와 지복의 잠재적 에너지가 나옵니다. 이 에너지는 우리 삶의 질을 근본적으로 바꿀 수 있습니다. 왜냐하면 그 에너지는 우리가 누구인지, 우리가 무엇이 될 수 있는지 그 핵심을 보여 주기 때문입니다."(툽땐예쎼, 『탄트라 입문』 중에서)

명상 수행을 하면, 평상시의 정체성이 깨달음의 에너지 속에서 해체된다. 외관이 연기의 깨달음과 함께 드러나는 그런 의식 수준으로 들어가게 되는 것이다. 그래서 '나'보다 '우리'가 더 진실이 된다. 존재의 원인이 우리 안에 있는 것이 아님을 깨닫는 것, 우리는 서로 타자에 의존해 살아감을 깨닫는 것, 이것이 첫걸음이다. 이 첫걸음을 내디디면 그다음에는 삶의 정수인 너그러움의 가치를 제대로 알 수 있다. 불교의 현실 분석은 만물이 서로 연결되어 있다는 것, 연민이 우리의 참본성이라는 것을 깨닫도록 이끌어 준다.

달라이 라마는 기꺼이 종교를 의약에 비유한다. 이런저런 질병을 치료하려면 다양한 치료법이 필요하다. 그러나 모든 종교는 서로 비슷하다. 왜냐하면 어떤 종교든 이타주의라는 처방을 주기 때문이다. 왜? 남을 보살피는 사랑이야말로 실상의 참본성에 상응하는 근본적 건강이니까. 자신에게나 남에게나 모두 해로운 자기중심적 태도는 삶과 인간의 진실에 역행한다. 그런 태도는 무지에서 나오는 것이며, 정신적으로도 비정상적인 상태가 되어 결국 치료를 받아야만 한다. 실상을 있는 그대로 보는 지혜는 이타주의의 가장 수승한 치유법이다. 그래서 지금까지 한 이런 추론에 따라 달라이 라마는 확실히 말할 수 있었던 것이다. "저는 친절과 자비를 보편적 종교라 부릅니다. 그것이 저의 종교입니다."라고.

달라이 라마는 앞에서 자신을 평범한 한 인간이라고 소개하면서,

동참하는 삶의 실상을 깨닫게 하고 내적 변모의 과정을 밟아 근본선을 체험하게 된 이야기를 들려주고자 했다. 왜 그랬는지 이제는 이해가 될 것이다. 연기법과 상호 의존의 법칙에 따라 우리는 세상의 일부이며 세상 또한 우리의 일부인 것이다.

자기부터 바꾸는 사람이라야 세상을 바꾼다.

4

세상 바꾸기

전쟁의 승패는 일시적이다. 지금 세상은 서로 간의 의존도가 너무도 높기에, 한 국가의 패배가 전 세계 나머지 국가에 영향을 미쳐 결과적으로 인류 전체를 고통에 빠트린다. 이타란 다른 이만 위하고 자신은 돌보지 말라는 뜻이 아니다. 다른 이들에게 잘해 주면 자기 자신에게도 잘해 주는 것이 된다.

종교는 선택, 정신성은 필수

티베트 승려인 저는 어디까지나 불교의 원리를 존중하도록 교육받았습니다. 저의 모든 사유도 붓다의 제자라는 사실로 인해 형성되었습니다. 그렇지만 여기서는 제 믿음의 한계를 뛰어넘어 몇몇 보편적 원칙들을 부각시켜 보겠습니다. 모든 사람이 각기 행복을 찾도록 도우려고 이런 말을 하는 것입니다.

우선 종교와 정신성을 구분하는 것이 중요하다고 생각합니다. 종교란 형이상학적 기초, 특정한 교리, 의식과 기도를 바탕으로 이루어진 하나의 체계입니다. 한편 정신성이란 인간다운 사랑, 연민, 인내, 관용, 용서, 책임감 등의 좋은 품성을 키워 가는 쪽의 일입니다.

자기에게나 남에게나 행복의 원천이 되는 이러한 내면의 품성들은 어떤 종교를 믿든 상관이 없습니다. 그래서 저는 가끔 이렇게 말하곤 하지요. 사람이 종교 없이는 살 수 있어도 정신성 없이는 살 수 없다고 말입니다. 제가 '정신적'이라고 부르는 여러 품성들을 하나로 통일하는 요소가 '이타주의적 지향'입니다.

정신 혁명과 윤리 혁명

앞에서 말한 마음 바꾸기, 이것이 바로 정신성입니다. 그런데 마음을 바꾸는 가장 좋은 방법은 좀 더 이타적으로 생각하는 버릇을 들이는 것입니다. 누구에게나 종교에 관계없이 정신성의 토대가 되는 것이 윤리입니다. 이때 정신성의 토대란 특정 종교를 믿는 사람들의 집단에만 국한되는 것이 아닙니다.

제가 강조하는 정신 혁명은 종교적 혁명이 아닙니다. 삶 속에서 우리 태도의 윤리적 방향을 새로이 설정하는 것입니다. 왜냐하면 우리 자신의 열망뿐만 아니라 남들의 열망도 생각하는 법을 꼭 배워야 하니까요.

제가 주장하는 정신 혁명은 물질적 혹은 기술적 발전과 관련한 외부 조건에 좌우되는 것이 아닙니다. 정신 혁명은 마음속에서 시작됩니다. 스스로 변해서 좀 더 나은 인간이 되겠다는 깊은 바람에서 시작되는 것입니다.

정신 혁명으로 이 복잡한 현대 세계의 문제들을 어찌 해결하겠느냐는 반론도 있겠지요. 사회적으로 보자면 폭력, 알코올중독, 마약,

가족의 가치 상실 등의 문제는 특별한 조치들을 통해, 바로 문제가 벌어지는 그 자리에서 접근하고 풀어야 한다는 주장도 있을 것입니다. 하지만 보다 큰 사랑과 연민을 쏟는다면 그런 문제의 폭과 심각성이 줄어들 수도 있다는 것을 우리는 압니다. 그런 문제들을 정신적 차원에서 접근하여 다루는 것이 낫지 않을까요?

그렇게만 하면 문제들이 당장 해결된다는 이야기가 아닙니다. 그런 문제들을 단지 사회적 차원으로만 축소하고 그것들의 정신적 차원을 돌아보지 않으면 지속적인 문제 해결 방도가 서지 않는다고 생각합니다. 정신성이라는 것을 근본적 인간 가치의 계발이라고 볼 때, 정신성은 우리 사회 공동체의 삶을 개선하는 데에 충분히 이바지할 수 있습니다.

분별이라는 병

하나의 현상은 여러 가지 원인과 조건이 있기에 일어난다는 것을 깨달아, 연기 즉 상호 의존성을 제대로 인식하는 것이 중요합니다. 다양한 원인과 조건들을 그저 하나의 요소로만 환원하면 현실을 조각조각 나누게 됩니다. 그런데 연기를 깨달으면 결국 폭력도 줄어듭니다. 좀 더 넓게 보자면, 외부 상황으로부터 영향을 덜 받게 되며 좀 더 건전한 판단력이 생깁니다. 비폭력이란 단지 소극적으로 폭력 없는 상태만이 아닙니다. 왜냐하면 이것은 남에게 좋은 것을 주려는 마음에서 나오는 적극적 태도이니까요. 그래서 비폭력은 이타주의입니다.

이타적 사랑이라고 하면 종종 오해들을 합니다. 이타라는 것은 남만 위하고 자기는 돌보지 말라는 뜻이 아닙니다. 실제로 남에게 잘해 주면 자기 자신에게도 잘해 주는 것이 됩니다. 연기법에 비춰 보면 그렇습니다. 마음을 넓게 가지면 생기는 이익, 또 남의 고통을 자기가 짊어지면 생기는 이익을 생각해 보십시오. 이타적 행동을 하면 사람의 기질과 기분과 인식이 바뀝니다. 그래서 차분한 마음과 평정심이 생깁니다. 이타주의와 정반대 방향으로 살다 보면, 툭하면 외부 상황의 영향을 받아 출렁대는 삶이 됩니다.

자기중심주의는 우리의 본래 성품에 어긋납니다. 연기를 모르기 때문이지요. 그런 태도는 문이란 문은 모두 꽉 걸어 잠그는 것 같은 태도입니다. 반면 이타주의는 깊은 안목을 키워 줍니다. 우리는 인류라는 큰 가족의 일원이라는 생각을 키워 가야 합니다. 미래를 지어내는 원인과 조건은 우리 손에 달렸습니다.

연기를 모르는 사람들

저는 서양 사회에 대해 대체로 매우 깊은 인상을 받았습니다. 특히 그 에너지, 창조성, 지식욕은 무척이나 감탄스럽습니다. 그렇지만 서양적 삶의 방식에는 몇 가지 걱정스러운 요소들이 있다고 생각됩니다. 예를 들자면, 연기와 상대주의가 삶의 실상임을 모르고 매사를 흑백논리로 재단하려는 경향이 다분합니다. 대립되는 두 의견 사이의 중간 지대 같은 것은 안중에도 없는 듯합니다.

또 하나 제가 관찰한 바로는, 서양 사회에는 대도시에서 지극히 안락한 삶을 영위하면서도 인류라는 큰 덩어리에서는 동떨어져 사는 사람들이 많다는 것입니다. 이토록 물질적인 풍요를 누리고 무수한 형제자매들을 이웃으로 두고 있으면서도 참사랑을 기껏해야 집에서 기르는 개나 고양이에게밖에는 표현 못하는 사람들이 수두룩하다는 것은 놀라운 일입니다. 이건 정신적 가치의 결핍을 보여 주는 일입니다. 아마도 서양 선진국들의 경우, 경쟁이 워낙 치열한 삶을 살다 보니 거기서 두려움과 심각한 불안감이 생기는 것 같습니다. 이 지독한 경쟁이 문제의 일부를 차지할 것입니다.

새로운 연기의 시대에

인류 공동체는 역사상 위기에 봉착했습니다. 오늘의 세계에서는 인류가 하나라는 것을 받아들이지 않을 수 없습니다. 과거에는 여러 다른 공동체들이 제각기 독립적이라고 생각하며 지낼 수 있었습니다. 그러나 근년 들어, 미국에서 일어난 비극적 사태(2001년의 9·11 테러)로부터도 알 수 있듯이, 어느 한 나라에 일어나는 일은 다른 여러 나라에 바로 영향을 미칩니다. 세계는 점점 더 상호 의존적이 되어 갑니다. 이러한 새로운 연기의 맥락 속에서, 개인적 이익을 추구하려면 남들의 이익을 고려하지 않을 수 없습니다. 우리 모두가 보편적 책임을 절감하고 이를 키워 가지 않으면 당장 우리의 미래 자체가 위험합니다.

우리는 단지 자기와 가족, 나라만을 위해서가 아니라 온 인류의 행복을 위해 일하는 것을 배워야 합니다. 보편적 책임감은 개인의 행복은 물론이거니와 세계 평화를 보장하는 데 있어 가능한 최선의 기초입니다. 보편적 책임이란 무엇일까요? 후세를 위해 환경을 잘 보호하여 누구나 평등하게 자연자원을 누릴 수 있게 하자는 것입니다.

세계의 수많은 문제들은 우리가 인류 가족의 구성원 모두를 하나로 묶는 이 근본적 '인류'라는 것을 간과해서 생기는 문제들입니다. 인종과 종교, 문화, 언어, 이념이 아무리 다양하더라도, 누구에게나 평화와 행복을 누릴 동등한 기본권이 있다는 것을 우리는 자주 잊습니다. 누구나 행복하게 살고 싶어 하지, 고통 받기를 원하는 사람은 없습니다. 이렇듯 이론상으로는 다원주의를 찬탄하지만, 불행히도 우리는 그 다원주의를 삶에 실천하는 데는 너무 자주 실패하고 맙니다. 사실 다양성을 포용하지 못하는 무능이야말로 민족 간 분쟁의 주요 원천이라고 할 수 있습니다. -2001년 10월 14일 프랑스 스트라스부르, 유럽의회 연설 중에서

연기는 자연법칙

연기는 자연의 기본 법칙입니다. 지구상의 수많은 생명 가운데 가장 진화한 축에 드는 형태들만이 서로 의존해 살고 있는 것이 아닙니다. 아무리 작은 곤충이라도 사회적인 존재입니다. 그들에겐 종교도 법률도 교육도 없지만, 상호 관계를 선천적으로 알고 있기에 그것을 바탕으로 서로 협력하는 덕에 생존합니다. 수많은 생명 형태들, 그리고 물질현상의 가장 세밀한 차원까지도 연기 법칙의 지배를 받고 있습니다. 우리가 사는 이 지구의 대양에서 구름, 주변의 숲, 꽃들까지, 모든 현상은 미묘한 에너지의 모델에 따라 다른 것에 의존해서 일어나는 현상들입니다. 적절한 상호작용이 없으면 그 현상들은 해체되어 사라집니다.

연민에서 책임감이 나온다

티베트 사람들은 말합니다. 단지 자애와 연민만으로도 수많은 병을 낫게 할 수 있다고. 자애와 연민은 행복의 궁극적 원천입니다. 우리 존재의 밑바탕에 자애와 연민이 있어야 합니다.

불행한 일이지만, 자애와 연민은 너무 오랫동안 사회적 교환 관계의 수많은 분야에서 배제되어 왔습니다. 자애와 연민은 개인적이거나 가족적인 일에만 국한되었고, 이를 공적으로 표현하면 거북하다거나 심지어 물정 모른다는 말을 들었습니다. 참 비극적인 일이 아닐 수 없습니다. 왜냐하면 연민을 표현한다는 것은 현실과 유리된 이상주의의 발로이기는커녕 오히려 자기도 남도 이롭게 하는 가장 효과적인 방법이니까요.

온몸을 바쳐 연민을 표현하는 사람은 마치 가득 넘실대는 저수지의 물과 같습니다. 연민은 지속적인 에너지의 원천이자 결연함과 선함의 원천입니다. 그건 마치 씨앗 한 톨과 같습니다. 잘 심어 가꾸면 씨앗 한 톨에서 빼어난 여러 품성들이 꽃으로 풍성하게 피어납니다. 용서, 관용, 내면의 힘, 신뢰, 이런 것들이 생겨나 두려움과 번뇌를 없애 줍니다.

연민을 느끼는 마음은 마치 명약과도 같습니다. 연민심에는 역경逆境을 순경順境으로 바꾸는 힘이 있습니다. 그러니 자애와 연민을 단지 가족이나 친구에게만 표현하는 것으로 여기면 안 됩니다. 또 연민은 성직자들, 보건 및 의료 종사자들, 사회복지 담당자들만의 책임 사항이 아닙니다. 인간 공동체의 주체라면 누구나 연민을 지녀야 하고 실천해야 합니다.

정계, 재계 혹은 종교계에서 갈등이 생길 때, 유일한 해법은 이타적 접근일 경우가 많습니다. 이럴 때 사람들이 타협의 수단이랍시고 끌어들이는 논의 자체가 도리어 문제를 만들기도 합니다. 이럴 경우, 만약 한 가지 해법이 불가능해 보이면, 양자가 공통적으로 지닌 밑바탕의 본성을 기억해 보십시오. 그러면 막다른 골목에서 벗어날 수 있고, 길게 보면 각자가 좀 더 수월하게 목적을 달성할 수 있을 것입니다. 물론 양자 모두 완벽히 흡족해할 수야 없겠지만, 조금씩 양보한다면 적어도 갈등이 심화되는 위험은 막을 수 있을 것입니다. 이런 타협이 문제 해결의 최선의 방법이라는 것은 누구나 압니다. 그렇다면 그런 방법을 좀 더 체계적으로 써야 하지 않겠습니까?

사회에서 서로 돕는 정신이 부족한 것을 보면, '우리 본성이 연기적임을 사람들이 모르는 탓이로구나.' 하는 생각이 듭니다. 저는 꿀벌 같은 작은 곤충을 보고 감동을 받을 때가 많습니다. 자연법칙대로 꿀벌들은 생존을 위해 함께 일합니다. 꿀벌들은 본능적으로 사회적 책임감을 타고난 것입니다. 헌법도, 법률도, 경찰도, 종교도 없고, 도덕 교육도 받지 않지만 본성에 의해 그들은 충실히 서로 돕습니다. 꿀벌들도 서로 다투는 경우가 없지는 않지만, 보통은 상호 협력 덕분에 한 벌통의 벌들이 함께 살아남습니다. 사람에겐 헌법도 있고, 치밀하게 구성된 법률 체계도 있고, 경찰력과 종교도 있고, 높은 지능도 있고, 사랑할 능력을 지닌 마음도 있습니다. 그렇지만 다른 동물보다 뛰어난 이런 장점들을 갖추고도 실제로 우리는 미물들보다 훨씬 못합니다. 어찌 보면 사람이 꿀벌보다 훨씬 불쌍한 것 같기도 합니다.

모둠살이를 할 수밖에 없는 사회적 동물이면서도 우리는 같은 인간에 대한 책임감이 부족합니다. 이것이 가정이나 사회 같은 기본 구조 탓일까요? 아니면 과학기술 덕분에 너무 편하게들 살기 때문일까요? 저는 그런 것 때문이라고는 생각하지 않습니다.

지난 세기에 문명이 급속히 발전한 것은 사실이지만, 현재와 같은 상황의 직접 원인은 물질적 성장만을 최고라고 받들어 온 탓입니다. 미친 듯이 성장만 좇으며 무모하게 나갔기에, 사랑, 배려, 상호 협력, 애정 등 인간에게 기본적으로 꼭 필요한 것들은 소홀히 하고 거들떠보지도 않았던 것입니다. 진정한 책임감은 연민심을 키워야만 생겨날 수 있다는 것이 제가 볼 때는 확실합니다. 자발적으로 남들을 나처럼 느낄 수 있어야만 숱한 타인의 이름으로 행동할 추진력이 생깁니다.

전쟁은 시대착오

전쟁이나 모든 조직된 형태의 싸움은 문명과 더불어 발전해 왔으며, 인류의 역사 및 기질의 일부분인 것 같습니다.

그러나 이제 세상은 바뀌어, 인간의 문제를 무기로만 해결할 수 없다는 것을 우리는 알게 되었습니다. 여러 의견들이 상충하는 데서 오는 차이점들은 대화로 조금씩 해결해 가야 합니다.

물론 전쟁을 하면 승자와 패자가 갈리지만, 그것은 일시적일 뿐입니다. 전쟁의 결과인 승패는 오래갈 수 없습니다. 게다가 이 세상의 상호 의존도는 너무도 높아져서, 한 국가의 패배가 전 세계의 나머지 국가에 영향을 미치고, 직간접으로 인류 각자에게 고통이나 손실을 주게 마련입니다.

이토록 상호 의존적인 오늘의 세계에서 전쟁이란, 구시대의 접근법에서 나온 시대착오적 개념으로 보입니다. 우리는 끊임없이 개혁을 말하고, 변화를 이야기합니다. 과거의 전통 중 많은 것이 더 이상 오늘에는 맞지 않으며, 심지어 단기적으로만 유효하므로 생산성에 역행하기까지 합니다. 그래서 사람들은 그런 전통을 역사의 쓰레기통에 넣어 버렸습니다. 전쟁 또한 역사의 쓰레기통 속으로 들어가야 할 전통입니다.

불행히도, 21세기에 들어섰지만 우리는 과거의 습성들을 떨쳐 버리지 못했습니다. 여기서 과거의 습성이란 무기로 모든 문제를 해결할 수 있다는 믿음을 말합니다. 이런 생각 때문에 세상은 계속 온갖 난관에 부딪히고 있는 것입니다. 그렇다면 이에 어떻게 반응해야 할까요? 세계의 열강들이 이미 전쟁 결정을 한 상황이라면 어떻게 해야 할까요? 전쟁이라는 전통이 점차 종말을 고하기를 염원할 수 있겠지요.

당연한 말이지만 군국주의 전통을 쉽사리 종식시킬 수야 있겠습니까? 그러나 깊이 생각해 봅시다. 설령 대학살이 일어난다 해도, 권력자들이나 책임자들은 든든한 피난처를 확보할 것입니다. 그들은 힘든 상황에서 빠져나가 숨을 곳을 찾을 것입니다. 하지만 그럴 때 가난한 사람들, 어린이, 노인, 장애인들은 어떻게 될까요? 전쟁의 충격을 고스란히 당할 사람은 바로 이들입니다.

무기가 발언권을 쥐면, 죄의 유무를 가리지 않고 무차별 파괴와 살상이 자행됩니다. 적이 발사한 미사일은 무고한 이, 가난한 이, 방어 능력 없는 이를 다 따로 가려 가며 공격하지 않습니다. 이런 사람들은 모두 연민을 받아 마땅한 사람들입니다. 결과적으로 전쟁이 나면 소박하게 사는 약자들이야말로 진짜 패자가 되고 맙니다.

전쟁 상황에서 유일하게 긍정적인 것이 있다면, 의료 지원과 인도적 손길을 아끼지 않고 전쟁으로 갈가리 찢긴 지역을 찾아 돕는 자원봉사자들의 모임입니다. 이런 조직들이 발전하는 것이야말로 우리

시대정신의 승리라 하겠습니다.

가능하면 전쟁이 전혀 없기를 바라고, 그렇게 되도록 기도합시다. 만약 전쟁이 터진다면, 학살과 고통이 되도록 크지 않기를 기도합시다. 우리의 기도가 구체적으로 도움이 될지는 모르겠지만, 현재로서는 이것만이 우리가 할 수 있는 일입니다. -2003년 3월 11일 인도 다람살라 법문 중에서

달라이 라마는 2003년 이라크에서의 전쟁 발발이 확실해지던 무렵, 인도 다람살라에서 이 법문을 했다. 그로부터 6개월 뒤인 같은 해 10월 파리 법문을 통해 달라이 라마는, 사람들이 사담 후세인을 비난하면서도 독재자인 그가 휘두르는 무기들이 서양의 기술로 제작되었다는 사실은 그냥 넘긴다고 일침을 놓았다. 무기 판매 국가들의 탐욕도 유혈 사태를 일으킨 독재자와 똑같이 규탄받아야 한다고.

2009년 1월 사르나트 법문에서는 연기법을 설했다. 각자가 하는 제아무리 미미한 행동도 세계에 영향을 준다는 것을 안다면, 모든 이의 보편적 책임에서 자기의 몫을 반드시 인식해야 한다고 강조하면서 다시금 위의 예를 들었다.

보편적 책임에서 각자의 몫을

저는 대중운동의 창설이나 이념을 믿지 않습니다. 이런저런 생각들을 부흥시키기 위해 기구를 창설하는 일이 유행인데, 그런 유행도 별로 달갑게 여기지 않습니다. 그렇게 되면 어떤 작은 집단만이 일정 프로젝트의 달성에 책임을 진다는 이야기가 되거든요. 다른 사람들은 다 배제되고 말이지요. 현 상황에서는 아무도 남이 우리의 문제를 해결해 줄 것이라고 장담 못 합니다. 우리 각자가 전체적 책임 중에 자기 몫을 맡아서 행해야 합니다. 이렇게 해서 책임지고 참여하는 개인이 점점 늘어나 수십 명이 수백 명이 되고, 다시 수천 명이 되고, 수십만 명이 될 때, 전체적 분위기가 좋은 쪽으로 바뀌는 것입니다.

-2008년 인도 다람살라, 세계인권선언 60주년 기념식 연설 '인권, 민주주의 그리고 자유' 중에서

달라이 라마는 어떤 이념에도 편승하지 않는다. 사람들이 각자의

인간됨을 충분히 감당하기 위해 꼭 의식해야 할 것이 있는데, 이념은 오히려 이 의식과 거리를 두게 하기 때문이다. 달라이 라마의 입장이 독창적인 것은, 문제 해결의 중심을 개인과 윤리에 둔다는 점이다.

연민은 인간의 진실이다. 개인의 차원에서 이타주의적 태도를 키워 가면 마침내는 연민이 표출된다. 전체 사회의 차원에서 보자면, 연민은 인간의 보편적 책임을 키워 준다. 지구 전체의 역사와 문명이 두루 엮이고 짜이는 이 시점에, 개개인은 자신의 자리에서 제 몫의 책임을 다해야 한다. 개인의 행동은 모두, 전체에 영향을 미친다. 개개인의 행동반경은 세계적인 것이 된다. 개인의 자유는 권리만큼이나 의무도 부여하기 때문이다.

결과적으로 어느 한 나라, 한 민족, 하나의 문화만을 유독 빈곤하게 만드는 일은 인류 전체에게서 풍요로운 다양성 중 무엇으로도 대신할 수 없는 부분을 박탈하는 일인 셈이다. 개인의 기본권 침해는 모든 이의 존엄성에 대한 침해가 된다.

뿐만 아니라 달라이 라마에 따르면, 보편적 책임에 대한 인식은 다른 분야, 즉 과학 분야에까지 확장되어야만 한다. 왜냐하면 인간 존엄성은 이제는 단지 독재적이고 전체주의적인 국가의 정치나 무력 충돌에 의해서만 억압받는 것이 아니게 되었기 때문이다. 인간의 도덕적 전일성全一性은 수십 년 전부터 새로운 도전에 직면하고 있다. 그 도전은 과학기술이 발전할수록 더욱 심화된다. 오늘날 이러한 분야들에는 삶의 여러 코드를 조종하는 힘이 있다.

과학이 사람을 위해 봉사할 책무를 질 수 있도록, 달라이 라마는 세계의 유명 학자들과 대화를 했다. '마음의 과학'이라 할 수 있는 불교에 토대를 두고 달라이 라마는 불교 특유의 명상 전통과 현대 신경과학의 접근을 강조했다.

그 결과 과학 분야에 적용 가능한 윤리적 원칙이 정립되었고, 혁신적 연구의 전망이 도출되었다.

스님이 왜 과학에 관심을 갖는가

지난 수십 년간, 사람의 뇌와 신체의 과학적 이해에 놀랄 만한 진전이 있었습니다. 유전공학이 발달하면서 생명의 기능에 관한 탐구가 이제는 개인 유전자의 더없이 미세한 차원에까지 미치게 되었습니다. 이를 통해 생명의 유전자 코드 자체를 조작할 수 있는, 전에는 짐작조차 못했던 가능성이 생겼습니다. 그러자 인류에게 완전히 새로운 하나의 현실태現實態가 나타났습니다.

오늘날 과학과 인간의 상호작용 문제는 이제 학술적 차원에만 머물지 않습니다. 인류의 운명에 관심 있는 사람이라면 누구나 이 문제를 시급히 다루지 않을 수 없습니다. 신경과학과 사회 간의 대화는 우리가 여타의 생명들과 공유하는 자연에 대한 책임이 어떤 것인지 규정해 주므로 '인간'에 대한 기본 이해의 깊이를 더하는 데 도움이 될 것입니다. 이처럼 확장된 상호작용 속에서 신경과학의 전문가들은 불교의 여러 명상 수행법들과 심층적인 대화를 나누는 일에 점점 더 관심을 보이고 있습니다. 이 자리에서 이 사실을 강조하게 되니 기쁜 마음입니다.

저는 티베트에서 성장하며 호기심을 키웠습니다. 그래서 소년다운 끝 모를 호기심으로 과학에 접근하기 시작했습니다. 그러다가 차츰, 현대 세계를 이해하는 데는 과학기술이 대단히 중요하다는 것을 깨달았습니다. 과학의 개념들을 파악하려고 했을 뿐만 아니라 인간에 관한 지식의 분야와 과학이 발휘하는 힘이라는 분야에서 과학의 최근 발전이 지니는 좀 더 넓은 의미를 탐구하고 싶기도 했습니다. 여러 해 동안 제가 탐구해 온 과학 분야는 아원자亞原子물리학, 우주학, 생물학, 심리학이었습니다.

어떤 이들은 의아해합니다. '불교 승려가 무엇 때문에 이렇게 과학에 관심을 가질까? 현대 과학과 불교 사이에, 해묵은 옛날 철학과 인도의 정신성 사이에 도대체 어떤 관계가 있을까? 신경과학 같은 학문 분야가 불교의 명상 전통과 대화를 하면 대체 무슨 이득이 있나?' 이런 의문들을 가질 만도 하지요.

우리의 전통과 현대 과학이 역사적, 지성적, 문화적으로 서로 다른 기반에서 출발해 발전해 왔지만, 근본적으로 철학적 견해 및 방법론에서는 서로 통한다고 생각합니다. 철학적으로 보면, 불교와 현대 과학은 '절대'라는 개념을 문제 삼습니다. 절대라는 것이 초월적 존재나 영원불변의 법칙으로 제시되든, 아니면 현실의 근간을 이루는 토대로 제시되든 간에 말입니다. 불교와 과학은 진화, 우주와 생명의 출현을 인과라는 자연법칙에서 나온 복합적 상호 관계로 보는 편을 택합니다.

방법론으로 보자면 양쪽 전통 모두, 경험의 역할을 강조합니다. 그래서 불교적 탐구에는 체험, 이성, 증언, 이렇게 세 원천이 있습니다. 그중 첫째가는 것이 체험에서 나온 증거입니다. 둘째가는 것이 이성이고, 마지막이 증언입니다. 이 말이 무슨 뜻인가 하면, 불교가 현실을 문제 삼을 때 적어도 원칙상으로는, 체험적 증거가 경전—아무리 높이 받드는 경전이라 하더라도—의 권위를 압도한다는 것입니다. 심지어 추론이나 추정에 의해 이끌어 낸 지식의 경우에도, 그 유효성은 추후 경험된 사실에 의해 확인되어야만 합니다.

방법론에서 이런 입장이기 때문에 저는 종종 가까운 불자들에게 말하곤 했습니다. 현대 천문학이 경험적으로 확인한 발견들을 보면 우리는 옛날에 종교적 교설로 발표된 전통적 우주론의 여러 면을 수정하거나 때에 따라서는 버릴 수밖에 없다고 말이지요. 불교적 현실 분석의 첫 동기가 인간의 고통을 줄이고 인간 조건을 완벽하게 만드는 것을 목표로 삼는 근본 탐구이기에, 우리의 탐구 전통의 첫 방향은 인간 정신과 그 다양한 기능 방식을 이해하는 일이었습니다. 그 전제 조건은 정신을 좀 더 깊이 이해하면 우리의 생각, 감정, 그 밑에 숨은 충동들을 변화시키는 방법을 찾을 수 있다는 것, 그래서 보다 건전하고 만족스런 삶의 방식을 정할 수 있다는 것입니다.

이런 맥락에서 불교 전통은 정신 상태를 남김없이 모두 분류하여, 마음의 어떤 품성들을 갈고닦는 것을 목표로 하는 명상적 방법들을 제안합니다. 이로써 인간의 마음에 관한 크나큰 질문들—인지와 감정에서부터 뇌에 선천적으로 부여된 가소성(외부에서 탄성한계 이상의 힘을 받아 형태가 바뀐 뒤 그 힘이 없어져도 본래의 모양으로 돌아가지 않는 성질)의 이해까지—에 있어 오랜 세월 축적되어 온 불교와 현대 과학 간의 경험과 지식의 진정한 교류가 성립된 것입니다. 이 대화는 참으로 흥미롭고 이로운 것이었습니다. 제 입장에서 보자면, 신경과학과 심리학 쪽 전문가들과 대담하면서 참으로 많은 것을 얻었습니다. 긍정적이고 부정적인 감정들, 주의注意의 본성과 역할, 뇌의 상像과 가소성, 이런 주제로 주고받은 이야기들이 무척 유익했습니다. 생후 몇 주간 갓난아기의 뇌 발달에 신체 접촉을 통해 전해지는 애정이 얼마나 중요한 역할을 하는지에 관해 신경과학과 의학이 대단히 확실한 증거를 제시했고, 그로 말미암아 연민과 인간의 행복 추구는 밀접한 관계가 있다는 것이 확인되었습니다. -2005년 11월 12일 미국 워싱턴, 신경과학회 연설 중에서

불교와 과학의 대화

불교와 과학이라는 두 탐구 전통이 긴밀히 협력하면, 우리가 '마음'이라고 부르는 주관적 경험의 복합적이고 내면적인 세계의 이해 증진에 현저히 보탬이 되리라고 저는 확신합니다. 이러한 협력의 장점들이 이미 여러 곳에서 감지되고 있습니다. 최초의 보고서들은 마음 수행의 효과에 대해 이렇게 전합니다. 규칙적으로 주의를 집중하는 수행—불교적 표현으로 하자면 연민관憐憫觀(연민심을 계발하여 증장시키는 명상)—같은 단순한 형태의 수행만 해도, 긍정적 마음 상태와 관련된 뇌의 부위에 관찰 가능한 변화가 온다고. 이러한 변화는 실제로 계측되었고, 신경과학 분야의 최근 발견 덕분에 뇌의 내적 가소성이 증명되었습니다. 일부러 뇌를 운동시키거나 아니면 풍부한 환경을 제공하거나 하여 뇌에 외부적 자극을 가하면 시냅스의 연결 상태가 달라지고 새로운 뉴런들이 생겨난다고 합니다.

불교의 명상 전통이 뇌의 가소성과 연관된 마음 수행의 몇 가지 형태들을 제시한다면 이는 과학 연구의 지평을 넓히는 데도 도움이 됩니다. 만약 불교 전통이 그러하듯이 정신 수행이 시냅스와 뉴런의 상태를 변모시킬 수 있고 그 변모가 뇌 안에서 실제로 추적 가능하다는 것이 확인된다면, 아주 광범위한 의미가 도출될 것입니다. 이러한 연구의 반향은 사람의 뇌에 대한 지식의 발전에만 국한되는 것이 아닙니다. 어쩌면 더욱 중요한 방식으로 교육과 정신 건강의 이해에 도움을 줄 수 있을 것입니다. 마찬가지로 불교 전통이 보여 주는 바와 같이 앞에서 말한 연민관 수행을 신중하게 한다면, 개개인이 세계와 맺는 관계가 근본적으로 변화하여 남의 마음을 자기 마음처럼 더 잘 이해하게 되고, 그 결과 사회 전체에 중요한 결과를 낳을 수도 있습니다.

끝으로, 신경과학과 불교의 명상 전통이 힘을 합치면 윤리와 신경과학의 상호작용이라는 문제—이것은 매우 중요한 문제입니다—에 새로운 빛을 던질 수 있다고 생각합니다. 윤리와 과학의 관계를 우리가 어떻게 생각하고 있든, 실제로 과학은 우선 도덕적으로는 중립인 경험 분야로 발전했습니다. 과학은 주로 경험적 세계에 대한 상세한 지식 그리고 자연 속에 숨어 있는 법칙들을 전해 주는 탐구 방식으로 간주되었습니다.

순전히 과학적인 견해에서만 보자면, 핵무기 생산은 괄목할 만한 성취라고 할 수 있습니다. 그렇지만 무기는 대량 살상과 파괴로 막대한 고통을 주는 힘을 가졌기 때문에 우리는 이런 성취를 과학의 한 부산물이라고 봅니다.

과학에서 무엇이 긍정적이며 무엇이 부정적인지를 결정하는 것은 윤리적 평가입니다. 얼마 전까지만 해도 사람들은 윤리와 과학을 잘 구분했던 것 같습니다. 사람의 도덕적 사고 능력이 지식에 비례하여 커 간다는 것을 인정하면서 말이죠. 그러나 지금 저는 인류가 위험한 기로에 서 있다고 봅니다. 20세기 말 신경과학 그리고 특히 유전공학의 획기적인 발전으로 인류 역사에 신기원이 열렸습니다. 우리는 이런 발전이 던지는 윤리적 도전이 어마어마한, 그런 시점에 이르렀습니다.

확실히 우리의 도덕적 사고는 이토록 급속한 발전 속도를 감당하지 못했습니다. 지식과 힘은 급속도로 늘어나는데 도덕적 사고도 그에 맞춰 같은 속도로 성장하지 못한 것입니다. 그렇지만 이러한 새로운 발견의 파생 효과, 그리고 그 적용의 파급력은 너무도 커서 우리가 갖고 있던 인간 본성의 개념 자체, 그리고 인류라는 종의 보존이 문제로 대두되기에 이르렀습니다. 그러므로 우리의 책임이 그저 과학 지식을 뒷받침하고 기술의 힘을 강화하여 기술의 적용 분야를 넓게 남겨 두는 정도에 국한된다고 여기는 것은 이제 더 이상 사회적 차원에서 받아들여지지 않습니다. 우리는 인도적, 윤리적 고려가 과학 발전의 방향을—특히 생명과학에서—잡아 줄 수 있게 하는 방법을 찾아야만 합니다.

윤리적 기본 원칙을 이야기하자면 저는 종교 윤리와 과학 연구를 혼합하는 것에 그다지 찬성하지 않습니다. 차라리 '세속 윤리'를 이야기합니다. 세속 윤리란 연민, 관용, 배려, 과학과 권력의 책임 있는 사용 등의 주요 원칙을 포함합니다. 이 원칙들은 종교를 믿는 사람이건 안 믿는 사람이건 어떤 종교의 신자건, 그런 구분을 초월합니다. 우리가 몸담아 사는 세상은 하나입니다. 현대 경제, 인터넷 미디어, 국제 관광, 환경문제, 이 모든 것을 보면 일상 속에서 현 세계가 얼마나 서로 연관되어 있는지를 알 수 있습니다. 서로 근접한 이 세상에서 과학 공동체들은 핵심 역할을 합니다. 오늘날의 과학은 대단한 존중을 받고 사회의 신뢰를 받습니다. 현대인들은 제가 몸담은 종교계나 철학 분야보다 과학 분야를 훨씬 더 대단하게 생각합니다. 이 자리에서 저는 학자들에게 호소합니다. 각자의 전문 영역에서, 우리가 인간으로서 모두 함께 공유하는 기본 윤리 원칙에 입각한 가치들을 드높여 갑시다. -2005년 11월 12일 미국 워싱턴, 신경과학회 연설 중에서

생명 보존을 위한 과학 윤리

과학과 종교가 점차 양립해 간다는 것은 고무적인 신호라고 생각합니다. 19세기 내내, 그리고 20세기 대부분의 기간에, 누가 봐도 상충되는 이 두 세계관의 충돌로 인해 심대한 혼란이 있었습니다. 이제 물리학, 생물학, 심리학은 너무도 복잡한 수준에 도달해, 수많은 연구자들이 우주와 생명의 궁극적 본성에 관해서 더없이 심오한 질문을 던지기 시작합니다. 이러한 질문들은 종교계에서도 기본적으로 큰 관심을 갖는 문제들입니다. 그러므로 보다 통합된 세계관 편을 드는 잠재적 현실이 존재합니다. 특히 정신과 물질의 개념이 새로 정립되는 중인 듯합니다. 역사적으로 볼 때, 동양은 정신의 이해 쪽에, 서양은 물질의 이해 쪽에 좀 더 몰두했습니다. 정신과 물질이 만난 지금은 생명의 정신적 개념과 물질적 개념이 더욱 조화를 이룰 수 있습니다.

우리는 과학에서 인간적 가치에 대한 동참의 다짐을 새로이 해야 합니다. 과학의 원래 목적이 현실을 더 많이 아는 것이긴 하지만, 또 하나의 목표는 삶의 질을 향상시키는 것입니다. 이타주의적 동기부여가 없으면 과학자들은 유익한 기술과 단순한 방편을 구분하지 못합니다. 이 혼동의 결과 중에 가장 눈에 띄는 것이 바로 주변 환경에 끼친 해악입니다. 앞으로 생명의 미묘한 구조를 조종하는 방편이 될 신新생명기술의 놀라운 스펙트럼을 관리하는 문제가 대두되면서 적절한 동기부여가 더욱 절실합니다. 이러한 조종이 윤리적 토대 위에 탄탄히 세워지지 않는다면 우리는 생명의 섬세한 모체에 대해 돌이킬 수 없는 편견을 갖게 될지도 모릅니다.

이 시대에 불교가 특별한 책임을 맡아야 한다는 것이 달라이 라마의 생각이다. 왜냐하면 연기법을 토대로 한 불교의 명상 수행은 연민의 실천과 불가분의 관계라는 것이 붓다의 가르침이기 때문이다. 그런데 2,500여 년 전 붓다가 설했고 옛 인도와 티베트의 성자들이 숱하게 주석을 달아 설명한 '연기'라는 개념은 온 세상이 전체적인 상대성으로부터, 또 그 펼쳐짐으로부터 생겨났다는 세계관 속에 통합된다. 이 주제에 관해 달라이 라마는 압둘 칼람의 말을 인용한다. 인도 대통령을 지낸 핵물리학 전문가 칼람은 달라이 라마에게, 옛 인도의 성자 나가르주나의 사상 속에서 양적 불확실성의 핵심을 재발견했다고 고백했다. 나가르주나가 붓다를 찬양하기 위해 지은 다음 게송(붓다의 공덕이나 가르침을 찬탄하는 노래) 「세간世間을 초월하는 붓다에 대한 찬탄」에서 그것이 잘 표현된다.

당신 앞에 엎드립니다. 세상을 초월한 분이시여!
없음〔無〕의 지혜를 깨달으신 분,
세상의 평안을 위해
당신은 오랫동안 고통 받으셨고, 크나큰 연민을 품으셨습니다.

단지 다섯 덩어리〔五蘊〕일 뿐 이를 벗어나면
어떤 존재도 있지 않음을 말씀하셨습니다.
그러나 아, 성자시여!
당신은 중생을 받들기 위해 온전한 헌신으로 끊임없이 머무르십니다.

존재하는 것도 존재하지 않는 것도
생겨난 것이 아니니
스스로에서 생겨난 것도
다른 것으로부터 생겨난 것도 아니며
이 둘로부터 생겨난 것도 아닐진대, 어찌 '생겨남'이 있으리오?

우선, 어떤 원인이 있을 때 그 원인 자체가 파괴되었다면
거기서 어떤 결과가 생겨난다는 것이 논리적으로 맞지 않습니다.
결과는 또 파괴되지 않은 원인으로부터 생겨나는 것도 아

닙니다.

그러므로 당신은 무언가 생겨난다 함이 꿈과 똑같은 것임을 받아들이셨습니다.

하나의 원인에서 파괴 혹은 비파괴를 거쳐
결과가 나타남,
이러한 생겨남은 환幻의 나툼과 같은 것
그런데 당신은 만물이 이러함을 가르쳐 주셨습니다.

다른 것에 의존해 생겨나는 것
그것은 빈 것(空)이라고 당신은 말씀하십니다.
독립적인 실체란 존재하지 않는다는 것
당신이 사자후로 설하신 바가 이것이오니
아, 그 무엇에도 비할 수 없는 스승이시여.

당신은 공空의 진수를 설하시어
우리로 하여금 모든 개념을 버리도록 도우시니
이 비어 있음에 집착함도 호되게 나무라셨습니다.

현상은 제 힘으로 일어나는 것이 아니라 서로 의존하며
실상은 비었으되 환과 같고, 조건이 맞으면 생겨나는 법이니
만물에 실체 없음을 당신은 알려 주셨습니다.

고귀한 성자들이 보여 주셨듯이
명상에 드는 방법 말고는
우리의 의식이 어찌 눈에 보이는 모습을 벗어날 수 있으리오?

모습 없는 경지에 들어가지 못하면
해탈은 없다고 당신은 선언하셨습니다.
하여 당신은 모습 없는 경지를
경전에서 완벽하게 보이셨습니다.

아, 찬탄받아 마땅한 우리의 귀의처 세존을 기리며
제가 지금껏 이룬 공덕이 있다면 그 힘으로
모든 중생 남김없이
모습에 끄달리는 이 삶을 벗어나 해탈하여지이다.

9·11의 비극에서 배운 것

분노, 두려움, 증오 같은 파괴적 감정들이 세상에서 파괴적인 결과를 자아내는 일이 왕왕 있습니다. 현재 벌어지는 일들을 보십시오. 이런 감정에서 나오는 파멸적 힘이 비극의 재판再版처럼 자꾸자꾸 펼쳐지지 않습니까. 우리는 어떻게 그런 감정들을 통제할까를 진지하게 자문해 봐야 합니다. 물론 그런 감정들이 늘상 인간 조건의 일부였던 것은 사실입니다. 인간은 오랜 세월 그것들에 사로잡혀 가며 살아왔습니다. 그렇지만 우리는 그런 감정들을 변모시킬 기회를 잡아야 한다고 생각합니다. 특히 종교와 과학 간의 협력에 힘입어 그렇게 할 수 있습니다. 이러한 생각을 염두에 두고 저는 1987년 '마음과생명연구소'에서 주관한 일련의 대화 프로그램에 참가했던 것입니다. 그때 이런 생각을 하게 되었습니다. '과학의 새로운 발견으로 말미암아 우주론 같은 학문 분야를 더욱 깊이 이해하게 된다면, 불교적 설명을 통해 학자들로 하여금 자기 연구 분야를 다른 시각으로 바라보게 해 줄 수 있겠다.'는 생각이었습니다.

이 대화는 비단 과학계뿐만 아니라 종교계에도 이익이 되었습니다. 실상 티베트인들은 마음의 세계에 대해 유효한 지식을 갖고 있으면서도, 과학 지식이 부족해 물질적 발전에서 동떨어져 있었습니다. 불교의 가르침은 실상을 제대로 보고 아는 것이 중요함을 강조합니다. 따라서 우리는 현대 과학자들이 경험과 수량화에 의해 발견된 현실을 어떻게 보고 있는지를 잘 살펴야 합니다.

이 대화가 추구하는 목표는 두 가지입니다. 하나는 학술적인 목표로서 지식의 발전을 도모하자는 것입니다. 일반적으로 과학은 물질세계를 이해하는 탁월한 도구입니다. 게다가 우리 시대에 과학은 놀랍게 발전했습니다. 아직도 탐구해야 할 것이 무진장 많기는 하지만 말입니다. 그러나 현대 과학은 내면적 체험에 관해서는 그다지 크게 진보한 것 같지 않습니다. 반면, 인도를 발상지로 하는(불교의 발상지는 붓다의 탄생지인 카필라바스투로, 정확하게는 현재의 네팔에 속하지만 흔히 인도로 간주된다) 오래된 사고 체계인 불교는 마음의 기능을 깊이 분석합니다. 수백 년 동안 숱한 명상자들이 이 분야에서 '체험'이라고 부를 수 있는 것을 줄곧 해 왔습니다. 또 그들이 활용할 수 있는 지식의 총체라는 기반 위에서 의미 있고 각별한 결과들을 얻었습니다. 심층 토론과 합동 연구는 일반 학문을 하는 학자들과 불교의 석학들을 연결한다는 점에서 학술적으로 매우 유용한 역할을 할 것이며, 궁극적으로는 인류의 지식도 늘려 줄 것입니다.

또 다른 차원에서 봅시다. 만약 인류가 어떻든 지구상에서 계속 살아가야 한다면, 마음의 평화와 행복은 핵심입니다. 이것 없이는 우리 자녀와 그 뒤로 이어질 자손들의 삶은 불행하고 절망적인, 짧고 무의미한 삶이 되어 버릴 것입니다. 2001년 9월 11일의 비극은 현대 기술과 인간 지성을 증오가 이끌고 갈 때 얼마나 극심한 파괴에 이를 수 있는지를 생생히 보여 주었습니다. 물론 물질적 발전이 행복에, 또 편안한 삶에 어느 정도 보탬이 되기는 합니다. 그러나 그것만으로는 부족합니다. 좀 더 심오한 행복에 이르려면 내면의 발전을 소홀히 해서는 안 됩니다. 우리 인간의 기본 가치관이 최근의 물질적 능력의 향상 속도 못지않게 향상해야 한다고 생각합니다.

바로 이런 이유에서 저는 학자들을 격려했습니다. 학자들에게 티베트의 수승한 명상 수행자들을 대상으로 연구하여, 어째서 그들의 정신 수행이 종교적 맥락을 떠나 그 무엇보다도 이타적일 수 있는지를 제대로 알아보라고 했습니다. 왜냐하면 정신세계, 의식 세계, 감정 세계를 좀 더 잘 이해하는 것은 아주 중요한 일이니까요.

이미 여러 실험이 시도되었고, 명상 수행자들이 내면적 평화 상태에 이를 수 있으며 심지어 고통스런 상황에서도 그런 상태를 유지할 수 있다는 것이 밝혀졌습니다. 이런 결과들은 무엇을 입증할까요? 명상 수행자들은 다른 사람들보다 행복하며, 파괴적 감정에 덜 휘둘린다는 사실입니다. 명상법들은 유용할 뿐만 아니라 돈도 많이 안 듭니다! 돈을 들여 무언가를 구입할 필요도 없고 공장에서 제품을 만들 필요도 없습니다. 약도 주사도 필요 없습니다.

그렇다면 제기되는 문제가 있습니다. 이 결과의 유익한 점을 불자 아닌 일반인들과 어떻게 나눌까 하는 것입니다. 왜냐하면 이 조사는 불교에만 국한되는 것도 아니고, 다른 어떤 종교에 국한되는 것도 아니며, 다만 인간 정신의 잠재력을 좀 더 잘 이해하고자 행한 것이니까요. 여러 가지 정신적 방법들을 우리는 활용할 수 있습니다.

아울러 정신 수행 같은 문제에 관심이 없는 대다수의 사람들도 쉽게 접근할 수 있게 만들어야 합니다. 이렇게 해야만 그런 방법들이 최대의 영향력을 발휘할 수 있습니다.

이런 주도적인 시도는 중요합니다. 과학과 기술만으로는 우리의 문제 전부를 해결할 수 없기 때문입니다. 물질적 발전을 연민, 관용, 용서, 절제, 자율 같은 인간적 가치를 마음속에 키워 가는 일과 연결시켜야 합니다. -2003년 1월 14일 연설 중에서

달라이 라마는 2001년 9·11사태를 '정신적' 차원의 문제로 접근하여, 과학 연구에서의 윤리적 코드의 부재不在를 지적한다. 윤리적 코드가 없었기에 인간 정신의 놀라운 발현이 바로 인간을 표적 삼아 부메랑처럼 되돌아왔다는 것이다. 세계무역센터의 두 고층 건물에 가해진 테러 공격도 그렇고, 유전학이 도무지 손을 쓸 수 없을 만큼 빗나가고 있는 현상도 그렇고, 다음 세대에 큰 위협을 주며 가속화하는 환경 파괴 또한 그렇다.

불교 승려로서 달라이 라마는 이 문제에 대해서도 역시 정신성이야말로 인류 생존의 관건이라고 설파하고 있다. '정신성'이라는 단어를 인간의 핵심 가치로 회귀한다는 의미로 이해한다면 말이다.

5

지구 환경 지키기

만약 당신이 아름다운 정원을 원한다고 생각해 보라.
우선 상상 속에서 그 정원을 그려 보며 완성된 모습을
설계하지 않겠는가. 그래야 상상이 구체화해 진짜 정원이
눈앞에 나타날 것이다. 자연자원의 파괴는 무지의
결과이다. 인간의 삶은 자연에서 비롯된다.
환경 없이 생존은 불가능하다.

세상은 인간을 담는 그릇

저는 어린 시절 불교 공부를 할 때부터 자연을 잘 보호하라고 배웠습니다. 왜냐하면 비폭력의 실천은 인간만이 아니라 유정有情, 즉 생명 있는 모든 중생을 대상으로 하니까요. 목숨이 있어 움직이는 것들은 모두 의식을 갖고 있습니다. 의식이 있는 곳에 괴로움, 즐거움, 기쁨 같은 느낌들이 있습니다. 생명 있는 존재치고 어느 누가 고통받고 싶어 하겠습니까. 모든 존재는 행복을 추구합니다. 불교 수행을 하면서 우리는 비폭력이라는 개념, 또 모든 고통을 여의고자 하는 발원 등에 익숙해져 무의식적으로라도 생명을 공격하거나 파괴하지 않으려고 조심합니다. 물론 나무나 꽃에 마음이 있다고는 생각하지 않지만, 나무나 꽃을 존중해서 다룹니다. 이를테면 우리는 인간과 자연에 대해 보편적 책임감을 갖고 있는 것입니다.

자연보호라는 것이 반드시 어떤 거창하고 신성한 활동이어야 하는 것은 아니며, 꼭 연민이 있어야만 할 수 있는 일도 아닙니다. 불자로서 우리는 살아 있는 모든 것에 연민심을 냅니다. 그러나 돌멩이 하나하나, 나무 한 그루, 집 한 채, 이런 무정물無情物에까지 연민심을 내지는 않습니다. 우리 대부분은 집에 대해 연민을 느끼지는 않더라도 관심은 기울입니다. 마찬가지로 우리의 집이라 할 수 있는 행성 지구를 정성껏 간수해서 우리와 자녀들, 친구들과 또 이 거대한 기세간器世間(불교의 우주관에 의해 형성된 하나의 세계를 이르는 말. 사람이 사는 세상을 의미한다)을 공유하는 존재들을 행복하게 해 주어야 합니다. 만약 이 지구를 우리의 집 혹은 '우리 어머니'나 '어머니 같은' 대지라고 생각한다면, 정성껏 보살피지 않을 수 없을 것입니다.

이제 우리는 압니다. 인류의 미래가 지구에 달려 있으며, 지구의 미래는 인류에 달려 있다는 것을. 그러나 이 사실이 항상 이렇게 명확했던 것만은 아닙니다. 지금까지 어머니인 지구는 우리가 아무렇게나 다루어도 참고 견뎠습니다. 그러나 이제는 인류의 행동, 인구, 기술 등 여러 상황이 어머니 지구가 더는 잠자코 참아 줄 수 없는 지경에 이르렀습니다.

티베트 불교도로서 우리는 절제하는 소욕지족少欲知足(바라는 것을 적게 갖고 만족할 줄 아는 것)을 강조합니다. 이는 티베트의 환경과 무관하지 않습니다. 왜냐하면 우리 티베트 사람들은 절대로 아무 생각 없이 마구 소비하는 법이 없거든요. 티베트인들은 소비 습성에 스스로 제한을 두고, 단순 소박하며 책임감 있게 사는 것을 좋아합니다. 환경과 티베트인들의 관계는 항상 특별했습니다. 우리의 옛 경전에 그릇과 내용물에 대한 말씀이 나옵니다. 세계는 우리를 담는 '그릇[器]'이고, 살아 있는 우리들은 거기 담기는 '내용물'입니다.

그래서 자연과의 특별한 관계가 생기는 것입니다. 왜냐하면 내용물은 그릇 없이 존재할 수 없으니까요. 사람이 자연자원을 이용해 욕구를 채우는 것은 전혀 나무랄 일이 아닙니다. 그러나 꼭 필요한 한도를 넘어 자연을 착취해서는 안 됩니다. 우리가 받은 몫, 책임질 몫, 다음 세대에 넘겨줄 몫을 윤리적 견지에서 재검토해야만 합니다. 분명 우리 세대는 위험한 단계에 들어섰습니다. 우리가 인터넷 등 전 지구적 소통 형태를 마음껏 활용할 수 있다고는 해도 평화를 정착시키기까지는 대화보다 갈등이 더 자주 발생합니다. 과학기술은 눈부신 업적을 내지만 동시에 수많은 비극—세계의 굶주림, 생물 종의 절멸 등—도 초래합니다. 사람들은 우주 탐사와 개척에 골몰하지만, 그러는 사이에도 대양, 바다, 담수 자원은 점점 더 오염되고 있습니다. 미래 세대들은 현재 지구상에 존재하는 인종, 동식물, 곤충, 심지어 미생물들까지 전혀 알지 못하게 될 수 있습니다. 늦기 전에 행동해야만 합니다.

유년의 티베트, 야생의 낙원

자연과 벗하는 야생의 삶이라는 관점에서 보면, 제가 자란 모국 티베트는 그야말로 지상낙원입니다. 심지어 수도인 라싸에서조차 자연과 단절되었다는 느낌이 든 적은 한 번도 없었습니다. 달라이 라마의 겨울 거처인 포탈라 궁의 제 방에서 어린 시절 저는 부리가 빨간 쿵카 새들이 벽 틈새에 깃들여 사는 모습을 들여다보며 많은 시간을 보냈습니다. 여름 거처인 노르불링까 궁 뒤로는 목 부분이 검은 두루미들이 짝을 지어 늪지대에서 노니는 광경이 자주 보였습니다. 그 밖에도 지금 일일이 언급할 수는 없지만 수많은 동물들—산에 사는 곰과 여우, 늑대, 흰표범, 유목민의 공포의 대상인 살쾡이, 티베트와 중국의 국경 지대에서 온 덩치 큰 판다 등—이 티베트의 풍요로운 동물군에 속했습니다.

불행히도, 그 많았던 야생동물들은 이제 없습니다. 30~40년간 모국을 떠나 있다 돌아간 티베트인들과 이야기를 나눠 보면, 모두 어쩌면 동물이 이렇게 없을 수 있느냐고 놀라워하더군요. 옛날에는 야생동물들이 사람 사는 집 부근까지 오곤 했지만, 지금은 어디서도

그런 동물들을 거의 볼 수 없습니다. -『오른손이 하는 일을 오른손도 모르게 하라』 중에서

달라이 라마는 어린 시절에 본 많은 동물에 대한 기억을 지니고 있다. 특히 시골에 살다 달라이 라마로 즉위하기 위해 석 달간 고향에서 라싸까지 티베트 횡단 여행을 하면서, 그때 본 동물들에 매혹되었다고 한다. 티베트 정부는 공식적으로 동물 보호를 강조하고 있으며, 매년 포스터를 내걸고 있다. "고귀한 생물이든 미미한 생물이든, 땅과 물에 사는 어떤 생명이라도 해치거나 폭력을 행사해서는 안 된다." 이것이 포스터의 문구이다. 그러나 중국이 티베트를 점령한 뒤로, 택지 개발과 사냥, 낚시 등으로 인해 동물의 수는 끊임없이 줄어들고 있다. 포유류를 잡아서 가죽, 털, 그 밖의 특정 신체 기관을 상품화하기 때문이다. 이미 멸종되었거나 멸종되어 가는 동물 종도 여럿 있다.

스님 머리 같은 민둥산

생태 환경 문제는 저에게는 새로운 문제입니다. 티베트에 살 때는 그저 자연이 순수한 것이거니 여기며 살았습니다. '강물을 먹어도 괜찮을까?' 하는 것은 전혀 문제도 되지 않았습니다. 그러나 점차 티베트 동포들이 인도로, 또 다른 나라로 망명하면서 상황이 달라졌습니다. 예컨대 스위스는 멋지고 아름다운 곳입니다. 그러나 정작 거기 사는 사람들은 이렇게 말합니다. "그 냇물 마시지 말아요. 오염됐어요!" 이렇게 조금씩 티베트 사람들은 이런저런 것들이 오염되어 사용 불가능한 현실을 깨닫게 되었습니다. 사실 우리가 인도에 망명 와서 임시정부를 세웠을 때, 대다수는 병에 걸렸고 배탈이 나서 몹시 앓았습니다. 오염된 물을 마셨기 때문이지요. 이런 경험을 하고 전문가들을 만난 뒤로 우리는 생태 환경 문제에 눈을 떴습니다.

티베트는 높은 고도에 자리한 넓은 영토, 그리고 춥고 건조한 기후를 지닌 큰 나라입니다. 이런 조건 덕분에 애써 환경보호를 하지 않아도 나라 전체가 청정하고 깨끗하게 보존되었다고 할 수 있지요. 티베트 북부의 초원 지대, 광산지대, 그리고 삼림과 계곡에는 수많은 야생동물, 물고기, 새들이 서식하고 있었습니다.

그런데 저는 특이한 사실을 보고받았습니다. 1959년부터 티베트에 들어와 정착한 중국인들이 농장을 소유한 사람들이며, 대로를 건설하러 다니고, 고기를 몹시 좋아한다는 것이었습니다. 그들은 군복 차림이나 중국식 옷차림으로 틈만 나면 오리 사냥을 다녔는데, 그 특이한 옷차림에 놀란 새들이 멀리 날아가 버렸다고 합니다. 그래서 사냥꾼들이 급기야는 티베트 고유 의상을 입고 돌아다니게 되었다는 겁니다. 이건 실화입니다! 특히 1970~1980년대, 아직 티베트에 새들이 많이 있던 때의 일입니다.

망명 티베트인 수천 명이 최근에 고향으로 돌아갔습니다. 그들 모두가 똑같은 이야기를 하더군요. 40~50년 전에는 고국에 울창한 숲이 엄청 많았는데, 지금은 산들이 다 스님 머리 같은 민둥산이 되어 버렸다고요. 큰 나무들은 이제 없고, 아예 뿌리째 뽑혀 버린 나무들도 있답니다. 이것이 현재 상황입니다.

벌채로 티베트의 산림이 얼마나 황폐해졌는지, 보기만 해도 안타까울 지경입니다. 티베트에서 손꼽히는 아름다운 풍경들이 자연미를 상실했기 때문에 안타까운 것만은 아닙니다. 그곳에 사는 주민들이 땔감을 구하기조차 힘들게 되었기 때문입니다. 이런 사실은 상대적으로 보면 부차적인 일이라 할 수도 있겠지요. 좀 더 넓게 본 산림 훼손의 심각한 결과에 비하면 말입니다.

티베트 땅은 대부분이 메마르고 척박한 고산지대에 있습니다. 그래서 습한 기후의 저지대에 비해 토양이 다시 비옥해지는 데 시간이 더 걸립니다. 그러므로 환경 파괴의 부정적인 결과를 체감하고 사는 기간도 더 길 수밖에 없습니다. 게다가 티베트의 강들은 대부분 아시아 대륙의 파키스탄, 인도, 중국, 베트남, 라오스, 캄보디아 등을 지나며 흐릅니다. 황허, 브라마푸트라(창포), 양쯔, 살윈, 메콩 등 큰 강의 발원지가 모두 티베트입니다. 오염된 강은 하류에 위치한 나라에 치명적인 영향을 끼칩니다. 그런데 산림이 대규모로 남벌되어 황폐해지고 광물이 함부로 채굴되고 있는 곳이 바로 그 강들의 발원지라고 생각해 보십시오.

중국의 통계에 따르면, 티베트에서 나는 광물 종류는 126가지라고 합니다. 이 지하자원들이 발견되자 중국인들은 환경보호 조치는 전혀 없이 집중적으로 채굴만 했습니다. 그래서 산림 황폐화와 광산 채굴로 인해, 갈수록 티베트 저지대에서는 우기만 오면 홍수가 나게 되었습니다.

기후학자들은 티베트 고원의 산림 황폐화가 우주 거울에서 반사되는 햇빛의 영향력을 변화시킨다고 이야기합니다. 우거진 숲은 좀 더 많은 태양광을 흡수하기 때문이지요. 그리고 이것이 티베트뿐만 아니라 부근 지역에도 불어오는 계절풍에 영향을 준다고 합니다. 그러므로 아주 높은 고원지대의 극히 취약한 환경을 보호하는 것이 무엇보다도 중요합니다. 불행히도 공산 세계에서—예전에 소련, 폴란드, 동독에서 그랬던 것처럼—생긴 많은 오염 문제는 제반 조치를 소홀히 한 탓이었습니다. 여러 공장들은 환경에 끼치는 해악을 감안하지 않고 생산량을 증가시켰습니다. 이제 똑같은 상황이 중화인민공화국에서 되풀이되고 있습니다. 1970년대와 1980년대에는 환경오염에 아무도 신경을 쓰지 않았지만, 그 뒤로 점점 환경문제를 심각하게 인식하게 되었습니다. 그러므로 예전의 상황은 무지해서 생긴 것으로 보입니다.

티베트에서는 환경문제에 관한 한 중국 공무원들이 차별적인 조치를 취하고 있는 것 같고, 주로 소수민족 거주 지역에서 환경문제를 소홀히 하는 일이 많은 듯합니다. 티베트 남부 딩리 출신 주민의 말을 들어보니, 마을 사람들이 어느 강물을 식수로 마신다고 하더군요. 그러나 그곳에 주둔하는 중국인민해방군은 그 강물을 마시지 말라는 명령을 받았다고 합니다. 반면 티베트 사람들에게는 그 물을 마시면 어떤 위험이 생길지를 아무도 알려 주지 않았다고 합니다. 이 사례만 보아도 알 수 있겠지만, 이런 해이한 태도가 계속 이어지는 데는 정보 부족이 아니라 다른 이유가 있습니다.

6백만에 이르는 티베트인들의 삶은 환경오염 때문에 큰 위험에 처했습니다. 이미 어린이들은 공기 오염과 연관된 질병을 앓고 있습니다. 병고와 깊은 근심이 있지만 이런 고통의 소리가 멀리까지 들릴 리 없고, 가난한 사람들은 집집마다 이런 걱정을 아무도 모르게 끌어안고 괴로워하며 사는 것입니다. 무고한 그들을 위해 오늘도 저는 이렇게 이야기하고 있습니다. -1996년 9월 28일 오스트레일리아 시드니, 야생보호협회 국제회의 연설 '위험에 빠진 티베트' 중에서

중국의 이익을 위해 산림을 무차별적으로 남벌하는 정책 탓에 티베트 산림의 절반이 없어졌다. 달라이 라마가 앞서 언급한 결과는

엄청나게 파괴적이며 아시아 전체에 영향을 미친다. 1998년 8월 양쯔 강 홍수는 중국 전체의 재난을 촉발했다. 당시 중국 정부는 이 비극이 양쯔 강 발원지 주변 산림의 대규모 황폐화 때문임을 인정했다. 이때 산림 보호를 위해 벌채의 비율이 정해졌지만 이것이 지켜지는 경우는 드물었다. 이런 조건에서 숲의 식생은 더 이상 자라지 못하고 티베트 고원의 사막화는 끊임없이 진행되어, 티베트에 흐르는 주요 하천의 수량이 사 분의 일이나 감소했다. 중국의 대도시 4백 곳이 물 공급 부족이라는 문제를 안고 있으며, 지방에서는 관개 부족으로 농산물 수확이 크게 영향 받고 있다.

달라이 라마의 말대로, 티베트 고원 기슭의 저지대는 광물이 풍부하고 종류 또한 다양하다. 이처럼 지하자원이 풍부하다는 것이 1949년 중국이 티베트를 침공한 주요 이유 중 하나였다. 중국인들은 계속해서 우라늄, 크롬, 금, 리튬, 붕사, 철, 은 등 중요한 광물을 채굴하고 있다. 날로 가속화되는 중국의 산업화에 가장 중요한 에너지원이 되는 것이 차이다무 분지(티베트 고원의 북서쪽에 위치함)에 매장된 석유와 천연가스다.

환경을 전혀 고려하지 않고 자행된 채굴 탓에 토양과 지하수층은 치명적인 손상을 입었고, 지금은 채굴 시 사용된 물질들이 유해 쓰레기화하여 더욱 오염되고 있다. 중국 기업가들은 이러한 작태에 제동을 걸기는커녕, 외국 투자자들을 끌어들여 개발을 더욱 추진하고 있는 실정이다. 티베트 사람들은 이 극심한 약탈에 용감히 저항했지만, 그 대가로 잡혀 들어가 고문을 받거나 장기형을 살아야 했다.

우리의 생태적 책임

저는 동서양을 넘나들며 전 세계의 부국과 빈국들을 여러 차례 여행하면서, 온전한 기쁨을 누리는 사람들도 보았고 고통 받는 사람들도 보았습니다. 과학과 기술 발전의 귀결이라 해 봐야 기껏 단선적이고 양적인 개선에 그치는 것 같습니다. 진정한 발전이라면 신도시에 집 몇 채 더 짓는 것 이상이어야 할 텐데 말이지요. 지구상의 삶의 토대가 되는 생태 균형은 많이 깨졌습니다.

예전에 티베트 사람들은 전혀 오염되지 않은 자연 속에서 행복한 삶을 살았습니다. 지금은 티베트를 포함한 세계 곳곳에서 환경 파괴가 급속도로 우리를 덮치고 있습니다. 저는 정말로 확신합니다. 모두가 힘을 합쳐 노력하지 않으면, 또 우리의 보편적 책임을 인식하지 않으면, 우리 생존의 원천인 이 취약한 생태계는 점점 더 파괴되고 말 것이며, 마침내는 돌이킬 수도 손을 쓸 수도 없을 만큼 지구가 망가져 버릴 것입니다.

이 문제에 대한 저의 깊은 심려를 표현하고 모든 이의 노력을 촉구하여 환경 파괴를 막고 종식시키기 위해, 제가 지은 시 한 편을 읽어 보겠습니다.

타타가타*시여, 이크슈바쿠 계보에서 탄생하신 분,
아, 비할 데 없는 분이여,
환경과 중생, 윤회와 열반, 유정과 무정,
우주 만유에 가득한 연기법을 깨달은 분이여,
연민심으로 온 세상을 가르치는 분이여,
남을 보살피는 자비심을 우리에게 주옵소서!

아, 구원하는 분이시여, '관세음보살'이라는 명호名號로 불리는 분,
당신은 모든 붓다의 연민의 몸을 나투셨으니
우리의 마음이 성숙하고 풍성한 열매 맺기를 발원합니다.

시작이 없는 아득한 시간 동안
우리 마음을 온통 차지한 끈질긴 자기중심주의가
생명 있는 모든 중생의 공업共業으로 만들어진
환경을 더럽히고 오염시키고 있습니다.

호수와 연못의 물은 맑지 않고
공기는 오염되었으며

* '이와 같이 왔다.'는 의미의 산스크리트어로 음역하면 '여래'가 된다. 진리의 체현자, 열반에 이른 자 곧 붓다를 일컫는 칭호

자연의 하늘은 불타는 창공까지 올라가
산산조각으로 폭발해 날아가고
유정중생들은 이제껏 이름도 모르던 병을 앓습니다.

만년설로 덮이어 영광의 빛을 발하던 산들은
기울고 녹아 무너져 물이 되어 버립니다.
대양의 오래된 바닷물이 넘쳐
섬들은 잠겨 버립니다.

불과 물과 바람이 우리를 무수한 위험에 노출시킵니다.
몰려오는 더위에 우리의 울창한 숲이 말라 버리면서
전례 없는 폭풍이 온 세상을 강타합니다.
대양의 물이 말라 소금만 남습니다.

사람들은 물질적으로 풍요로워도
맑은 공기 한 모금 못 마시는 신세입니다.
비가 와도 강이 흘러도 세상은 깨끗해지지 않고
빗물과 강물은 무력한 액체가 되어 버립니다.

땅과 물에 사는
셀 수 없이 많은 인간과 생물은
육체적 고통의 족쇄에 묶여 발버둥 칩니다.
그것은 불순한 애정에 의해 생겨난 족쇄,

그들의 정신은 게으름, 혼미함, 무지에 의해 좀아들었고
육체와 정신의 기쁨은 멀리멀리 사라져 버렸습니다.

우리는 부질없이
어머니 지구의 아름다운 품을 더럽힙니다.
근시안적 탐욕을 채우려고 나무를 마구 베어
비옥한 땅을 메마른 사막으로 만듭니다.

탄트라에 쓰인 바
의학 책, 천문학 책에 서술된 바
인간의 외부 환경과 내면세계의 연기성은
실제 경험에 의해 확인되었습니다.

지구는 살아 있는 존재들의 집,
유정 무정 가리지 않고 공평하며 평등하나니
진리를 설하는 음성으로 붓다는 이렇게 말씀하셨습니다.
크나큰 '지구'를 증인 삼아 말씀하셨습니다.

고귀한 현자가 총명한 어머니의 선함을 알아보고
감사를 표하듯
그와 똑같이, 우리 모두의 어머니인 지구를
우리들 각자를 평등하게 먹여 살리는 지구를
사랑으로 절제로 대해야 하리.

사대 원소로 이루어진 청정한 자연을
함부로 낭비하고 오염시키는 짓을 그만둡시다.
사람들의 안녕을 망치는 짓을 그만둡시다.
모든 이에게 유익한 행동에 전념합시다!

위대한 성인 붓다는 나무 아래 태어나셨고
감각적 욕망을 굴복시키신 다음
나무 아래 앉아 깨달음을 얻으셨나니
그리고 사라쌍수 아래서 열반에 드셨나니
진실로 붓다는 나무들을 아주 귀히 여기셨나니.

문수보살이 출현하신 곳,
쫑카빠 스님이 몸을 나투신 곳,
백단향으로 표시된 그곳,
나무의 잎새에는 붓다의 형상이 수십만 개나 새겨져 있습니다.

어떤 초월적 신들이
빼어난 신들과 그 장소의 수호 정령들이
나무에 깃들여 산다는 것은 잘 알려진 사실 아닙니까?

꽃 피는 나무 덕에 바람이 맑아지고
우리는 신선한 공기를 숨 쉽니다.

나무를 보면 눈이 매혹되고 마음은 편안해집니다.
나무 그늘은 포근한 쉼터가 됩니다.

율장*에서 붓다는 비구들에게
연약한 나무들을 잘 돌보라 당부하셨고
이 가르침으로 우리는
나무를 심고 잘 자라게 보호함이 공덕임을 압니다.

붓다는 비구들에게 살아 있는 식물을 베어 내지 말고
남에게 베게 하지도 말라고 하셨습니다.
곡식 낟알을 못 먹게 만들거나 푸르고 싱싱한 풀을 오염시키는 짓도 금하셨습니다.
이렇게 하면 우리 모두에게
자애심과 환경 보호심이 생기지 않겠습니까.

천상의 나라에서는
나무들이 붓다의 축복을 뿜어내고
우리의 말에 메아리로 화답하며
무상법문無常法門**을 한다고 합니다.

빗물을 품어 주는 나무들,

* 불교 교단의 계율을 집대성한 책
** 모든 것은 변하게 마련이니 이승의 미련이나 집착을 끊어 버리라는 내용의 법문

비옥한 땅의 정기를 지켜 주는 나무들,
소원을 들어주는 나무 칼파타루가 쑥쑥 자라는 것은
모든 목표를 달성하도록 우리를 돕기 위함이라고 합니다.

옛날 우리 선조들은 나무 열매를 먹고
나뭇잎을 옷 삼아 몸을 가리고
부싯돌로 불 피우는 법을 배우고
위험할 때는 나뭇가지 틈에 몸을 숨기고 살았습니다.

이 과학기술의 시대에도
나무는 우리의 쉼터가 되고
걸터앉을 의자가 되고, 몸을 눕힐 침대가 됩니다.
다툼으로 분노의 불길이 마음속에 타오를 때,
나무는 시원하고 정다운 그늘을 내어 줍니다.

지상의 모든 들끓는 생명이 나무에 깃들여 살고 있습니다.
나무들이 사라지면
'잠부'라는 나무 이름으로 불리는 이 지구는
황량하고 을씨년스런 사막이 되어 버릴 것입니다.

살아 있는 것들에게 목숨보다 중요한 것은 없는 법,
이를 깨달으신 붓다는 율장에서
생물이 들어 있는 물은 사용하지 말라고 이르셨습니다.

옛날 티베트 히말라야 산맥의 오지에서는
사냥과 고기잡이를 금했고
심지어 어떤 시대에는
집을 짓는 것도 금했습니다.*
가장 미미하고 무고하고 방어력 없는 생명들도 아끼고 보호하는
이런 전통은 고귀한 것.

낚시나 사냥처럼
아무런 망설임도 느낌도 없이
다른 존재의 삶을 갖고 노는 짓은
말도 안 되고 무용한 폭력으로서
생물의 존엄한 권리를 짓밟는 일.

유정 무정 만물의 연기성을 주의 깊게 관찰하면서
자연의 에너지를 보호하고 보존하는 노력을 게을리해서는 안 됩니다.

어느 해 어느 달 어느 날을 정해
나무 한 그루를 심어야 하리니

* 집의 기초를 세울 때 땅에서 사는 곤충과 지렁이 등의 벌레를 죽일 수 있기에 그런 일을 피하기 위해서 금한 것이다.

그리하여 동료 인간들에 대한 책임을 져야 하리니.
우리의 더 큰 행복을 위해, 모두의 행복을 위해.

악한 행동, 불선한 의도에서 나온 행위를 삼감으로써
올바른 것을 지키는 힘이
세상의 번영에 도움이 되고, 세상을 더욱 행복하게 할 수 있기를!
이러한 태도로 말미암아 살아 있는 존재들이 더욱 힘차게 살아가며
활짝 피어날 수 있기를!
숲의 기쁨과 자연의 행복이
점점 더 커지며 널리 퍼져
살아 있는 모든 것들을 포용하기를! −1993년 10월 2일 인도 뉴델리, '환경보호 책임에 관한 국제회의' 개회식 연설 중에서

붓다는 녹색당원

한번 잘 생각해 보십시오. 만약 샤카무니 붓다가 다시 우리 곁에 오셔서 어느 정당의 당원이 된다면 과연 어떤 정당에 들어가실까요? 아마 '녹색당' 아닐까요? 붓다는 분명 환경보호주의자이실 겁니다!

보세요. 붓다는 낙원에서 태어나시지 않았습니다. 작은 동산에서 태어나셨지요. 깨달음을 얻으신 곳도 사무실이나 집이 아니고, 사원도 아니고, '보리수'라는 나무의 그늘이었습니다. 붓다가 세상을 떠나신 장소도 사라쌍수 밑이었습니다. -2009년 1월 14일 인도 사르나트 법문 중에서

인권과 환경

만약 제가 투표를 한다면, 환경을 잘 지키는 당에 한 표를 던질 것입니다. 최근 세계에서 가장 긍정적인 발전 중 하나는, 자연의 중요성에 대한 인식이 점점 커지고 있다는 것입니다. 이 점에서는 성역이 따로 없습니다. 인간의 삶은 자연에서 비롯됩니다. 자연에 역행하는 것은 순리가 아닙니다. 그래서 환경문제는 종교 문제도, 윤리 문제도, 도덕 문제도 아니라고 제가 말하는 것입니다. 종교, 윤리, 도덕 문제 같은 것들은 환경문제에 비하면 상대적으로 사치라고 할 수 있지요. 환경 없이 생존이 가능하겠습니까. 만약 계속 자연에 역행한다면 우리는 살아남을 수가 없습니다.

이 현실을 받아들여야 합니다. 만약 우리가 자연의 균형을 깨뜨리면, 그것 때문에 인류가 고통을 받게 됩니다. 그리고 오늘 이 지구에서 사는 우리는 내일 여기서 살아갈 사람들을 반드시 생각해야 합니다. 다른 권리나 마찬가지로 깨끗한 환경도 사람이 당연히 누릴 권리 중 하나입니다. 그러므로 건전한 세상을, 그게 정 안된다면 적어도 지금보다는 건전한 세상을 후세에 전해 주는 것이 우리의 책임입니다. 이러한 제안은 겉보기만큼 어려운 일이 아닙니다. 물론 우리 개개인의 행동력에는 한계가 있습니다. 그렇지만 모두가 참여한다면 그 힘은 무한합니다. 할 수 있는 일은 아무리 작은 것이더라도 해야 합니다. 방에서 나가면서 전깃불을 끄는 일이 대수롭지 않아 보이겠지만, 그렇다고 작은 일이라며 안 하고 지나가서야 되겠습니까?

이 점을 불교 승려의 입장에서 보면, 업에 대한 불교적 믿음은 일상생활에서 매우 쓸모가 있습니다. 일단 행위의 동기와 결과가 연결되어 있음을 믿는다면, 자기가 하는 행동이 자타自他에 미치는 영향에 대해 더 생각하게 될 것입니다. 비록 티베트에서는 비극이 이어지고 있을망정, 이 세상에는 선한 일들이 많습니다.

예를 들면 '소비'가 전에는 그 자체로서 목적으로 여겨졌습니다. 그러나 이 지구의 자원들을 지켜야 한다는 생각이 확산됨에 따라, 상승하기만 하던 소비의 기세가 주춤하는 것을 보면 특히 힘이 납니다. 반드시 그래야만 합니다. 우리 인간은 지구의 아들딸입니다.

환경을 보호하고 남들을 보살피자는 이 메시지를 언젠가는 중국 국민들에게 보내 줄 수 있기를 발원합니다. 중국인들에게 불교는 전혀 낯선 종교가 아닙니다. 그렇기에 제가 중국인들에게 실질적인 도움이 될 수 있다고 생각합니다. 제9대 판첸 라마는 1932년 어느 날 베이징에서 칼라차크라 명상 입문 의식을 거행했습니다. 만약 저도 그렇게 한다면, 그러니까 이미 선례가 있는 셈이지요. 불교 승려로서 저는 인류 가족의 모든 구성원, 나아가 생명 있는 모든 중생을 걱정합니다.

우리 삶에 과학이 미치는 영향이 커지면서, 모든 이에게 인간성을 일깨워 주어야 할 종교와 정신성의 역할도 한층 더 커졌습니다. 종교와 정신성, 양자는 밀접하게 접근하여 서로 모순이 없습니다. 둘 다 우리에게 가치에 대한 직관을 주어, 타인을 좀 더 잘 이해하게 합니다. 붓다의 가르침대로, 과학은 우리에게 말해 줍니다. 살아 있는 모든 것은 근본적으로 하나라는 것을.

달라이 라마는 여러 차례 공식적으로 발원했다. '중국의 형제자매들'과 함께 베이징 톈안먼天安門 광장에서 칼라차크라 명상을 하고 싶다고. 탄트라의 고유 의식인 칼라차크라 명상은 티베트 불교에서도 가장 고차원적인 명상으로 여겨지며, 세계 평화를 위해 행해진다.

노벨평화상 수상 후 1990년 사르나트에서 사람들과 이 명상을 했을 때, 달라이 라마는 여러 과일나무의 씨앗들을 축복한 뒤 참석자들에게 나누어 주며 이렇게 선언했다.

"이 칼라차크라의 모임은 전 세계 모든 대륙을 상징합니다. 과일나무 씨앗들을 만다라 바로 옆에 두어 축복을 받게 했습니다. 살구나무, 호두나무, 파파야, 구아바, 그 밖의 다른 나무들이 될 씨앗이 여기 있습니다. 이 씨앗은 위도가 다른 여러 곳에 심어 가꿀 수 있습니다."(1990년 12월 29일 인도 사르나트 법문 중에서)

이렇게 그분은 세계에 평화의 씨앗을 뿌렸다.

정신, 마음 그리고 환경

환경 변화에 대한 전문가들의 예측을 일반인이 완벽히 이해하기는 힘듭니다. 기온이 전반적으로 상승하는 지구온난화, 그리고 해수면 상승, 암 발병률 증가, 인구의 현저한 증가, 자원 고갈, 생물의 멸종, 요즘 이런 말들을 많이 듣게 되지요. 어디서나 인간의 활동으로 인해 핵심적 요소들—모든 생명의 자연 생태계의 근거가 되는 요소들—의 파괴가 가속화되고 있습니다.

세계 인구는 지난 한 세기 동안 무려 세 배로 늘었습니다. 21세기에는 또 두세 배로 늘어날 것이 예상되고요. 세계경제가 발전하면서 에너지 소비율, 이산화탄소 발생률이 높아질 것이며, 산림이 대규모로 황폐화될 것이 예상됩니다. 이 모든 일이 우리 생전, 또 우리 자녀 세대가 사는 동안에 일어난다고 한번 상상해 보십시오. 인류 역사상 이제까지 겪어 본 적이 없는 전 지구적 환경 파괴와 숱한 고통을 떠올려 보십시오.

제 생각에는 그래도 희소식이 있습니다. 이제부터 우리가 이 지구상에서 '다 같이' 살아남는 방법을 함께 찾아야만 한다는 사실입니다. 우리는 전쟁, 빈곤, 오염, 고통을 겪을 만큼 겪었습니다. 불교의 가르침에 따르면, 이런 비극은 무지와 이기적 행동의 결과입니다. 왜냐하면 대부분의 경우, 우리는 모든 살아 있는 존재 간에 얽힌 관계를 보아 내지 못하거든요. 엄청난 결과에 대해, 그리고 엇나가는 사람들의 행동으로 발생한 부정적 잠재력에 대해 지구는 우리에게 미리 경고하고 신호를 보냅니다.

이런 해로운 행동들을 막으려면, 우리가 서로에게 의존하고 있음을 좀 더 잘 의식하는 법부터 배워야 합니다. 그리고 지구와 지구인들을 돕기 위해 좀 더 선한 동기부여에 바탕을 둔 올바른 행동에 들어갑시다. 제가 항상 우리의 보편적 책임의 진정한 의미가 중요하다고 말하는 것은 바로 이런 이유에서입니다.

우리에겐 지구상의 구석구석에 대한 인식, 그리고 곳곳에 깃들여 사는 생명에 대한 인식이 필요합니다. 그런 인식이 있어야 우리 자신을 제대로 챙길 수 있습니다. 이것은 앞으로 지구를 떠맡을 세대들에 관한 문제이기도 합니다. 따라서 환경 교육은 우리 모두에게 최우선적으로 필요한 일입니다.

과학과 기술 발전은 현 세계에서 삶의 질을 높이는 데 핵심이 됩니다. 하지만 이보다 더 중요한 것이 남녀노소 누구나 우리의 자연환경을 제대로 알고 그 가치를 올바르게 평가하는 일을 버릇 들이는 것입니다. 진정 남들을 생각한다면, 그리고 생각 없이 하는 행동을 거부한다면 우리는 지구를 지킬 수 있습니다. 지구를 소유하려고만 하여 생명의 아름다움을 파괴하지 말고, 지구를 함께 잘 누리는 법을 알아 갑시다.

자연에 적응했던 우리 선조들의 문화는 사회와 그 환경의 균형을 어떻게 잡아야 하는지를 보여 줍니다. 예컨대 티베트 사람들은 히말라야 고원에서 살아온 고유의 경험을 지녔습니다. 이런 경험은 자칫하면 깨지는 생태계를 지나치게 착취하고 파괴하지 않도록 조심하며 살았던 한 문명의 기나긴 역사를 통해 빚어진 것입니다. 우리는 오랫동안 야생동물의 존재를 고맙게 생각해 왔고, 그 동물들을 자유의 상징으로 여겼습니다. 자연에 대한 깊은 존경심은 우리 티베트의 예술과 삶의 방식에서 잘 느낄 수 있습니다. 티베트의 물질적 발전에 한계가 있었음에도 불구하고 정신적 발전은 잘 유지되었습니다. 어느 생물 종이 갑작스런 환경 변화에 적응할 수 없는 것처럼, 인간 문화도 각별한 배려심을 갖고 다루어야만 살아남을 수 있습니다. 결과적으로 어떤 민족의 삶의 방식을 연구하고 그들의 문화유산을 보존하는 것은 환경보호를 배우는 한 방법입니다.

가까이서 보면 사람의 정신, 마음 그리고 환경, 이 세 가지는 떼려야 뗄 수 없는 관계에 있음을 알게 됩니다. 이런 관점에서 볼 때 환경 교육은 이해와 애정을 동시에 낳습니다. 평화롭고 지속 가능한 공존을 위해서 우리에게 필요한 것이 바로 이러한 이해와 애정입니다. -1991년 미국 워싱턴, 미국환경보호청 연설 중에서

지구 보호의 해답은 우리 내면에

지구는 인류의 공동 유산일 뿐 아니라 삶의 궁극적 원천이기도 하지요. 지구의 자원을 지나치게 착취함으로써 우리 삶의 토대 자체가 허물어지고 있습니다. 주위를 보면 인간의 행동과 자연 훼손으로 초래된 파괴의 징후가 얼마나 많습니까. 요컨대 지구의 보호와 보존은 도덕이나 윤리의 문제가 아니라 바로 생존의 문제입니다. 우리가 이 시급한 문제에 어떻게 부딪쳐 가느냐 하는 것이 현세대뿐만 아니라 앞으로 살아갈 수많은 세대에게도 영향을 미칠 것입니다.

이렇게 지구 전체가 영향 받는 문제를 다루는 데 관건이 되는 요소가 인간의 정신입니다. 경제문제나 국제 문제, 과학, 기술, 의학, 생태 문제를 다룰 때처럼 말입니다. 이런 문제들은 개개인이 답변할 능력을 넘어서는 것같이 느껴지는데, 그렇다면 각 분야들의 뿌리와 해법은 어디서 찾을 수 있을까요? 오직 인간의 정신 속에서 찾을 수밖에 없습니다. 외부 상황을 바꾸려면 내면이 바뀌어야 합니다.

만약 여러분이 아름다운 정원을 원한다고 해 보십시오. 우선 상상 속에서 그 정원을 그려 보고 앞으로의 모습을 설계해야 하지 않겠습니까. 그래야 아이디어가 구체화되어, 진짜 정원이 눈앞에 나타날 것입니다. 자연자원의 파괴는 무지의 결과입니다. 지구상의 생명을 존중하는 마음이 부족해서, 또 탐욕스러워서 생기는 일입니다.

우선 우주 만유의 연기성에 대한 의식을 고취하여 다른 생명을 해치지 않겠다는 마음을 먹게 하고, 남들에 대한 연민이 필요하다는 것을 이해함으로써 부정적인 정신 상태를 잘 다스려 긍정적으로 만들도록 애써야 합니다. 살아 있는 모든 것은 본성상 서로 의존하기에, 편파적이거나 자기중심적인 태도에서 출발하면 수많은 요소가 얽혀 있는 문제의 해결을 바랄 수 없습니다. 역사상 여러 민족들이 힘을 합치는 데 성공하지 못했습니다. 지난날 우리가 실패한 것은 우리의 연기적인 본성을 몰랐던 탓입니다. 오늘날 우리는 자애와 연민에 바탕을 두고, 보편적 책임의 진정한 의미와 연관된 여러 문제를 통틀어서 전일적으로 접근해야 합니다.

저는 발원하고 기도합니다. 지구를 좀 더 잘 보살펴야 한다는 것을 사람들이 제대로 의식하기를. -1991년 9월 20일 국제자연보호연맹 '지구보호 캠페인' 출범식 연설 중에서

우주에서 본 연기법

우주에서 지구를 보면 어떤 경계도 없지요. 그저 작고 푸른 행성 하나가 있을 뿐입니다. 지금 제기되는 것은 지구 전체의 미래가 달린 문제입니다. 이로써 우리의 생존 자체가 모든 요인들과 뗄 수 없이 연결되어 있음이 명백해집니다. 불교가 설하는 '연기'는 이제 더 이상 개념적인 추상으로가 아니라 입증된 사실로 나타납니다. 그 사실을 이 지구의 이미지가 드러내 보이고 있습니다. -에드몽 블라첸과의 대담, 『보편적 연민』 중에서

윤리, 인권, 생태 문제에서 달라이 라마는 이런 입장을 취하고 상호 의존의 개념과 거기서 도출된 결과를 국제무대에 널리 알렸다. 이리하여 1990년대부터 여러 차례 유엔 선언이 채택되었다. 인류와 모든 생명의 안녕을 위해 전 세계인에게 상호 의존과 공유의 책임감을 새로이 불어넣기 위한 선언이었다.

이를테면 2002년 12월에 나온 '인간 책임 헌장', 1994년 시카고에서 열린 세계종교인평화회의에서 채택된 '지구 윤리 선언', 유네스코 철학윤리분과위원회에서 작성한 '보편 윤리 프로젝트', 1997년 빈에서 출간된 '인간 책임을 위한 보편적 선언', 혹은 2000년 파리 유네스코에서 발표된 '지구 헌장' 등이 그것이다. 이들에서 달라이 라마가 제안한 현대 세계 분석의 핵심 개념들을 찾아볼 수 있다.

표현들만 보아도 유사성이 느껴진다. 예컨대 '지구 헌장'에서 발췌한 글을 보면, 지구 역사의 결정적 순간—인류가 자신의 미래를 결정해야 하는 순간—에 '세계 사회'를 만들자고 호소한다. 그 글로 미루어 이 중차대한 문제들에 대한 달라이 라마의 선언이 어떤 반향을 일으켰는지를 실감할 수 있다.

"점차 상호 의존적이 되고 취약해져 가는 세계에서, 미래는 매우 염려스러우면서도 무척 기대된다. 진보를 위해 우리는 여러 문화와 삶의 형태의 다양성 속에서도 우리가 지구상 단 하나의 인류이며 단 하나의 공동체로서 같은 운명을 공유하고 있음을 인식해야 한다.

우리는 노력을 합쳐 지속 가능한 세계 사회를 탄생시켜야 한다. 이 세계 사회는 자연과 인간의 보편적 권리와 경제 정의, 그리고 평화의 문화에 대한 존중에 근거한 사회이다. 이러한 목적으로 지구의 시민인 우리는 필히 서로에게, 또 생명 공동체를 향해, 미래 세대를 향해 우리의 책임을 선언해야 할 것이다.

인류는 진화하는 광대한 우주의 일부이다. 우리의 보금자리 지구는 그 자신 하나의 생명체이며, 생물들로 이루어진 유일한 공동체가 여기 깃들여 있다. 한정된 자원을 포함한 지구의 환경은 우리 모두의 공통 관심사이다. 삶과 다양성과 지구의 아름다움을 보호하는 것은 성스러운 책임이다.

우리는 선택해야 한다. 지구와 우리 이웃을 보살피기 위해 전 지구 차원에서 동반자 관계를 형성할 것인가, 아니면 우리 자신과 다양한 생물들의 파멸에 한몫을 할 것인가. 가치와 제도와 삶의 방식에 근본적인 변화가 필요하다. 일단 기본 욕구가 충족되면, 인류의 진보란 '더 많이 가지는' 게 아니라 '더 잘 존재하는' 것임을 인정해야 한다. 이 열망의 실현을 위해, 보편적 책임이라는 원칙을 우리 삶에 통합하는 선택으로서 지구 공동체, 지역 공동체와 우리를 일체화해야 한다. 인류라는 대가족과 그 밖의 생명들의 현재와 미래의 안녕을 보장할 책임은 우리 모두의 것이다. 모든 형태의 생명에 대한 연대의식과 형제애는, 선물로 주어진 이 삶에 감사하는 마음을 갖고 우리가 우주 속에 인간으로서 차지하는 이 자리를 겸손하게 임할 때 더욱 탄탄히 다져진다. 근본적인 가치들에 대해 공통의 비전을 가질 필요성이 시급함을 느끼지 않을 수 없다. 그러한 공통적 비전은 떠오르는 세계 공동체에 걸맞은 윤리적 원칙의 기초를 마련해 줄 것이다."('지구 헌장' 중에서)

지구 헌장이 애써 규정하려는 내용이 '우주 속의 인간으로서 차지하는 우리의 자리'라는 점은 흥미로운 사실이다. 인간인 우리의 품성을 재삼 확인할 필요가 있게 되었다는 것은 바로 그 품성이 위협받고 있다는 신호가 아닐까?

정신성은 최후의 보루인 듯하다. 왜냐하면 인간적 가치들, 그리고 삶의 의미를 초점 삼아 중심을 다시 잡으라고 촉구하는 것이 바로 정신성이기 때문이다. 이런 바탕 위에서 달라이 라마는 21세기를 위한 세속 윤리를 정립하자고 제안한 것이다. 정신성을 충분히 계발하면 마음의 혁명이 일어나 의식을 깨울 수 있다고 달라이 라마는 단언한다. 정신적 차원이 확립되면 인간으로서 지닌 잠재력이 십분 발휘되어, 내면이 바뀌는 길이 열리고, 나아가 세계가 바뀌게 된다.

셋째 서원

달라이 라마로서

6

1959년, 세상과 만나다

티베트가 중국에 점령되기 전에 우리는 고립이 평화와 안전을 보장해 줄 것이라 착각했다. 고통을 당한 후에야 알게 되었다. 자유는 공유해야 하며 다른 이들과 더불어 누려야 함을. 자유는 배타적으로 독점하는 것이 아니다.

권좌에 오른 15세 소년

1950년 10월 티베트 동부 국경 지대에서 중국의 인민해방군이, 숫자로나 보유 무기로나 훨씬 열세인 티베트 군대에 엄청난 타격을 가했습니다. 참도 시가 중국에 함락되었다는 것을 알고 티베트 사람들은 공포에 질렸습니다. 다가오는 위험 앞에서 라싸 주민들이 나섰습니다. 섭정을 없애고 달라이 라마가 직접 통치권을 행사할 수 있게 해 달라고 요청했습니다.

라싸 시 곳곳의 벽에 붙은 포스터는 중국 정부를 신랄하게 비판하며, 당장 저로 하여금 나라를 직접 통치하게 하여 티베트의 명운命運을 살려 가야 한다고 주장하고 있었습니다. 이 소식에 제 마음엔 시름이 가득했던 기억이 나는군요. 그때 제 나이 겨우 열다섯 살이었습니다. 아직도 수행을 한참 더 해야 할 처지였지요. 게다가 저는 중국 정세에 대격변이 일어나 티베트를 침공까지 하게 된 심각한 사태를 전혀 모르고 있었고, 정치에 대해서도 문외한이었습니다. 그랬기에 저는 경험도 없고 나이도 어린 제가 바로 직접 통치할 수는 없다며 반대했습니다. 보통 달라이 라마가 섭정 없이 통치를 시작하는 나이는 15세가 아니라 18세였던 것입니다.

섭정 기간이 지나치게 긴 것은 확실히 티베트 정치제도의 취약점이었습니다. 이제 와서 저 스스로 생각해 보아도 당시 정부의 여러 부처들 사이에 긴장 관계가 있었고, 그 긴장이 국가 행정에 해로운 영향을 미쳤음을 인정하지 않을 수 없습니다. 중국의 침략 위협 앞에 티베트는 그야말로 초비상시국이 되었습니다. 그 어느 때보다도 우리 티베트인들은 하나로 뭉쳐야 했는데, 티베트에서 만장일치를 이끌어 낼 수 있는 사람은 오직 하나, 달라이 라마인 저뿐이라는 것이었습니다.

그러자 내각에서는 국가 차원에서 신탁神託이 어떤 내용인지 알아보기로 결정했습니다. 예언을 알아보는 의식이 끝나 갈 때쯤, 엄청나게 큰 모자의 무게에 비틀거리며 꾸뗀(티베트 불교에서 국가적으로 신탁을 내리는 예언자)이 제 곁으로 오더니, 제 무릎에 까딱을 놓았습니다. 거기엔 그의 글씨로 '투 라 밥'이라고 쓰여 있었습니다. 그 뜻은 '당신이 통치할 때가 왔다.'였습니다.

예언은 실현되었습니다. 저는 제 책무를 받아들였습니다. 전쟁을 목전에 둔 일촉즉발의 위기에서 조국을 통치할 준비를 하지 않을 수 없었습니다.

1950년 11월 17일, 달라이 라마는 공식적으로 티베트의 최고 통치권자가 되었다. 1949년 10월 1일, 마오쩌둥은 국민당을 이기고 베

이징에서 중화인민공화국의 수립을 공표했다. 1950년 1월 1일부터 그는 이른바 티베트 '해방'의 의도를 공공연히 밝혔다. 전통적으로 중국인들은 티베트를 '시짱西藏'이라 불러 왔다. 중국이 그럴듯하게 선전하기로, 이 시짱의 해방은 '서양 제국주의'와 전 세계에 마지막 남은 신정神政이라는 '반동 체제'를 종식시키는 것이었다. 그러나 실제로 이 당시 티베트에 외국인이라고는 단 일곱 명밖에 없었다.

1950년 10월 7일, 중국의 인민해방군 4만 명이 티베트와 중국을 가르는 동쪽 국경인 양쯔 강을 건너 침공해 왔다. 티베트 군대 8,500명이 항거했고 자연적인 장애 조건이 많았음에도 중국 군대는 막무가내로 쇄도했다. 그들은 라싸를 백 킬로미터 앞두고야 진격을 멈추었다.

티베트 정부는 자국의 '평화적 해방' 조건을 중국과 협상할 대표단을 시급히 베이징으로 파견하라는 독촉을 받았다.

고립이 평화를 보장한다?

티베트의 자유가 심각한 위협을 받는 상황을 세계 각국은 외면하지 않았습니다. 영국의 식민 통치를 받던 인도 정부는 1950년 11월 중화인민공화국 정부에 반발하며, 티베트 침공은 평화를 해치는 행위라고 선언했지요. 하지만 소용없었습니다. 우리는 조상 대대로 고립되어 살아온 대가를 톡톡히 치러야만 했습니다.

아시다시피 티베트는 지리상으로 세계의 다른 지역과 단절되어 있습니다. 옛 티베트에서 인도와 네팔 국경까지 가려면 라싸에서 출발해 험한 길로 온갖 우여곡절을 겪으며 한 달쯤 가야 했습니다. 연중 대부분의 계절에 사람의 힘으로 오르기 힘든 히말라야 산맥의 높디높은 고개를 넘어야 했습니다.

요컨대 티베트의 특징은 '고립'이었습니다. 우리는 극소수의 외국인에게만 입국을 허용함으로써 그런 고립을 더욱 자초했던 겁니다. 옛날에는 라싸의 별칭이 '금단의 도시'였습니다. 역사적으로 티베트는 이웃 민족들 곧 몽골족, 만주족, 한족과 갈등 관계였던 것이 사실입니다. 그러나 무엇보다도 티베트 사람들은 우리가 신봉하는 불교의 정신에 맞게 평화로이 살고 싶어 했습니다. 세계와 동떨어져 이런 평화로운 삶의 방식을 언제까지나 유지하며 살아갈 수 있다고 믿었던 것입니다. 그런데 그건 착각이었습니다. 그래서 지금은 모두에게 문을 활짝 열어 놓는 것이 저의 의무라고 생각합니다.

티베트가 대외 정책에 무관심했고 국제 관계 경험도 부족했던 탓에 유엔 같은 국제 공동체로 하여금 공식적으로 독립을 인정하게 만드는 일에 소홀했다며 달라이 라마는 아쉬워한다. 일리 있는 말이다. 1911년 중국의 첫 혁명이 일어났을 때 제13대 달라이 라마가 티베트 독립을 선언하고 라싸에서 만주족 대신大臣들과 소규모의 중국 군대를 내쫓았다. 이때 국제적으로 티베트 독립을 선포할 기회가 있었다.

20세기 초반, 티베트는 한 국가로서 갖춰야 할 실질적 주권의 모든 기준에 못 미치는 바가 없었다. 국경이 확정된 영토가 있었고, 권위를 백 퍼센트 행사하는 정부도 있었다. 1947년 인도 뉴델리에서 열린 범汎아시아 회의에는 티베트 대표가 자기 나라 국기를 달고 32개국 대표와 어깨를 나란히 하여 당당히 앉아 있었다. 그렇지만 티베트의 외교라는 것은 고작해야 영국령 인도(1947년 독립), 네팔, 부탄, 중국 등 접경 국가들과의 접촉에 국한될 뿐이었다. 그런데 이러한 실질적 독립 상태가 국제적 차원에서 법적으로 공인되지 못했던 것이다.

만약 티베트가 중국으로부터 독립한 상태인가의 여부를 두고 상충되는 해석이 분분하다면, 그것은 양국 관계가 복합적인 탓이다. 양국 관계는 복합적일 뿐만 아니라 종종 상호 이해가 부족했다. 티베트나 중국이나 오랫동안 정교 분리가 되지 않은 상태에 있었다. 그리하여 과거 몽골, 중국, 실크로드의 도시국가들에서 전쟁을 벌였던 호전적 왕국 티베트는 군사적으로 가장 막강한 지위를 누리던 8세기에 인도유럽인, 터키인, 중국인 등 여러 민족을 포섭하며 당시 중국의 수도였던 장안까지 차지했던 것이다. 그러다가 10세기에 몽골의 침략을 받지만 결코 몽골 제국에 합병되지는 않았다.

티베트의 역대 달라이 라마들과 몽골 제국의 수장인 칸들 사이는 정신적 지도자와 세속적 보호자의 관계라고 보면 된다. 그리고 13세기 몽골족이 중국에 원나라를 세웠을 때 달라이 라마와 원 제국의 황제 사이에 이와 똑같은 관계가 성립되었다. 티베트인들은 중국 황제가 지혜를 상징하는 문수보살이 지상에 몸을 나툰 화신이라고 여겼다. 그래서 그에게 당연히 세속적 보호권, 즉 정치적으로 그들을 통치하며 보호할 권력을 위임했다. 달라이 라마의 환생 계보는 위로 거슬러 올라가면 자비의 화신인 관세음보살에 이르는데, 달라이 라마는 정신적 권위를 행사했고 이 권위는 중국과 몽골에서도 존중되었다.

18세기 티베트에 내전이 벌어졌을 때 중국 군대가 개입하여 제7대 달라이 라마를 재옹립했던 것도 양국 간의 이런 특별한 관계의 맥락에서 가능했던 일이다. 중국 황제를 대신하는 만주족 대신 두 명이 라싸에 상주했지만 이들은 중국의 이름으로 어떤 특권도 행사하지 않고 달라이 라마 정부에 자신들의 활동을 보고하는 것이 관례였다.

훗날 20세기에 이르러 티베트는 중앙아시아의 뜨거운 감자로서, 러시아와 영연방이 탐내는 대상이 되었다. 영국은 우선 티베트에 관한 상업적 협상을 중국과 체결하려 했다. 그리고 히말라야 산맥 지대에 있는 나라들의 국경을 일방적으로 다시 정하려고 시도했다. 그러나 티베트인들은 이 협정이 무효라며 반발했다.

1904년 영국 군대가 라싸를 침공해 대영제국의 이름으로 티베트를 강제 통치하려 했고 이에 제13대 달라이 라마는 점령된 수도 라싸를 떠나 피난해야 했다. 이후 영국인들은 섭정과 '라싸 협약'을 체결한다. 이 협약으로 영국은 전쟁 배상금과 상업적 이득을 얻었다. 이는 중국과 엄연히 독립된 나라인 티베트의 주권을 실질적으로 인정한 협약이었다. 1906년 영국이 중국에게 서명하게 한 문서—이때 중국은 '영-티베트 협정'을 즉시 받아들였다—를 보아도 티베트의 주권은 재차 확인된다.

그런데도 1907년 영국은 자신의 이익을 다시 확인하기 위해 중국과 재협상을 벌여 베이징 협약을 체결했다. 베이징 협약에서 양국은 앞으로 티베트와 협상할 때는 반드시 중국의 중재를 거치기로 약정한다. 이전의 협약들과 확연히 모순되는 점은, 이 새로운 협약이 공공연히 티베트에 대한 중국의 '종주권'을 인정했다는 것이다. 이리하여 역사적으로 진실에 역행하는 일이 합법화됨으로써, 훗날 '티베트는 중국의 일부'라는 중국 측 주장의 근거가 마련된 셈이다.

달라이 라마는 영국의 모순된 행동들을 개탄했다. 그것은 이후 그분의 조국 티베트에 심각한 결과로 나타난다. "'종주권'이란 모호한 구식 표현이고, 정말 불충분한 표현이다. 그런 표현을 썼기 때문에 여러 세대에 걸친 서양의 국가원수들이 전부 잘못 생각하게 된 것이다. 이 표현은 달라이 라마와 만주국 황제들 사이의 정신적 관계는 감안하지 않았다. 동양에서 예로부터 내려오는 고유한 개념들 중에는 서양식의 단순한 정치적 표현을 써서 글자 그대로 번역할 수 없는 것들이 많다."(『떠돌이 성자』 중에서)

그 뒤 유엔에 제출된 티베트의 항의서들은, 중국이 자신에 맞서는 티베트가 주권을 인정받도록 상황을 놓아두지 않았음을 확인시켜 주었다.

나는 동의한다, 까샥의 호소에

1950년 11월 7일, 까샥(티베트 내각)과 티베트 정부는 유엔에 호소하며, 우리 티베트 편에서 유엔이 개입해 줄 것을 요청했습니다. 이 서한의 표현들에 저는 동의합니다.

"전 세계가 한국에 주목하고 있습니다. 한국전쟁의 발발로 국제적 지원군이 침공에 저항하고 있습니다. 멀리 떨어진 티베트에서도 이와 같은 사건이 일어났으나 주목을 받지 못하고 있습니다. 세계 어떤 지역에서도 침공이라는 사건이 대응 없이 묵인되고, 자유가 보호받지 못하는 일이 있어서는 안 된다고 우리는 확신합니다. 이러한 이유로 우리는 최근 티베트 국경 지역에서 일어난 사건들을 유엔에 알리기로 결정했습니다.

여러분도 아시다시피, 티베트 문제는 최근 한층 더 중대하게 격화되고 있습니다. 이러한 분쟁은 티베트가 먼저 촉발한 것이 아닙니다. 중국의 끝 간 데 없는 야욕에 의해 벌어진 일입니다."

중화인민공화국의 전략은, 티베트 문제를 평화롭게 해결하는 길에 자신들이 성실하게 뛰어들어 노력하고 있다고 서구 세계로 하여금 믿게 만드는 것이었다. 당시 강대국들은 혹시라도 원자폭탄이 투하되는 전쟁이 일어날까 봐 노심초사하고 있었다. 그 진원지는 한반도였다. 그리고 소련은 마오쩌둥의 중국 편을 든다. 1950년 11월에 유일하게 중국의 티베트 침공 반대를 천명한 유엔 회원국은 엘살바도르였다. 티베트는 인도연방의 네루 총리의 거절에 봉착했다. 네루는 인도의 북쪽에 위치한 인접 강대국인 중국과 사이좋은 관계를 유지하는 데에 신경을 쓰고 있었다. 대영제국은 이 호소에 무관심했고, 미국은 소련과의 관계가 악화될까 싶어 신중한 태도를 견지했다.

그러는 동안 이미 티베트 현지에서는 중국 군대가 티베트 동부 지역을 강점하고 있었다. 티베트 정부는 급히 베이징에 협상 대표단을 파견한다. 그러나 논의는 진전이 없었고, 라싸 침공의 위협에 직면한 티베트 대표단은 1951년 5월 23일 이른바 '티베트 평화 해방의 방법에 관한 협의'에 서명하고야 말았다. '17조 협약'이라고도 불리는 이 협약으로 중국의 티베트 합병이 이루어졌다.

국제법률가위원회('법의 지배' 확립을 목적으로 설립된 비정부 국제조직)에 따르면, 무력의 위협하에 체결된 이 협정은 국제법의 견지에서 볼 때 효력이 없다고 한다.

중국이 모국이라니, 이런 후안무치가

저는 티베트어로 방송되는 「라디오 베이징」을 늘 듣곤 했습니다. 어느 날 저 혼자 있을 때 돌연, 중화인민공화국 정부 대표들과 티베트라는 이른바 '지방정부' 간에 '티베트 평화 해방의 방법에 관한 협의를 위한 17조 협약'이 막 체결되었다고 코맹맹이 음성으로 알리는 뉴스가 나왔습니다.

저는 귀를 의심했습니다. 허겁지겁 달려 나가 모든 사람들에게 호소하고 싶었습니다. 그러나 저는 달라이 라마의 자리에 앉아 옴짝달싹 못하는 처지였습니다. 앵커는 설명했습니다. "지난 19세기에 공격적인 제국주의 세력들이 티베트를 침략하여 온갖 착취와 도발을 일삼았다."고. 이어 말하기를 "그 결과, 티베트인들은 노예처럼 지독한 고통 속에 빠졌다."고. 이렇게 제멋대로 지어낸 선전 내용을, 게다가 터무니없는 거짓말에다 뻔뻔한 소리까지 덧붙여 내보내는 것을 듣고 있자니 속상해서 병이 날 지경이었습니다.

그러나 이건 약과였고, 듣다 보니 갈수록 태산이었습니다. 라디오 뉴스에서 계속 말하기를, 17개조 협약의 첫 조항에 따르면 티베트 사람들은 '모국'의 품으로 돌아가게 된다는 것이었습니다. 티베트가 '모국'으로 돌아가게 된다니…… 이건 꾸며낸 뻔뻔스런 거짓말이었습니다! 티베트는 한 번도 중국의 일부였던 적이 없습니다. 정반대로, 티베트는 중국의 광활한 영토를 우리 것이라고 주장할 수도 있을 만한 나라입니다. 우리 티베트 민족은 인종으로 보나 종족으로 보나 중국과 다릅니다. 서로 언어도 다르며, 쓰는 글자도 중국의 한자와 전혀 공통점이 없습니다.

가장 심각한 일은 이 협약에 서명한 티베트 대표단이 저의 이름으로 서명할 자격을 부여받은 사람들이 아니었다는 겁니다. 그들의 유일한 사명은 중국과 협상하는 것이었지요. 이때 티베트의 국새는 제가 간직하고 있었습니다.

달라이 라마는 딜레마에 직면했다. 달라이 라마 주변 사람 중 맏형 딱체르 린뽀체가, 그간 거주하던 꾸붐 사원을 떠나 피신해 멀리 인도 콜카타까지 가서 그곳에 파견된 외국 사절단과 접촉했다. 그분은 확신하고 있었다. 미국은 중국의 팽창주의를 그냥 보아 넘기지 않을 것이며 반드시 티베트를 차지하려고 그들과 싸우리라는 것을. 당시 미국이 이미 한국전쟁에 참전한 상태임을 알았던 달라이 라마는 혹시 미국이 티베트에서도 전쟁을 일으키지 않을까 우려했다.

게다가 중국 쪽이 인구가 훨씬 많다는 점을 감안할 때, 혹 무력 충돌이 일어난다면 전쟁은 몹시 길어지고 그 피해도 엄청날 것으로 예상되었다. 어떻게 끝날지조차도 불확실한, 걷잡을 수 없는 유혈 사태를 방지하기 위해 젊은 달라이 라마는 중국 정부 고위층을 만나기로 결심한다. 그들도 인간이라고 생각했기에 대화로 합의에 이를 수 있기를 바란 것이다.

마오쩌둥을 만난 충격

1954년과 1955년에는 중국과 티베트의 관계가 참 어려운 상황이었지만 저는 중국에 갔습니다. 다른 세상을 발견한, 대단한 기회였지요. 게다가 이 방중訪中 여행 때 캄과 암도 지방에 사는 수많은 티베트인들과도 조우했습니다. 그래서 상당한 체험과 새로운 지식을 갖게 되었답니다. 중국 정부 지도자도 여럿 만났고, 특히 마오쩌둥 주석과 대면했습니다.

그를 처음 본 것은 회의 공식 석상에서였습니다. 그의 집무실에 들어설 때 제일 먼저 눈에 띈 것이 휘황한 빛을 발하는 스포트라이트 장치였습니다. 마오쩌둥은 그 조명을 고스란히 받으면서 침착하고 느긋하게 앉아 있었습니다. 특별히 총명한 사람이 내뿜는 아우라 같은 것은 없었습니다. 그렇지만 악수를 나눌 때는 강한 자력에 끌리는 듯한 느낌이었습니다. 격식을 갖춘 자리였음에도 그의 행동거지는 아주 다정하고 흔쾌했습니다.

마오 주석과는 통틀어 최소한 열두 번은 만났습니다. 대부분은 거창한 회의에서였지만, 몇 번은 사적으로 만나기도 했습니다. 그럴 때는 연회석상이건 국제회의 자리이건 항상 저를 옆에 앉으라 했고, 한번은 손수 음식을 덜어다 주기도 했습니다.

그가 매우 인상적인 사람이라는 생각이 들었습니다. 외양으로 보아도 비범한 사람이었지요. 피부는 검은 편이지만 마치 영양크림을 잔뜩 바른 것처럼 반짝반짝 윤이 났습니다. 두 손은 매우 고왔는데, 손에서도 기이하게 그런 빛이 났습니다. 손가락 모양은 나무랄 데 없이 맵시 있었고, 특히 엄지손가락 모양이 빼어났습니다. 숨쉬기가 힘든 듯 매우 헐떡거리며 숨차하던 모습이 생각납니다. 그래서 말할 때도 아주 천천히, 또박또박 했던 것 같습니다. 짧은 문장을 선호한 것도 같은 이유에서일 겁니다. 몸놀림과 태도도 느릿느릿했습니다. 왼쪽에서 오른쪽으로 고개를 돌리는 데에만 몇 초가 걸렸는데, 그래서 무척 점잖고 듬직한 인상을 풍겼습니다.

우리가 마지막으로 만나 이야기를 나눈 것은 1955년 봄, 제가 중국을 떠나기 전날 그의 집무실에서였습니다. 저는 중국의 여러 지방을 방문한 뒤였고, 이런저런 티베트 개발 계획에 지대한 관심을 갖고 있다고 솔직하게 말하려고 했습니다. 그런데 그가 가까이 오더니 작은 소리로 이렇게 말하는 것이었습니다. "귀하는 아는 게 많은 분이니, 귀하의 태도는 정당합니다. 그러나 내 확실히 말씀드리지만, 종교는 두 가지 심각한 결점을 가진 아편입니다. 첫째, 비구와 비구니들은 평생 독신으로 살기로 서약하니 인구가 줄어듭니다. 둘째, 종교는 발전을 가로막습니다. 종교의 피해를 본 나라가 둘 있지요. 티베트와 몽골입니다."

이 말에 제 얼굴은 불타오르듯 화끈화끈 달아올랐고, 강렬한 두려움이 엄습했습니다.

중국을 떠날 때 달라이 라마에게 이미 환상 같은 것은 없었다. 그러나 곤경에 처한 사람들은 언제나 지푸라기라도 잡고 싶어 한다는 사실을 그분은 명철하게 보았으며, 그래서 어쨌든 침략자인 중국과 합의의 여지를 찾아보려 했던 것이다. 그분이 티베트를 비운 사이에도 티베트에서는 중국의 영향력이 더욱 커져 가기만 했다.

17조 협약이 체결된 후에도, 공공연히 내세운 보장 조항을 어기고 중국인민해방군은 계속 진격하여 라싸와 중부 티베트를 점령했다. 중국공산당은 티베트 동부의 여러 지방을 조각조각 분할하여 중화인민공화국 정부 산하의 행정 단위에 소속시켰다. 1955년 마오쩌둥은 '사회주의 변혁의 큰 물결' 속에 그 지방들을 포함시키기로 결정했던 것이다.

1950년에서 1959년 사이에 점령군을 먹여 살리고 최초의 토지 공유화를 진행하느라 기근이 들었고, 한편으로는 전략적 도로 건설을 위한 강제노동도 시작되었다. 1958년 '대약진 운동'을 시작하면서 내세운 이른바 '민주적 개혁'이라는 것은 실제로는 티베트 지도자들과 존경받는 라마들을 밀고하라는 강요였으며, 이에 대한 민중의 저항은 격화되었다. 티베트 동부 국경 지대인 캄과 암도에서 중국 점령군에 대한 무장 저항이 과격해지자 중국 당국은 이쪽 주둔군의 수를 더욱 늘렸다.

라싸 봉기의 날

그날, 기도와 식사를 마친 뒤 저는 고요한 아침 햇살을 받으며 뜰을 거닐고 있었습니다. 하늘은 구름 한 점 없이 맑고, 햇빛은 저 멀리 대뽕 사원을 굽어보는 산꼭대기를 환히 비추고 있었습니다. 햇빛은 곧 '보석 정원'에 우뚝 선 달라이 라마 궁과 법당 위를 비추었습니다. 산뜻하고 화창한 봄날, 새싹이 돋아나고, 포플러 나무와 버드나무 가지엔 새순이 움트는 날이었습니다. 연못의 연꽃 송이들은 햇빛을 받으며 활짝 피어났습니다. 문득 멀리서 들려오는 함성에 저는 소스라치게 놀랐습니다.

경호원 몇 명을 급히 보내 그 요란한 소리의 정체를 알아보라고 했습니다. 돌아온 경호원들이 설명하기를, 수많은 주민들이 노르불링까 궁으로 오고 있다는 것이었습니다. 저를 중국인들로부터 지키려고 몰려온다는 것이었습니다. 사람들은 오전 내내 그렇게 밀어닥쳤습니다. 어떤 이들은 노르불링까 궁의 정원으로 통하는 여러 입구에 떼 지어 모여 있고, 또 어떤 이들은 정원 주위를 빙빙 돌고 있다고 했습니다. 정오 무렵 모인 인원은 약 3만 명으로 추산되었습니다.

이 상황을 어떻게든 수습해야 했습니다.

분노에 휩싸인 군중이 중국 군대가 주둔한 곳까지 밀고 들어가면 어쩌나 싶어 걱정이 되었습니다. 군중이 자발적으로 뽑은 주동자들이 중국인들을 향해 외치고 있었습니다. 티베트를 티베트인들에게 돌려 달라는 구호였습니다. 티베트 점령을 종식시키고 달라이 라마의 권위를 회복시키라고 모두들 주장했습니다. 그 함성을 듣고 있으니 데모대의 분노가 실감 났고, 이들이 이미 걷잡을 수 없이 흥분한 상태임을 알 수 있었습니다.

1959년 3월 10일, 라싸 주변에 주둔한 중국 군대가 달라이 라마의 여름 거처인 노르불링까 궁에 대포를 쏘았다. 그러자 티베트인들은 자발적으로 수천 명씩 모여들어 몸으로 벽을 만들었다. 그렇게 해서라도 달라이 라마를 보호하고 싶었던 것이다. 다음 날도 그다음 날도 군중은 흩어지지 않았고, 3월 17일 중국 군대가 총을 쏘아 공격하자 남녀노소가 그 자리에서 달라이 라마를 위해 목숨을 바쳤다.

1959년 라싸의 봉기는 꼬박 사흘 밤낮이 걸려서야 진압되었다. 길거리 전투에서 티베트인 2만 명과 중국군 4만 명이 맞서 싸웠다. 곡사포와 총탄이 퍼부어져 난장판이 된 라싸의 거리에서 생존자들은 이렇게 전했다. 좁디좁은 길들은 사람과 개와 말의 시체로 꽉 막히고, 가는 곳마다 유혈이 낭자했다고. 1959년 3월 18일, 죽어 가는 사람들의 비명 소리, 부상자들의 신음 소리, 그리고 피비린내 속에

날이 밝았다.

사망자 수는 약 만 명, 체포되어 투옥된 데모대의 숫자는 4만 명이었다. 이 사건 이후로도 오랫동안 체포와 즉결 처형이 이어졌다.

이 대학살 날 밤, 달라이 라마는 이름 모를 병사로 변장하고 피난을 떠났다. 캄 출신 민간 저항군 '자유의 투사들'의 보호를 받으며 인도로 망명한 것이다. 자신이 떠나면 추종자들이 당하고 있는 무자비한 학살이 중단되기를 바라면서. 그러나 그의 소원은 이루어지지 않았다.

강요된 망명 생활

피난길에 올라 인도 접경지대에서 인도 쪽 국경 수비대를 만났을 때, 우리의 모습은 서글프기 짝이 없었을 것입니다. 일행은 총 80명이었는데 긴 여행으로 몸은 기진하고, 정신적으로는 시련에 찌들 대로 찌든 상태였습니다.

테즈푸르(인도-티베트 국경에서 가장 가까운 인도 아삼 지방의 도시. 브라마푸트라 강가에 있음)에 이르니, 수백 개의 메시지, 편지, 전보가 저를 기다리고 있었습니다. 전 세계 사람들이 제 안부를 묻고 격려를 보내주었습니다. 무척 고마웠지만, 워낙 상황이 다급했습니다. 우선 해야 할 일이 있었습니다. 제 말을 듣고 언론에 전하려고 기다리는 수많은 사람들 앞에서 낭독할 선언문을 간략하게 준비하는 일이었습니다. 저는 이 글을 통해 그간 일어난 사실들을 솔직하고 온건한 표현으로 전했습니다. 그리고 간단한 점심 후 기차를 타고 무수리(히말라야 산맥에 위치한 우타라칸드 주의 도시. 1959년 4월 네루의 초청으로 달라이 라마는 이곳에 티베트 망명정부를 세웠다가 1960년 다람살라로 옮겼다. 최초의 티베트 학교가 1960년 무수리에 세워졌다)로 갔습니다.

수백 수천 명이 우리가 가는 길에 몰려들어 손짓을 하고 환영의 뜻을 표했습니다. 어떤 곳에서는 심지어 길을 꽉 메운 사람들을 다른 곳으로 비키게 하지 않으면 앞으로 나아갈 수조차 없었습니다. 이 소식은 인도의 시골로 퍼져 나갔고, 제가 그 기차를 탔다는 사실을 모르는 사람이 없는 것 같았습니다. 수천 명이 앞다퉈 몰려들어 "달라이 라마 만세!", "달라이 라마 만수무강하십시오!" 이렇게 외치며 환영했습니다.

저는 매우 감동했습니다. 제가 지나는 길에 있는 세 도시, 실리구리, 바라나시, 러크나우에서는 열차에서 내려, 꽃을 던지며 환영하는 엄청난 군중과 즉석 만남을 갖기도 했습니다. 여행길 전체가 마치 범상치 않은 꿈 같기만 했습니다. 지금도 그때를 생각하면 제 인생에서 그런 순간을 만들어 준 인도 사람들의 열렬한 환영이 한없이 고맙다는 마음이 듭니다.

그로부터 며칠 뒤, 중국 신화통신사의 논평이 나왔습니다. 테즈푸르에서 제가 발표한 선언문을 '편파적인 논리에 의거한, 거짓말과 발뺌투성이의 조악한 문서'라고 폄하했더군요. 중국 측 보도는, 라싸의 봉기를 일으킨 사람들이 '제국주의 침략자'들에게 복수하려고 저를 납치했다는 것이었습니다.

중국인들이 사실을 사실대로 인정하기는커녕 인도 거주 티베트인들, 인도 정부 혹은 저의 이른바 '권력 패거리'들을 싸잡아서 있지도 않은 '제국주의자들'로 매도하는 것을 보니 어이가 없었습니다. 그들이 언필칭 '해방'한다는 티베트 민족이 바로 그들에 맞서서 일어섰던 것입니다.

1959년 달라이 라마는 세계와 만났고, 세계도 달라이 라마와 만났다. 그러나 세계의 언론은 하필이면 티베트 문화가 특이하다는 그 점에만 집착했다. 중국의 불법적 티베트 침공이라는 정치적 문제는 둘째 치고, 종교적인 요소가 섞인 엉뚱한 내용만 선호하는 기사들이 판을 치게 된 것이다.

프랑스의 주간지 『파리마치』가 1959년 4월 28일 자 기사에서, 세계에서 가장 높은 험산 준령을 넘고 넘어 망명한 달라이 라마를 기적적으로 도운 '티베트의 잔 다르크(아네 빠첸. 티베트 불교의 비구니로 중국에 대항해 반란군을 조직했다. 1959년 말 체포되어 21년간 수감 생활을 했으며 온갖 고초를 겪고도 풀려난 후에 계속적으로 중국에 저항했다. 1989년, 25일을 걸어서 네팔에 도착해 인도로 망명한다)'를 찬양한 것도 이런 맥락이었다. 이 잡지는 서슴없이 티베트의 정신적 지도자인 젊은 달라이 라마의 초자연적 힘을 찬양하며, 선한 정령들의 보호를 기원하고, 달라이 라마는 그런 정령들을 뜻대로 부릴 수 있는 주술사라고 표현했다.

그러나 실제로 티베트의 상황은 그야말로 악화 일로였다. 달라이 라마가 성공적으로 인도에 망명했다는 것을 알고 마오쩌둥은 버럭 소리 질렀다고 한다. "우리는 싸움에서 졌어!"라고. 그렇긴 해도 이른바 '민주적' 개혁의 리듬은 티베트 전역에서 점점 가속화하여, 어느 지역도 이 '개혁'에서 자유로울 수 없었다. 중국공산당은 티베트 지도층 전체를 숙청했고 반대파는 모두 학살했으며, 라마들을 체포하고 사원에 있던 불교예술의 보물들은 모조리 약탈했다. 중부 티베트의 사원 2,500곳 중 약탈의 피해를 입지 않은 곳은 겨우 70곳뿐이었다.

중국의 점령으로 수년간 수만 명이 사망했고, 사실과 부합하는 증언에 따르면 사망자들은 단지 총칼로 살해되었을 뿐 아니라, 산 채로 화형을 당하기도 하고 수장되기도 하고 교살이나 교수형 혹은 생매장이나 사지를 찢는 죽임을 당하는 등 이루 말할 수 없을 만큼 참혹하게 죽었다고 한다.

1959년 3월부터 1960년까지, 티베트인 8만 명이 달라이 라마의 망명길을 따라 인도로 넘어갔다. 그런데 인도로 망명한 티베트인 공동체의 삶을 꾸려 나가기 위해서는 네루 총리의 지지를 얻어야 했다. 네루는 진심으로 티베트인들에게 도움을 주고자 했지만, 마오쩌둥 치하의 중국과 좋은 관계를 유지해야 한다는 의무가 그를 옥죄고 있었다.

유혈 사태를 막는 것이 급선무

1959년 4월 24일, 인도의 귀족 학자 출신인 자와할랄 네루 총리가 몸소 무수리에 있는 저를 만나러 왔습니다. 우리는 몇 시간 동안 통역자 한 사람만 곁에 두고 단둘이 이야기를 나누었습니다. 제가 먼저 이야기를 시작했습니다. 네루 총리의 간곡한 조언에 따라 제가 티베트로 돌아간 뒤에 발생한 사태에 대해서 말이죠(1957년 2월, 네루 총리는 달라이 라마에게 17조 협약에 근거하여 중국과 협상하라고 강하게 권했다). 네루 총리의 제안대로 저는 중국인들을 줄곧 올바르고 정직한 태도로 대하며, 비판할 계제에는 비판을 하면서도 17조 협약의 내용을 준수하려고 노력했습니다.

대화 중에 가끔씩 네루 총리는 주먹을 불끈 쥐고 탁자를 탕 내리치더군요. "어떻게 그럴 수가 있습니까?" 하며 그는 한두 차례 분개했습니다. 이렇게 그가 조금 거칠게 나올 수 있다는 것을 확연히 내보여도 저는 하던 대로 이야기를 계속했습니다. 결론 삼아, 저는 아주 단호하게 말했습니다. 내 주요 관심사는 두 가지라고. "저는 티베트 독립을 완전히 쟁취하기로 굳게 결심했습니다. 그러나 당장의 주요 관심사는 유혈 사태를 종식하는 것입니다." 이 말에 네루는 더 이상 못 참겠다는 듯 말했습니다. "그건 불가능합니다." 그가 격한 음성으로 말을 이었습니다. "성하는 티베트 독립을 원하신다면서, 동시에 유혈 사태는 원치 않으신다고요. 어떻게 그럴 수가 있습니까!" 이 말을 할 때 그의 아랫입술이 파르르 떨렸습니다.

네루 총리 자신도 지극히 미묘하고 난처한 입장이라는 것을 알겠더군요. 인도 의회에서는 제 망명 이후 티베트 문제로 다시 팽팽한 토론이 시작되었습니다. 수년 전부터 네루 총리는 저에 대한 입장 때문에 숱한 정치인들의 비판을 받았습니다. 저의 미래와 티베트 민족의 미래가 상상했던 것보다 훨씬 더 불안하다는 것을 실감하지 않을 수 없었지요.

네루가 달라이 라마에게 보인 신중한 정치적 지지 속에는 티베트 어린이들을 제대로 교육시키자는 연대의식도 들어 있었다. 이 연대의식은 타의 모범이 되었다. 수많은 티베트 어린이들이 가족과 함께 인도 땅에 들이닥쳤는데, 그들의 비극을 잘 아는 네루는 달라이 라마에게 아동들을 위한 특별 학교를 열어서 교육을 통해 티베트의 언어와 문화를 보존할 것을 제안했다. 인도 교육부 내에 티베트인 교육을 위한 독립 기구가 상설되었고, 인도 정부가 비용을 부담하여 교육 시설이 들어섰다.

아이들이 희망

우리 어린이들, 우리는 여러분 모두를 우리 공동체의 헌신적이고 쓸모 있는 인재로 키우고 싶어요. 여러분은 온 힘을 다해 티베트 민족, 티베트 불교, 티베트의 대의를 위해 일해야 합니다.

어린이 여러분, 여러분은 사람입니다. 식물도 아니고 꽃도 아니지요. 식물은 햇볕이 뜨겁게 내리쬐면 시들어 버리고, 우박이나 폭풍우가 닥치면 엉망이 되어 여기저기 흩어져 버리죠. 그렇지만 식물과 달리 여러분은 자기 운명을 스스로 만들어 갈 수 있어요. 여러분이 지금 견디고 있는 육체적 고통이 크든 작든 항상 성실한 마음, 차분하고 굳건한 정신을 지녀야 합니다.

공산주의 중국인들은 우리 티베트인 모두에게 커다란 고통을 안겨 주었습니다. 우리는 이 고난을 잊지 말아야 합니다. 여러분이 지식을 얻고 정의와 권리라는 무기를 들고 싸우려면 열심히 공부해야 합니다. 밤낮으로 더욱 폭넓은 교양을 쌓기 위해 노력해야 합니다. 그래야 여러분의 종교와 여러분의 민족에 보탬이 될 수 있습니다. 이것이 여러분 개개인의 책임입니다.

어린이 여러분, 여러분은 선배들이 이룩한 업적을 이어받아 계속 쌓아 가야 합니다. 하늘에서 비가 내리길 기다리는 사람처럼 아무것도 안 하고 그냥 있으면 안 됩니다. 우리 모두 열심히 노력해야 합니다. 젊은이건 노인이건 우리 공동의 목표를 달성하기 위해 힘씁시다.

우리 어린이 여러분, 저는 여러분을 보면 볼수록 마음이 더욱 행복해져요. 여러분은 오늘보다 나은 내일, 그 희망의 상징입니다. 그리고 여러분은 앞으로 어떤 어려움이 닥쳐와도 모두 극복할 수 있을 겁니다. 여러분은 이제 막 인생길의 초입에 들어섰습니다. 소중한 시간을 낭비하지 말고, 날마다 점점 더 강한 사람이 되어야 합니다. 여러분이 티베트의 미래입니다. -1960년 5월 인도 다람살라 담화 중에서

1960년 4월, 망명 생활을 시작한 지 일 년이 지났다. 국경도시 잠무의 피난민 수용소 대변인이 달라이 라마를 찾아와 놀라운 소식을 전했다. 한 무리의 티베트 난민을 인도 라다크로 보내는 순간 엄청난 눈보라가 불어닥치기 시작했다는 것이었다. 제대로 먹지 못하고 아무 치료도 받지 못한 데다 혹한까지 겹쳐 아이들은 자꾸만 죽어나갔다.

달라이 라마가 볼 때, 어린이들을 구하는 일이야말로 급선무 중 급선무였다. 티베트 땅에서는 중국인들이 이른바 '애국적인 재교육' 캠페인을 벌여 아이들을 부모에게서 떼어 놓고, 심지어 뛰어나게 총명한 아이들은 중국으로 데려가기까지 하고 있었다. 인도로 간 난민

어린이들은 굶주림과 질병에 시달렸다. 한 세대 전체가 위험에 빠져 있었다.

달라이 라마는 즉시 결정을 내렸다. 자신의 속가俗家 가족 및 친척들과 주변 망명정부 직원들에게 병들거나 영양실조에 걸린 어린이들을 돌봐 달라고 부탁하고, 인도 정부의 도움을 받아서 난민 어린이들을 맞아 돌볼 전담 기관을 창립했다. 서둘러 한 요원을 난민들 있는 곳에 파견해 이런 말을 전하게 했다.

"여러분, 살기가 정말 힘드시지요. 제가 여러분의 자녀들을 맞아들일 집을 하나 마련했습니다. 제게 자녀들을 맡겨 주신다면, 부모님이 삶을 헤쳐 나가기도 한결 수월해지고, 자녀들은 부모로부터 독립해 알아서 앞가림하는 법을 배우게 될 것입니다.

게다가 이렇게 하면 자녀들은 진정한 티베트인으로 성장해, 되찾은 우리의 자유를 이어받는 세대가 될 것입니다. 이 아이들은 절대 부모, 선조, 형제자매, 그들을 위해 희생한 동포들을 잊지 않을 것입니다. 물론 자녀를 꼭 여기 넣으라고 강요하는 것은 아닙니다. 부모와 자녀들은 자유로이 선택할 수 있습니다."

대변인이 발표를 마치자 잠시 침묵이 흘렀다. 그러다가 네 살짜리 딸을 둔 아버지가 발언을 했다. 티베트 사람들로 하여금 자기 민족과 조국과 종교를 규탄하게 하고 제 땅에서 티베트 사람답게 살지 못하게 하는 중국인들의 강제 교육을 그는 받아들일 수 없었다고 했다. 그래서 그는 어린 딸을 무등 태우고 아내와 함께 달라이 라마의 뒤를 따라 히말라야 산맥을 넘었다. 그의 결론은 이것이었다. "우리 아이들에게 교육과 보살핌을 받게 해 줄 훌륭한 가능성이 주어졌다고 저는 생각합니다."

이번에는 어린 손자를 둔 장애인 할머니가 일어서서 말했다. "저는 우리나라에 이토록 몹쓸 짓을 저지른 사람들이 죽는 꼴을 제 눈으로 똑똑히 보게 해 달라고 기도했습니다. 불행히도 이제 저는 너무 늙었으니 아마 여기서 죽겠지요. 그렇지만 제 손자가 있고, 다른 집 자녀들도 있습니다. 그 아이들이 제대로 보살핌을 받고 머지않아 우리 티베트의 죽은 사람들의 원한을 갚을 준비가 되기를 기도합니다."

또 다른 남자아이의 아버지도 이렇게 말했다. "제가 죽기 전에 예전처럼 자유로운 티베트를 보게 되기를 기원합니다. 달라이 라마여, 만수무강하소서!" 난민들이 이 말을 받아 외쳤다. "달라이 라마여, 만수무강하소서!" 그러자 어린이들이 자진해서 부모에게 달라이 라마 곁으로, 그 학교로 보내 달라고 부탁했다.

나이 어린 아이들은 달라이 라마의 측근들이 맡아 보살폈고, 1960년부터 인도 정부는 중학교를 여러 군데에 개교해 학군별로 이루어지는 자율적인 교육행정하에 배치했다. 같은 해에 티베트 내무부 장관은 인도 전역의 약 50개 수용소에 흩어져 있는 난민들을 인도 정부 당국 및 국제기구와 협력하여 현지 적응시키는 일을 자임했다.

뿐만 아니라 달라이 라마는 티베트 망명정부에 문화종교부를 창설하여 망명지 인도에 티베트의 큰 사원과 대학교를 모두 다시 만들게 했다.

티베트 영토 내에서 통치자의 자리에 있었던 것은 잠깐이었지만, 이때 이미 달라이 라마는 티베트 봉건사회의 현대화 작업을 추진하고 있었다. 망명해서는 1961년부터 임시 헌법을 제정했다. 이 헌법은 권력의 분립, 법 앞의 시민 평등, 자유선거, 정치적 다원주의 등을 보장했다. 이처럼 그분은 망명정부에 민주주의를 도입한 것이다(이후로 정부 각료들과 깔뢴티빠는 티베트 국민을 대표하는 의회에서 선출된다. 망명티베트의 의회는 티베트 본토의 세 개 지역에서 각각 열 명의 의원을 선출하고, 티베트 불교 5개 종파마다 의원 두 명씩, 유럽 지역을 대표하는 의원 한 명, 미국 지역을 대표하는 의원 한 명을 선출한다).

달라이 라마가 이렇게 티베트 정치체제를 민주화하고 정교분리의 단초를 마련한 것은 그분이 권력 독점의 발판을 만들려 한다는 중국의 악선전에 대한 최선의 대답이었다.

정교분리 민주주의를 믿는다

지금까지 어떤 불교 사회도 민주주의에 가까운 정치체제를 발전시키지 못했습니다. 그렇지만 저는 개인적으로 정교政敎가 분리된 민주주의를 대단히 훌륭한 체제라고 생각합니다. 티베트가 아직 중국에 점령되기 전에 우리는 고립이라는 자연조건을 긍정적으로 발전시켰으며, 그것으로 우리의 평화와 안전이 보장될 것이라는 착각을 했습니다. 세상의 변화에 주의를 기울이지 않다 보니, 우리는 가장 가까운 이웃 나라 인도가 평화적으로 독립을 성취하고 세계에서 손꼽히는 민주국가가 된 것도 거의 모르고 있었습니다. 나중에 고통을 당하고서야 겨우 알았습니다. 자국 내에서나 국제무대에서나 자유는 공유해야 하며 남과 더불어 누려야 한다는 것을 말이지요. 자유는 배타적으로 독점하는 것이 아닙니다.

티베트인들이 비록 티베트를 떠나 난민의 지위로 격하되기는 했지만, 우리에게는 우리의 권리를 행사할 자유가 있습니다. 티베트에 남은 우리 형제자매들은 자기 땅에서 살 권리조차 누리지 못합니다. 그래서 망명한 우리에겐 미래의 티베트를 미리 구상하고 상상할 책임이 있는 것입니다. 세월이 가면서, 우리는 다양한 방법으로 진정한 민주주의의 모델을 구체화했습니다. '민주주의'라는 말이 망명한 티베트인 모두에게 익숙하다는 사실이 그것을 입증합니다.

저는 오랫동안 우리가 전통과 현대 세계의 요구에 걸맞은 정치체제를 규정할 수 있기를 기다려 왔습니다. 비폭력과 평화에 뿌리를 둔 민주주의를 말입니다. 우리는 최근 몇 가지 변화를 시작했는데, 그 변화는 우리 망명정부의 민주화를 더욱 공고히 해 주고 있습니다. 여러 가지 이유로 저는 다음과 같이 결정했습니다. 티베트가 다시 독립하는 날, 저는 더 이상 최고 통치자도 아니며 심지어 정부의 일에 관여조차 하지 않을 것입니다. 다음번 티베트 정부의 최고 통치자는 티베트 국민들의 선거로 선출되어야 합니다. 이 개혁은 우리로 하여금 진정하고 완벽한 민주주의 국가가 되게 해 줄 것이며, 여기에는 여러 가지 이점이 있습니다. 이런 변화 덕분에 우리 티베트 민족은 자신의 미래를 결정하는 일에서 의사 표시를 명확히 할 수 있을 것입니다.

우리의 민주화 과정은 전 세계에 흩어져 있는 티베트인들을 감동시켰습니다. 미래 세대는 이 변혁을 우리의 망명 생활이 이룬 주요한 업적으로 여길 것입니다. 티베트에 불교가 들어와 나라가 제대로 형성되었듯이, 티베트 사회의 민주화로 인해 티베트인들은 더욱 생기를 띨 것이며, 우리의 책임 있는 국가기관들은 국민들 마음속의 가장 소중한 열망과 소망을 반영하면서 지켜 주게 될 것입니다. -1993년 4월 미국 워싱턴 연설 중에서

자유, 평등, 박애는 불교의 원칙이기도

사람들이 평등을 원칙으로 삼고 서로에게 책임을 지는 존재로 자유로이 살 수 있다는 생각은 불교와 딱 들어맞는 생각입니다. 불자로서 우리 티베트인들은 사람의 생명을 무엇보다도 소중한 것으로 존중합니다. 붓다의 가르침과 철학이야말로 가장 차원 높은 자유—이것은 남자나 여자나 누구든 이를 수 있는 목표입니다—로 나아가는 길이라고 생각하면서 말이지요.

붓다는 삶의 목적이 행복임을 통찰하고 간파하셨습니다. 또한 중생들이 무명 때문에 끝없는 좌절과 고통 속에 매여 있다면, 지혜로 그 고통에서 벗어나 해탈할 수 있다는 것도 간파하셨습니다. 현대 민주주의는 모든 인간이 평등하며 누구나 자유롭고 행복하게 살 권리가 있다는 원칙을 기본으로 합니다. 또 불교는 인간이 존엄할 권리가 있으며 가정의 구성원은 누구나 자유롭게 살아갈 권리를 평등하게, 소외받는 사람 없이 지닌다는 것을 인정합니다. 이러한 자유는 비단 정치적 차원만이 아니라 기본적인 수준에서도 나타납니다. 누구나 두려움 없이, 부족함 없이 살아가야 한다는 차원 말입니다.

부유한 이든 가난한 이든, 공부를 많이 했든 적게 했든, 어떤 종교를 믿든 어떤 이념을 추종하든, 우리 모두는 그 무엇에 앞서 사람입니다. 누구든 행복을 원하고 고통을 면하려 하는 것은 사실일 뿐만 아니라, 그런 목표를 좇아 살아가는 것은 정당한 일이기도 합니다.

붓다가 확립한 제도 '승가'는 수행자들의 공동체로, 민주적 규칙을 준수합니다. 이런 형제적 공동체 속에서 개개인은 그가 속한 사회계층이나 신분에 관계없이 평등합니다. 오직 하나의 차별은 계를 받은 후 수행한 햇수 즉 법랍法臘입니다.

해탈 혹은 깨달음의 모델을 기반으로 한 개인의 자유는 공동체 전체의 주요 목표이며, 이 자유는 명상으로 마음을 닦음으로써 얻어집니다. 그렇지만 일상의 관계에서 토대는 남을 존중하고 배려하고 챙기며 너그러이 베푸는 것입니다. 수행자들은 일정한 주거를 두지 않는 생활을 하면서 무소유의 삶을 살지만 완전히 혼자서만 동떨어져 사는 것은 아닙니다. 탁발의 관행은 그들의 삶이 다른 이들 덕택에 이루어진다는 인식을 더욱 강하게 해 주었습니다. 승가 공동체 내부에서 결정은 투표로 이루어졌으며, 의견 차이가 있을 때는 합의를 끌어내어 해결했습니다. 이리하여 승가는 사회적 평등, 자산의 분배, 민주적 과정이라는 점에서 타의 모범이었습니다. –1993년 4월 미국 워싱턴 연설 중에서

1954년 중국 여행 때 달라이 라마는 한때 마르크스주의에 심취했

었다고 밝혔다. 그러면서 사회주의 경제가 야만적 자본주의보다는 불교의 이상에 더 가깝다고 토로했다. 그분은 마르크스 철학 속에 실제로 불교의 소중한 원칙인 평등과 사회정의가 들어 있음을 보았던 것이다. "저는 어쩌면 중국공산당 지도자들보다 한층 더 '빨갱이' 일지도 모릅니다. 중국의 공산주의 정권을 보십시오. 공산주의의 이상理想조차 없이 통치하고 있잖습니까."(2008년 7월 미국 콜로라도, 아스펜 연설 중에서)라고 2008년에 달라이 라마는 말했다. 이 말에 담긴 뜻은 무엇일까? 불교와 마르크스주의 사이의 적절한 종합을 꿈꾼다는 것일 터이다. 정말로 그런 꿈이 이루어질 수만 있다면, 정치 면에서 얼마나 큰 효과를 거둘 수 있겠는가.

무기를 보습으로 바꾸자

기독교의 성경에 훌륭한 구절이 나옵니다. '칼을 보습으로 바꾸라.'는 말씀입니다. 무기가 농사짓는 연모로 바뀌어 인간의 기본적인 필요에 맞게 쓰이게 된다는 이 말씀을, 그리고 그 이미지를 저는 좋아합니다. 이것은 안팎으로 무장해제의 태도를 상징합니다. 선대로부터 전해 내려오는 이 메시지에 담긴 정신을 토대 삼아서, 오늘날 전 지구를 싸움 없는 지역으로 만들기 위해 오랫동안 기대해 온 정책이 얼마나 시급히 적용되어야 하는지를 강조하지 않을 수 없습니다.

–1992년 6월 6일 브라질 리우데자네이루, 유엔환경개발회의 연설 중에서

노벨평화상을 수상한 지 약 20년이 지난 2007년 10월 17일, 달라이 라마는 미국연방의회가 수여하는 훈장을 받는다. 단상에 오른 달라이 라마는 자주색 법복에 폭이 넓은 노란색 숄을 두르고 오른쪽 어깨를 드러낸, 티베트 고유의 승복 차림이었다. 달라이 라마를 중

심으로 둥글게 배치된 연방의회 회의장에는 토머스 제퍼슨 이래로 미국 건국에 공헌한 선조들을 기리는 장엄한 대리석상이 세워져 있었다. 그리고 미국 독립을 위해 헌신한 프랑스의 라파예트 장군과 애국자들의 투쟁을 기념하는 프레스코 벽화도 볼 수 있었다.

조지 부시 대통령은 축하 연설에서 달라이 라마의 어린 시절을 언급하여 청중을 감동시켰다. "달라이 라마 성하께서는 포탈라 궁 안의 침실 머리맡 탁자에 축소판 자유의 여신상을 놓아두고 계셨습니다. 몇 년 후 뉴욕을 첫 방문했을 때는 자유의 여신상 실물이 궁금하다며 배터리 파크를 찾으셨습니다."

이어 그는 자유를 주제로 이야기를 이어 나갔다. 미국 건국의 조상들은 무장투쟁으로 독립을 쟁취했다는 사실을 상기시키며, "제퍼슨은 신앙의 자유를 미국이 받은 가장 큰 축복 중 하나라고 여겼다."고 했다. "이 신앙의 자유는 한 나라에만 속하는 것이 아니라 전 세계에 속하는 것"이라고 부시 대통령은 덧붙였다.

이 연설은 어디까지나 국가이성에 의거한 것이었다. 미국은 자유 수호를 위해 무기를 들 수밖에 없다고 했다. 군사 면에서 세계 최강국인 미국은 세계의 경찰 노릇을 자임하고 있으니, 공포에는 공포로 균형을 잡음으로써 유지되는 평화를 수호하는 셈이다.

반면 달라이 라마는 한 인간으로서 자기 의사를 표명하며, 평화를 향해 나아가는 길 역시 평화로워야 한다고 역설한다.

평화는 저절로 이루어지지 않으며, 억지로 강요할 수도 없다. 연민의 열매인 평화는 그분의 말씀대로 "사람의 가슴속에서 무르익고 온 세상을 환히 비춘다."

평화의 길을 선호하는 인간

폭력을 뛰어넘어야 한다는 것에는 누구나 공감합니다. 그러나 폭력을 완전히 근절하려면 우선은 그것을 분석해야 합니다. 엄밀히 말해 실제적인 입장에서 보면 때로 폭력이 유용할 수도 있다는 것을 사람들은 인정합니다. 힘을 사용하면 문제가 훨씬 빨리 해결되니까요. 그렇지만 이러한 성공은 흔히 남의 권리와 안녕을 희생하고 그 토대 위에서 얻어지는 성공이 되기 십상입니다. 이런 식으로 해결된 문제는 새로운 문제를 낳습니다.

게다가 어떤 대의명분이든 이를 뒷받침하는 확고한 논리가 있어야 한다면, 폭력은 쓸모가 없습니다. 사람이 오직 이기적 욕망을 동기 삼아 행동할 때, 또 논리로는 목적 달성이 안 될 때, 이럴 때 힘을 동원하게 됩니다. 집에서나 친구 사이에서 가벼운 불화가 있을 때도, 그럴 법한 이유가 뒷받침만 된다면 지치지 않고도 자기 입장을 조목조목 변호할 수 있습니다. 그렇지만 합리적인 동기가 없다면 금방 분노가 치밀어 오르지요. 이 분노는 힘을 쥐고 있다는 신호가 아니라, 오히려 취약함을 입증하는 신호일 뿐입니다.

요컨대 자신의 동기 그리고 상대방의 동기를 잘 살피는 것이 중요합니다. 폭력과 비폭력은 여러 형태로 나타날 수 있지요. 그저 외적인 견지에만 집착해서는 이 여러 형태를 구분하기가 힘듭니다. 부정적 동기는 겉으로야 아무리 온화하고 부드럽게 보인다 해도 결국 심히 폭력적인 행동을 낳습니다. 반대로 성실하고 긍정적인 동기는 실제로 그 본질 자체가 비폭력적입니다. 설령 상황 때문에 어쩔 수 없이 어느 정도 준엄하게 대처할 수밖에 없다 해도 말입니다. 어떤 경우든 남의 입장에 서서 연민심을 갖는 배려, 그것만이 힘에 의거하는 행동을 정당화할 수 있습니다.

어떤 서양인들은 장기적으로 볼 때 간디가 주창한 수동적 비폭력 저항이라는 방법이 모두에게 다 적합한 것은 아니며, 동양의 경우에 더 적합한 방법일 것이라고 단언하기도 합니다. 동양인에 비해 훨씬 능동적인 서양인들은 상황이 어떻든 간에, 심지어 목숨을 버리더라도 즉각적인 결과가 있기를 기대합니다. 이런 태도가 항상 최선은 아니라는 것이 제 생각입니다. 반면, 비폭력의 실천은 그 어떤 경우든 유익합니다. 비폭력을 실천하려면 단지 결심만 하면 됩니다. 동유럽 해방 운동은 신속하게 목적을 달성했지만, 비폭력 항의는 본질상 인내를 요하게 마련입니다.

이 점에서 저는 중국의 민주화 운동가들이 부디 평화적으로 행동하기를, 아무리 심한 압박을 받고 어떤 고난이 기다리더라도 그렇게 하기를 바랍니다. 또 그들이 비폭력적 태도를 유지할 것이라고 확신합니다. 민주화 운동에 몸을 던진 중국 젊은이들의 대부분은 지극히 엄혹한 공산 체제하에 태어나고 성장한 사람들입니다. 그러나 1989

년 봄, 톈안먼 광장에서 그들은 자발적으로 마하트마 간디식 수동적 저항 전략을 실천했습니다. 여기서 명확히 드러나는 것은, 사람은 어떤 세뇌를 받더라도 종국에는 평화의 길을 선호한다는 사실입니다.

간디는 비폭력 투쟁의 정치적 모델이다. 그의 초상은 티베트 망명 정부의 여러 부처 사무실에 걸려 있다. 평화와 화해의 위대한 상징인 마하트마 간디는 사후에도 달라이 라마와 동시에 노벨평화상을 수상하는 영예를 안았다. 노벨위원회는 이를 통해 간디 생전에 진작 이 상을 수여하지 않은 실책을 보완하려 했다.

영국의 식민 통치에 맞서서 인도 독립을 얻어 내기 위해 간디는 비폭력 저항 운동뿐만 아니라 시민 불복종 운동, 식민 통치자들에 대한 비협력, 항의 행진도 주도했다. 간디가 남긴 이러한 유산을 비폭력에만 국한한다고 자신을 비난하는 사람들에게, 달라이 라마는 식민 통치에서 해방된 인도가 썼던 방법들을 티베트에 그대로 적용할 수만은 없는 상황적 맥락을 지적한다. 실제로 마하트마 간디는 법정에서 자유로이 자기변호를 할 수 있었고, 영국의 식민 통치가 엄혹했다고는 하지만 그래도 인간의 기본권은 존중해 주었다. 그런데 중국 정부는 그렇지 않은 것이다. 그래서 달라이 라마는 간디의 전투 정신을 티베트의 상황에 적절히 맞추어 길러 갈 것을 주장한다.

간디라면?

제가 처음 뉴델리를 방문한 것은 마하트마 간디의 유해를 화장한 장소인 라지가트를 찾은 때였습니다. 그곳에서 저는 만일 간디 그분이 아직도 살아 계시다면 저에게 어떤 현명한 조언을 해 주셨을지를 생각해 보았습니다.

그분은 틀림없이 티베트 민족의 자유를 위해 벌이는 비폭력 운동에 온 힘과 의지와 인격을 다 쏟아부으셨을 것만 같았습니다. 이런 생각을 하니 항상 그분을 본받자는 결심이 더욱 굳어졌습니다. 어떤 장애를 넘어야 한다 해도 말입니다. 그리고 그 어떤 폭력 행위에도 동조하지 말자고도 거듭 결심했습니다.

달라이 라마는 중국의 공격에 비폭력으로 대응하는 쪽을 선택한다는 애초의 결정을 한 번도 어긴 적이 없다. 중국의 티베트 점령 초기부터 베이징 당국과 대화를 열려고 노력했고, 비록 중국이 명백히

불법적인 짓을 자행하고 있지만, 그분은 티베트의 권리를 어디까지나 '17조 협약'의 틀 안에서 수호하려고 했다. 1958년 티베트 동부에서 캄 출신 민간 저항군의 무장 봉기가 극렬해지자 달라이 라마는 그들에게 무기를 버리라고 한다. 이 '자유의 투사들'은 티베트를 위해 죽을 때까지 싸우겠다는 서원을 한 사람들이었다. 서원을 깰 수도 없고 그렇다고 달라이 라마에게 불복종할 수도 없었던 탓에 그들 중 여러 사람이 자살했다.

티베트인들의 정신적 지도자인 달라이 라마는 이때까지 비폭력의 길만 줄곧 주장했다. 1987년과 1988년 라싸에 봉기가 일어났을 때 그분은 중국 측 진압군의 총을 빼앗아 그것을 점령자 중국을 향해 겨누는 대신 아예 부숴 버림으로써 무장투쟁을 부추기는 주장을 단호히 부정했다.

2008년 3월, 라싸 주민들이 봉기하여 중국을 향해 폭력을 행사할 때, 베이징 정부는 달라이 라마가 이런 행위를 뒤에서 선동했다고 비난했다. 달라이 라마는 대답했다. 만약 그것이 사실이라면 자신이 받은 노벨평화상을 반납해야 할 것이라고. 그리고 중국 당국자들에게 다람살라에 와서 조사를 통해 그들의 근거 없는 주장을 입증하라고 촉구했다.

그러나 잔혹하게 진압된 승려들의 평화적 시위와 병행해 티베트 청년들의 조직적인 약탈, 방화, 적대적 행위가 있었음을 시인하며 그분은 개탄했다. 그런 행위들이 자기 조국 티베트 내에서 2등 국민 취급을 받는 절망으로부터 나온 것임은 인정하면서도 그분은 폭력의 사용을 단죄했고, 만약 티베트 국민이 비폭력의 길에서 이탈한다면 자신은 더 이상 티베트인들의 대변인이 될 수 없다고 선언했다.

비폭력의 선택을 정치적 견지에서 논평하며 삼동 린뽀체는 이렇게 이야기한다. "이 방법은 티베트의 대의명분에 국제적인 공감을 얻어내는 예기치 못한 결과를 가져왔다. 만약 달라이 라마가 무장투쟁을 부추겼더라면 그런 투쟁은 전혀 성공하지 못했을 것이며, 그랬다면 오늘날 티베트는 전 세계에서 잊혀 버렸을 것이다."(삼동 린뽀체, 『타협의 세계를 위한 타협 없는 진실』 중에서)

7

세상 모든 민족에게 고함

한 민족이 죽음을 택할 정도로 막다른 골목에 몰리는
상황을 상상할 수 있는가? 진실, 용기, 굳은 결심이라는
무기로 우리는 나라를 되찾고야 말리라. 티베트인들은
광활한 티베트에서, 중국인들은 광활한 중국에서
행복하게 살지어다.

학살당한 수천 명의 티베트인을 잊지 말아 주십시오

1959년 3월 10일, 9년간 중국의 강점하에 시달려 온 티베트 국민은 독립을 선언했습니다. 불행히도 중국이라는 타국 정부가 여전히 티베트를 차지하고 있지만, 오늘 1961년 3월 10일을 맞아, 우리 티베트 민족이 결코 짓밟히지 않는 불굴의 정신으로 독립을 되찾을 때까지 싸우겠다는 굳은 결의를 간직하고 있음을 확인하여 참으로 자랑스럽습니다. 몇 년 전 점령자인 중국에 대항해 투쟁이 시작되었고, 이 투쟁은 지금도 티베트에서 '해방자'라는 허울과 탈을 쓰고 숨어 있는 침략자와 탄압자에 대항해 진행 중이라는 것을 저는 압니다. 자유를 부르짖는 사람들이 방어할 힘도 없는 이웃의 자유를 어떻게 짓밟고 있는지를 문명 세계는 날마다 더 잘 인식한다고 저는 굳게 믿으며 또 단언할 수 있습니다.

세계는 국제법률가위원회의 명료한 보고서 두 편 덕분에 티베트에서 벌어지는 끔찍한 일들을 알게 되었습니다. 이 문서는 중국이 티베트인들의 기본권을 야만적으로 침해했음을 여실히 드러내 보여 주었습니다. 우리 티베트인들은 한꺼번에 수천 명씩 학살당했습니다. 스스로의 문화유산과 종교에 걸맞게 살 자유를 누리려고 했다는 이유 하나로 말입니다. 또한 이 보고서에는, 중국인들이 티베트 고유의 종교를 말살하기 위해 수많은 티베트인들을 살해하고 수천 명의 어린이들을 중국으로 강제 이송해 인종청소의 범죄까지 저질렀다는 것이 부각되어 있습니다.

이런 사건들은 전 세계인에게 티베트에 대한 공감을 불러일으켰고, 그 공감은 1959년 티베트인들에게서 기본권과 역사적으로 면면히 확보되어 온 자치권을 박탈하는 부당 행위를 그만두라고 촉구한 유엔의 결의만 보아도 알 수 있습니다. 저는 확실히 말합니다. 우리가 빼앗긴 것은 자치권이 아니라 '독립'이라고. 그러나 이런 호소는 중국인들에게 소귀에 경 읽기나 마찬가지였습니다. 티베트를 탈출하는 난민들이 끊임없이 줄을 잇는 것을 보면 알 수 있듯이, 사태는 더욱 악화되었습니다.

머지않아 티베트 문제는 유엔 정기총회에서 논의될 것입니다. 우리를 지지하는 분들에게, 또 유엔 정기총회에 호소합니다. 중국이 침략 행위를 종식하고 티베트를 전처럼 독립 상태로 돌려주도록 호소합니다. 어중간한 조치들로는 별로 도움이 되지 않을 것입니다. 우리의 대의명분을 지지해 준 국가들의 연합—말레이시아, 타이, 엘살바도르—에 감사합니다. 티베트 난민 수천 명을 품 안에 따뜻이 받아 주는 우리의 이웃 강국 인도에게도 부탁합니다. 부디 그 막강한 영향력을 행사해 우리 티베트를 지지해 주십시오.

티베트에 남아 있는 티베트 사람들이 외세 지배에 따른 극심한 고통을 꾹 참고 견디고 있음을 잘 압니다. 그분들이 용기를 잃지 말기를, 반드시 독립을 회복하고야 말겠다는 결의를 부디 잘 간직해 주시기를 바랍니다. 제 입장에서, 조국을 멀리 떠나와 제가 사랑하는 용감한 동족들과 헤어져 사는 이 상황이 결코 편할 리 없다는 것은 새삼 말할 필요조차 없습니다. 저는 티베트 민족의 희망도 아픔도 모두 함께한다는 것을 꼭 말씀드리고 싶습니다.

인도와 네팔과 부탄, 시킴에 있는 수천 명의 티베트 동포들에게 말씀드리고 싶습니다. 우리는 조국에 돌아가 더욱 행복하고 위대한 독립 티베트를 세우는 그날까지 부단히 준비해야 하는 막중한 책임을 함께 지고 있다고 말입니다. 우리의 문화, 종교 유산을 배반하거나 고유한 우리의 혼을 부정하지 않고서도 새로운 티베트를 민주화할 능력을 갖춘, 교육받은 지성인 남녀가 많이 필요합니다.

중국 점령하에서 제가 티베트를 떠나 망명할 수밖에 없는 상황이 되기 전에, 저는 내각과 함께 티베트에 여러 개혁 및 다양한 변화들을 도입하려 노력했습니다. 그러나 누구나 아는 바와 같이, 중국인들은 우리의 그런 노력에 가차 없이 찬물을 끼얹었습니다. 공산주의자들은 오늘날 우리 민족의 목을 죄는 이른바 '개혁'을 강제로 진행시키고 있습니다. 그 개혁이라는 것을 제가 주의 깊게 검토해 보았지만, 실행할수록 티베트 민족은 정신적, 경제적 노예 상태에 이른다는 결론이 나왔습니다.

그런 식의 개혁은 유엔헌장과도 맞지 않고, 세계인권선언의 정신에도 부합하지 않습니다. 제가 생각하는 개혁이란 지적, 도덕적, 종교적 자유를 지키면서도 국부의 평등한 분배를 도입하는 것이어야 합니다. 이 점에 대해 얼마 전에 제가 달하우지에서 선언한 내용을 여기서 다시 한 번 되풀이하겠습니다.

"티베트가 부유하고 힘찬 나라가 되려면, 사원이나 귀족 가문이 지금껏 누려 온 특권과 대토지를 포기하고 순박한 사람들과 함께 그들을 도우면서 사는 법을 배워야 합니다."

또한 이런 선언도 했습니다. "모든 분야에서 변화가 필요합니다. 정부의 틀에 심대한 변화가 있어야 하며, 그래서 국민이 정부 정책 및 국가행정에 좀 더 긴밀히 연관되어야 합니다. 정치적으로나 종교적으로 개선된 제도를 확립할 의무와 책임은 우리 모두에게 있습니다."

저는 티베트 헌법과 경제의 조직안을 마련 중입니다. 제가 전에 티베트를 위해 구상했던 내용대로입니다. 머지않아 그 계획안을 인도 및 인접 국가에 거주하는 티베트인 대표들에게 공개해 의견을 들을 것입니다. 결국 결정된 내용은 티베트라는 나라 전체에 돌아갈 것입니다.

최근 콩고에서 자행된 살인에 당연히 전 세계가 큰 관심을 갖고 있습니다. 이런 살인이 콩고에서 알제리에서 혹은 다른 어느 곳에서 저질러졌든 상관없이, 저도 그 행위를 규탄하는 데에 동참합니다. 그렇지만 전 세계인들에게 부탁하고 싶습니다. 수천 명의 티베트인들이 외세의 지배를 거부했다는 이유 하나로 학살되었고, 지금도 학살되고 있음을 꼭 알아 달라고 말입니다. 진실과 정의의 대의는 다른 무엇보다 앞서는 대의입니다. 공포와 고통의 이 밤이 끝나면 티베트와 그 민족 앞에 새벽의 찬란한 태양이 떠오를 것입니다.

저희들을 맞아 준 이웃 나라 인도, 부탄, 시킴, 네팔의 후의와 선의에 깊이 감사하고 싶습니다. 또 너그러운 마음으로 도움과 구호를 베풀어 준 여러 국제기구, 인도 내의 기관들과 개인들에게도 감사하고 싶습니다. 수많은 난민들이 계속 밀려들고 있으니, 부디 지금까지 하신 것처럼 너그럽게 우리를 후원해 주시기를 모든 분들에게 부탁드립니다.

마지막으로 티베트인들에게 부탁드립니다. 세계 평화를 위한 저의 기도에 동참해 주십시오. -1961년 3월 10일 인도 다람살라 연설 중에서

1961년 3월 10일, 달라이 라마는 라싸 봉기 2주년을 기념하며 중국의 위협에 맞서 나라를 지키려다 희생된 수천 명의 티베트인들을 추모하기로 결정했다. 이리하여 매년 3월 10일이면 엄숙한 추모의 모임을 갖는 관행이 생겨났다. 이 추모 행사에서 달라이 라마는 과거에 일어난 비극적 사태들을 돌이켜 보는 연설을 한다.

달라이 라마는 티베트에서 국가원수 직분을 맡았을 때부터 다람살라의 망명정부 지도자로 일하는 지금까지, 자신이 한 발언이 히말라야 산맥 너머 설산雪山의 나라 티베트에까지 전해지고 방송으로 청취되고, 자신에게 모든 희망을 걸고 있는 티베트 민족이 그 발언 내용을 열심히 읽고 또 읽으리라는 것을 잘 알고 있다. 또한 그분은 중국 정부가 자신의 연설에서 단어 하나하나에 숨은 뜻까지 다 찾아낼 것이라는 사실도 알고 있다. 그리고 세월이 가면서 그분의 발

언은 티베트에 호의적인 여론이 형성된 서양에서 점점 더 큰 반향을 얻기에 이르렀다.

망명 초기부터 달라이 라마는 세계인의 양심에 호소했다. 그리고 1963년엔 "국가들의 공동체가 내 말을 들은 척도 하지 않는다."고 개탄했다. 망명 후인 1959년 9월 9일, 그분은 유엔에 티베트 문제를 상정하면서, 정치적 차원에서 티베트 독립의 침해, 그리고 인도적 차원에서 인권의 침해 및 강제노동, 학살, 즉결 처형, 종교 탄압 등을 고발했다. 1959년 10월 21일 유엔 정기총회에서 투표로 첫 결의가 채택되었다. 이 결의는 그나마 아일랜드, 말레이시아, 타이 등의 지지에 힘입어 이루어진 것이었다. 강대국들은 냉전 분위기 속에서 티베트에 대한 어떤 지지 의사도 표명하지 않았다.

유엔에 자문을 제공하는 비정부기구인 국제법률가위원회는 1950년 이전에 티베트가 사실상 독립국이었다는 것을 입증할 수 있었다. 유엔이 1948년 채택한 '인종 학살 방지 및 근절을 위한 협정'에 의거하여 국제법률가위원회는 달라이 라마가 고발한 인종 학살을 실제로 중국이 저질렀음을 확인하는 보고서를 작성했다.

1960년 달라이 라마는 유엔에 두 번째 호소를 한다. 유엔총회는 다시 한 번 티베트 인권 침해를 확인하는 결의안을 투표로 채택했다. 이어 1965년 중국이 티베트인들의 기본권을 지속적으로 침해하고 있음을 고발하는 세 번째 결의안을 채택했다. 그때까지 티베트 문제에서 몸을 사리던 인도도 중국에게 국제법을 준수할 것을 촉구하는 문안에 찬성표를 던졌다. 그러나 이 결의안은 아무런 효과도 내지 못했다. 유엔 회원국들이 중국에 대해 구체적인 제재 조치를 취하지 않았기 때문이다.

그러자 이 논의는 유엔총회에서 인권위원회로 옮겨진다. 인권위원회는 1991년 티베트의 인권과 자유가 계속 침해받고 있음을 고발하는 결의안을 채택했다. 그럼에도 이 날짜 이후로 티베트 인권 문제는 더 이상 유엔 정기총회에 안건으로 오르지 못했다.

오늘날 그 어떤 나라도 티베트 망명정부를 인정하지 않는 현실을 보면, 달라이 라마가 티베트를 위해 백방으로 노력하는 일이 얼마나 힘든지 알 수 있다. 비록 망명 티베트 의회를 유엔에 가입시키는 데에 호의적인 나라가 몇몇 있기는 하지만, 티베트 정부는 여전히 인정받지 못하고 있는 것이다.

인류의 이름으로 호소하다

다시금 3월 10일이 왔습니다. 오늘은 아무 죄도 없고 무기도 들지 않은 티베트 국민이 중국 제국주의자들의 정복에 대항해 자발적으로 일어섰던 일을 엄숙히 기념하는 날입니다. 잊지 못할 그날로부터 어느덧 6년의 세월이 흘렀습니다. 그러나 섬뜩한 비극의 잔영은 아직도 우리의 거룩한 땅 티베트를 떠나지 않고 있습니다. 독재와 압제가 이어지며, 우리의 고통은 말로 형언할 수가 없습니다.

국제적 명성이 있는 탁월한 법률가들로 구성된 국제법률가위원회는 이렇게 선언한 바 있습니다. "세계인권선언에 명시된 여러 가지 자유 중 대부분—법이 보장하는 기본권, 시민권, 종교권, 사회 경제적 권리를 포함한—을 티베트를 통치하는 중국 정권은 인정하지 않는다."고. 그러나 오늘날 티베트가 고통 받는 것은 단지 인권과 기본적 자유가 침해받고 있기 때문만은 아닙니다. 그보다 더욱 심각한 문제가 있습니다.

티베트를 다스리는 중국 정부는 티베트인들도 인간이며, 인간의 느낌과 감정을 소중히 여기고 유지하는 사람들이라는 사실을 부정합니다. 그래서 티베트인들은 살던 땅에서 쫓겨나고 그곳에는 유입된 중국인들이 살고 있습니다. 티베트인들은 유일한 수입원마저 교묘하게 빼앗기고 있습니다. 중국인에게 티베트인 한 사람의 목숨 정도는 아무런 가치도 없습니다. 중국 정부가 이런 사실을 강력히 부인한다는 것도 사실입니다. 그러나 딱 들어맞는 증거가 있습니다. 티베트인 수천 명이 위험을 무릅쓰고 길고도 험한 피난길을 떠나 이웃 나라로 살 곳을 찾아 망명하고 있습니다. 원래의 보금자리에서 사는 것이 조금이라도 용인되는 일이었다면, 그들은 살던 집과 터전을 버리고 불확실한 미래를 찾아 떠나지 않았을 것입니다.

현 상황에서 티베트인과 평화를 사랑하는 다른 국민들은 세계의 양심에 호소하고, 티베트인들을 야만적, 비인간적으로 다루는 중국 침략자들에게 강하게 항의해야 합니다.

오늘 인류의 이름으로, 저는 세상 모든 국민들에게 호소합니다. 가엾고 불운한 티베트 사람들을 도와주십시오.

또한 이 기회를 빌려 현 상황이 몹시 위험하다는 것을 강조하고 싶습니다. 중국과 우호적 관계를 유지하려는 인도 정부의 노력에도 불구하고 중국 군대가 인도 영토를 침범했다는 것을 우리 모두는 알고 있습니다(1962년 중국인민해방군이 중국과 인도의 접경 지역을 침범했으나 인도 군대가 재빨리 대응하여 중국군을 내쫓았다). 이번 침략만 보아도, 중국이 티베트를 점령하고 있는 한 아시아 국가들, 그리고 동남아시아 국가들의 발전과 평화는 항상 위협받게 될 것임을 알 수 있지 않습니까. 최근 중국이 여러 차례 핵실험을 하여 상황은 더욱 심각해졌습니다. 지금까지 핵을 보유한 강대국들은 많은 절제를 보여 왔습니다. 왜냐하면 핵무기가 인류의 파멸을 가져올 수 있다는 것을 충분히 알고 있기 때문이지요. 중국 정부 당국자들의 경우, 완벽히 작동하는 핵폭탄을 보유하게 되면 과연 이와 같은 신중한 자세를 취할까요? 도를 넘는 야심을 품고 신도 그 어떤 한계도 인정하지 않는 중국 정부에게서 그런 절제를 기대하기는 힘들 것 같습니다. 그래서 저는 전 세계인이 우리 모두를 위협하는 위험을 미리 내다보기를 진심으로 바라며 그렇게 되기를 기도하는 것입니다. -1965년 3월 10일 인도 다람살라 연설 중에서

티베트는 이른바 '사회와 관습이 낙후되었다.'는 핑계하에 중국인민해방군에게 점령되었다. 마오쩌둥은 자신의 식민화 작업을 정당화하고자 티베트의 봉건사회와 신정 체제에 그 탓을 돌렸다. 중국 측의 공식적 선전을 보면 티베트 사람들은 미개한 원시인으로 묘사된다. 최근 달라이 라마의 남동생 땐진최걜은 서글픔 섞인, 그러나 명징한 현실 인식을 드러내 주는 다음과 같은 말을 했다. "중국인이 티베트인 한 사람 죽이는 것은 쥐 새끼 한 마리 죽이는 것보다도 대수롭지 않은 일이다."

물론 중국이 티베트의 근대화 계획에 예산을 투자한 것은 사실이다. 그러나 이런 노력들은 한족이 대다수를 차지하는 도시 쪽에만 집중되어 한족 거주 지역에만 이익이 되었을 뿐, 농경 지역, 유목 지역에 거주하는 티베트인들—독특한 삶의 방식과 자율적 삶에 매우

집착하므로 통제가 어려운 주민들—에게는 아무런 혜택이 돌아가지 않고 있다.

달라이 라마가 1965년 3월 10일 연설에서 언급한 핵의 위협은 이후로도 증폭되어, 이제는 아시아와 전 세계에 전략적, 생태적으로 절박한 위험 요소가 되었다. 1990년대에 티베트 북동부에 '제9연구소'라 불리는 첨단 핵 연구 센터가 설립되면서부터 티베트는 중국의 군사 기지가 되기에 이른다. 중국은 자국이 보유한 대륙간탄도미사일 중 사 분의 일을 티베트 고원에 배치했다.

세계의 지붕인 티베트는 또한 중국의 방사능 폐기물을 쌓아 두는 장소로 쓰이고 있다. 중국의 신화통신사는 1995년, 방사능오염 물질들이 코코노르 호수('칭하이 호수'의 몽골어 이름) 연안과 창추 강(중국 내륙을 흐르는 대표적인 큰 강인 황허의 지류)으로 흘러드는 늪지대에 매립되었다는 사실을 인정했다. 그때부터 유목민 중에 암 환자 수가 늘어나는 현상, 그리고 이 지역 동물 중에 기형 출산율이 비정상적으로 늘어나는 현상이 관찰되었다. 이 지역에는 전통적인 이동 목축(짐승 떼를 고산지대로 몰고 가는 일)이 금지되었다.

중국식 티베트 자치

중국의 티베트 강점 16년은 말로 이루 형언할 수 없는 기나긴 불행과 고통의 세월이었습니다. 농업과 목축업에 종사하는 사람들은 자신의 노동의 열매를 맛보지 못했습니다. 티베트인들은 보잘것없는 대가를 받고 중국인들을 위한 군사로軍士路와 총알받이 노릇을 해야만 하는 처지입니다. 셀 수도 없이 많은 티베트인이 인민재판을 받고 숙청당했습니다. 이 과정에서 온갖 모욕과 폭력이 그들에게 가해졌습니다. 수백 년간 쌓아 온 티베트의 부는 중국으로 넘어갔습니다. 중국은 티베트 주민을 한족화하자는 끈질긴 캠페인을 벌여, 티베트어 대신 중국어를 쓰도록 강요하고 티베트 고유의 이름도 중국식으로 바꾸도록 하고 있습니다. 중국공산당식 이른바 '티베트 자치'의 정체가 바로 이것입니다.

최근 돌아가는 상황을 보면 한족 제국주의의 공포 정치는 자심해지고 있음을 알 수 있습니다. 불교 탄압과 티베트 문화 탄압은 '문화혁명'이 일어나고 그 부산물로 '홍위병 운동'이 일어나면서 전에 없이 극심해졌습니다. 사원, 심지어 개인 가옥들까지 수색을 당하고 종교적인 물건들은 파괴되었습니다. 약탈된 수많은 물품 중에 예를 들면 7세기에 만들어진 관세음보살상도 있습니다. 이 관세음보살상은 두상 부분이 잘리고 못 쓰게 된 상태로 비밀리에 티베트에서 인도로 들어와 최근 델리에서 언론에 공개되었습니다. 이것은 여러 세기 동안 엄청난 예경의 대상이었을 뿐만 아니라 티베트 민족에겐 무엇과도 바꿀 수 없이 중요한 역사적 유물입니다. 이 관세음보살상의 파괴는 우리에게 중대한 손실이며 깊은 슬픔의 원천이기도 합니다.

미성숙한 학생들이 광기를 부리며 떼 지어 이런 야만적인 방법으로 마구 몰아쳤습니다. '프롤레타리아 문화대혁명'의 미명하에 마오쩌둥의 사주를 받은, 말도 안 되는 약탈의 일대 광풍이 몰아닥친 것입니다. 이것만 보더라도 중국 지도자들이 우리 문화의 흔적을 말살하기 위해 얼마나 극단적인 짓을 저지르고 있는지 알 수 있습니다. 분명히 인류와 역사는 티베트 민족과 그들의 소중한 문화유산을 야만적으로 학살하고 약탈한 중국인들을 단죄할 것입니다. -1967년 3월 10일 인도 다람살라 연설 중에서

1966년 6월, 마오쩌둥은 이른바 '4대 구습舊習'을 말살하는 사명을 띤 홍위병들을 파견한다. 4대 구습이란 묵은 생각, 묵은 문화, 묵은 전통, 묵은 관습을 말한다. 중국의 문화혁명은 1966년 8월 25일 티베트에서도 공식적으로 선포되었는데, 이 혁명의 지상명령은 온갖 형태의 티베트 문화를 모조리 말살하라는 것이었다.

이리하여 서로 경쟁 관계에 있는 여러 분대로 조직된 홍위병 2만 명이 라싸로 돌격해 야만적 약탈 행위를 저질렀다. 곳곳의 사원을 속인들이 침범해 더럽혔고, 그 안에 간직된 풍부한 유산들을 강탈했다. 그들은 티베트의 신심과 경건한 정신을 조롱하려고 일부러 불교 전적典籍들을 찢어 신발 속에 덧대는 종이나 화장지로 썼다. 경전을 새긴 경판은 마룻바닥용으로 깔고, 귀금속제 불보살상 등의 예경 대상은 용광로에서 녹였다. 티베트 불교 미술의 보물들이 중국으로 반출되어 국제 골동품 시장에서 경매로 팔아 치워졌다.

중국공산당은 딱 잘라 이렇게 선언했다. "공산주의 이념과 종교, 이 둘은 공존할 수 없는 두 힘이다. 양자는 밤과 낮만큼이나 다르다." 모든 종교 행위는 금지되고, 사원의 체계적인 파괴가 시작되었다. 티베트 인구의 근 사 분의 일에 이르는 비구와 비구니 수행자들 중에서 만 천 명 이상이 고문으로 사망했고, 절반은 강제로 환속당하거나 대중 앞에서 성행위를 하라는 강요를 받았다.

티베트 주민들은 자아비판과 재교육을 받아야만 했고, 그 와중에 노동자들은 고용주와, 농민들은 지주와, 학생들은 교수와, 수행승들은 사원장 스님과 대면해야 했다. 중국공산당은 지독히도 폭력적인 방법을 써서 그들에게서 억지 자백을 얻어 냈다. 때로는 즉결 처형 같은 극단적 방법도 동원되었다.

1966년에서 1979년은 티베트인들에게 있어 중국 강점기 중에서도 가장 잔혹한 시기였다. 달라이 라마가 고발한 대로, 티베트의 정체성에 대한 극심한 공격으로 티베트 언어 사용마저 금지될 지경이었다. 전문가들은 '중국어와 티베트어가 혼합된 우정의 언어'라는 것을 만들어 냈고, 이 언어는 중국식 발음이 나는 어법을 사용함으로써 티베트어를 변질시켰다.

조국을 떠나다 목숨 잃은 5백 인

티베트에 남아 있는 동포들에게, 전투란 물질적이면서 정신적이기도 한 것이라는 말을 전하고 싶습니다. 중국인들은 티베트인의 저항을 분쇄하기 위해 힘만이 아니라 있는 꾀란 꾀는 다 썼습니다. 자신들이 성공하지 못했다는 사실을 중국 스스로도 인정하고, 매년 점점 더 국경 단속이 엄격해짐에도 불구하고 인도 및 다른 인접국들로 망명하는 티베트인들을 통해서도 그것이 확인됩니다.

최근 인도로 탈출을 시도하던 티베트인 약 5백 명이 죽임을 당했습니다. 그들은 탈출 성공 가능성이 0에 가깝다는 것을 알면서도 그렇게 위험을 무릅쓰는 편을 택했던 것입니다. 한 민족이 이렇게, 죽음의 길을 택할 정도로 막다른 골목에 몰린다는 것을 생각할 수 있겠습니까? 중국공산당의 말인즉, 티베트 민족은 중국 치하에 사는 이 체제에 만족한답니다. 만족하는 사람들이 그렇게 하겠습니까?

한 해 한 해 세월이 흐르는 동안, 중국인들은 수천 명의 티베트 어린이들을 강제로 부모에게서 떼어 놓고 중국으로 데려가 교육으로 세뇌시키려 했습니다. 중국에 간 아이들은 티베트 문화와 일절 차단

되었고, 마오쩌둥의 교의를 주입식으로 교육받으며 티베트 고유의 삶의 방식을 얕보고 조롱하도록 강요받았습니다. 그러나 중국의 기대와는 정반대로, 그 어린이들 중 대다수가 지금은 장성해서 티베트에 강제로 주어진 정치체제에 저항하고 있습니다. 인간에게 생각할 힘이 있는 한, 인간이 진실을 찾는 한, 중국공산당은 우리 티베트 어린이들을 완벽하게 세뇌시키지는 못할 것입니다. 힘센 나라에 합병된 소수민족들의 불행한 처지를 보면 중국의 한족 국수주의가 의심할 여지없이 그대로 입증됩니다. 그렇지만 중국인들은 자기들의 목표를 이루는 데 성공할까요? 어림도 없습니다. 오히려 티베트 민족주의의 불꽃이 더욱 활활 타오를 뿐입니다.

이제 우리 티베트인들 가운데 중국공산당을 요행히 피해 온 사람들이 할 일은, 수많은 동족들이 목숨 바쳐 이루려 했던 고귀한 과업을 이어받는 것입니다. 망명 중인 우리 민족은 자유 티베트에 돌아갈 날에 대비해 의식적으로 많은 노력을 하고 있습니다. 이리하여 제가 미래의 자유롭고 독립된 티베트의 발판으로 생각하는 우리 티베트 어린이들은 정신적으로나 도덕적으로 잘 성장 발전하여, 현대 문명을 가까이 접하고 전 세계 문화의 가장 위대한 성과를 풍부하게 흡수하면서도 자기 나라의 문화와 신앙과 삶의 방식에 깊이 뿌리내린 성인이 될 수 있는 최선의 기회를 가능한 한도 내에서 얻습니다. 나아가 그 어린이들은 건전하고 창의적인 티베트 시민이 되어, 우리나라와 온 인류에 이바지할 수 있을 것입니다. 우리의 소원은 단지 우리를 맞아 준 나라의 번영에 도움이 되는 것뿐만 아니라, 우리가 고국으로 돌아갈 여건이 될 때까지 진정 티베트적인 문화가 티베트

밖에서도 뿌리를 내리고 꽃피울 수 있었으면 하는 것입니다. 언젠가 고국으로 돌아간다는 것은 우리가 항상 품고 있는 희망인 동시에, 끊임없이 달성을 위해 힘쓰는 목표이기도 합니다. −1968년 3월 10일 인도 다람살라 연설 중에서

1968년 3월 10일 달라이 라마가 이 연설에서 언급한 망명 티베트인들의 처지는 오늘날에도 전혀 달라지지 않았다. 2006년 9월에는 중국 국경 수비대가 티베트 난민들을 공격하는 비극적인 사건이 일어났다. 티베트인 75명이 초오유 산(히말라야 산맥 중부, 에베레스트 서쪽에 있는 산) 아래에 있는 해발고도 5,700미터의 낭파라를 넘어 네팔로 넘어가려 했다.

순찰대는 눈밭을 걷고 있는 이들에게 총을 쏘았다. 17세의 젊은 비구니 깰상남초가 총알을 여러 발 맞아 관통상을 입고 쓰러졌다. 함께 가던 일행은 순찰대에 잡힐까 봐 그녀의 시신을 감히 수습하지 못했다. 다음 날 몇몇 병사가 그 장소에 다시 와서 깰상남초의 시신을 크레바스에 던져 버렸다. 덴마크 산악인들이 이 장면을 생생히 목격했다.

순찰대가 총탄을 퍼부을 때 20세의 청년 뀐상남걜이 총상을 입었고, 다른 티베트인들과 함께 체포, 투옥되었다. 이때 잡힌 사람들 중 열네 명은 미성년자였는데, 그 뒤로 이들의 생사를 알 수 없다.

이 사건을 지켜본 증인도 여럿 있다. 각국의 산악인들이 베이스캠

프에서 이 장면을 목격하고 군인들이 총을 쏘는 모습, 도망치는 티베트인들을 추격해 체포하는 모습을 촬영했다. 이 동영상은 신속히 인터넷에 올려지고 텔레비전으로도 방영되어 여러 나라의 항의가 빗발쳤다.

카메라에서도 멀리 떨어진 채, 중국 정부가 강요하는 침묵의 장막 아래서 티베트인들은 조국 강점 반세기가 흐르는 동안 이런 비극 속에 살고 있다. 자녀들을 어떻게든 티베트식으로 가르치고 강요된 중국화를 벗어나게 해 주고자, 부모들은 젖먹이 아기를 손위 형이나 누나의 품에 안긴 채 망명 떠나는 사람들에게 맡긴다. 자식들과 헤어지는 희생을 치르면서도 자녀들이 티베트인이라는 긍지를 지니고 커 갈 수 있도록 하는 것이다.

피난하는 아이들 앞에는 세계에서 가장 높은 산들이 우뚝우뚝 버티고 섰다. 높이 7천 내지 8천 미터에 이르는, 눈과 얼음에 덮인 장벽이다. 고개를 넘으려면 영하 20도의 추위 속에 제대로 된 방한복도 입지 못한 상태로 비축된 식량도 없이 걸어가야 한다. 중국 순찰대에 언제 발각될지 모르는 위험도 무릅쓴다. 얼어 죽기도 하고 굶어서 죽기도 한다. 사방이 얼어붙은 이 고독 속에, 그들은 걷다 넘어지면 그뿐, 다시 일어나지 못한다. 상상을 초월하는 기막힌 노력 끝에 결국 목적지에 이르는 사람들도 있다. 그런 이들도 때로는 팔다리가 동상에 걸려 제 기능을 상실해 잘라 내야만 한다.

시인이며 티베트 자유를 위해 싸우는 투사인 땐진쬔뒤는 「국경 넘기」라는 시를 썼다. 이 시는 자녀들을 데리고 자유를 찾아 망명길에 나선 한 어머니의 고난을 잘 말해 준다.

밤이면 소리 죽여 걷고 낮이면 몸을 숨기면서
스무 날을 걷고 걸어 설산 꼭대기에 왔다.
국경까지는 아직도 며칠 더 걸어가야 한다.
기진하고 괴로운 몸에 울퉁불퉁한 땅바닥도 툭툭 걸린다.
머리 위로는 폭탄 실은 전투기가 지나가고
아이들은 무서워 울부짖으며
내 품으로 파고든다.
지쳐서 사지가 다 떨어져 나갈 듯해도
정신만은 말똥말똥 살아 있다…….

계속 걸어야 한다 아니면 이 자리에서 죽거나.
한쪽에 딸, 한쪽에 아들을 데리고
갓난아기는 업고
눈밭에 이르렀다.
괴물같이 가파른 능선을 기어오른다,
그 하얀 수의壽衣가, 위험을 무릅쓰고
그곳을 타넘는 사람의 몸을 종종 덮어 버리기도 한다.

이 새하얀 죽음의 눈밭 한복판에,
얼어붙은 시신 한 무더기가
우리의 용기를 일깨운다.
흰 눈밭에 여기저기 핏자국이 얼룩져 있다.
가던 길 병사들이 막았겠지,

붉은 용의 손아귀에 들어간 우리나라.

'소원을 들어주는 보석'께 우리는 기도한다.
가슴엔 희망을 품고, 입술엔 기도를 올린다.
이제 더 이상 먹을 것이 없다
갈증을 달래 줄 얼음밖에 없다.
다 같이 기어오른다, 밤이면 밤마다.
그러던 어느 날 저녁, 내 딸이 울며
발이 타는 것처럼 아프다고.
넘어지더니 동상 걸린 한 다리로 겨우겨우 일어선다.
살갗은 터져 너덜거리고, 깊이 갈라져 피가 난다.
고통에 달달 떨며 몸을 웅크린다.
다음 날 딸아이의 두 다리는 잘려 없어졌다.

사방에서 죽음이 엄습한다.
나는 무능한 어미
"엄마, 오빠랑 동생을 살려서 데려가세요.
난 좀 쉬어야겠어요."
아이의 신음 소리가 멀리 스러져 더 이상 안 들릴 때까지
나는 뒤돌아본다, 눈물 너머로 고통 너머로.
두 다리가 겨우 나를 지탱하지만,
마음은 여전히 아이와 함께다.

한참 후 망명지에서도, 내 눈엔 계속 그 애만 보인다
얼어붙은 두 손을 나를 향해 내젓던 그 애.
내 맏딸, 이제 막 사춘기에 들어서던 그 애,
내 나라를 떠난다는 것은 지독한 시련이었다.
매일 저녁 나는 딸을 위해 등불을 켠다
그리고 아들들과 함께 기도한다.

티베트 민족은 세계 평화에 어떻게 기여했는가

세상은 점차 상호 의존적으로 변해 갑니다. 그래서 한 나라, 한 지역 그리고 세계 차원에서 지속 가능한 평화가 정착되려면 전체의 이익을 고려하지 않을 수 없습니다. 우리 시대에는 강자든 약자든 누구나 나름대로 이에 반드시 기여해야 합니다. 저는 오늘 여러분에게 티베트 민족의 지도자로서, 그리고 자비를 바탕으로 삼는 불교의 수행자로서 이 말씀을 드립니다. 무엇보다도 저는 한 인간으로 이 자리에 있습니다. 저의 운명은 이 지구를 형제자매인 여러분 모두와 함께 공유하는 것이기 때문입니다. 세계가 좁아짐에 따라 우리는 과거 어느 때보다도 서로를 필요로 합니다. 이는 제가 태어난 아시아 대륙을 포함해 세계 어느 곳에나 다 해당되는 이야기입니다.

오늘날 아시아에서나 다른 곳에서나 긴장이 팽팽합니다. 중동과 동남아 지역 그리고 바로 제 조국 티베트에는 공공연히 갈등이 표출되어 있습니다. 이런 문제들은 크게 보자면, 강대국의 영향하에 놓인 지역에는 알게 모르게 갈등이 고조되어 있다는 징후이기도 합니다.

지역적 분쟁을 해결하기 위해서는 이 갈등에 관련된 크고 작은 모든 나라와 모든 민족 각각의 이익을 고려해야 합니다. 가장 직접적 이해 당사자인 민족들의 열망을 포함하는 전체적인 해법을 그려 내지 못하면, 이런저런 단편적 조치나 임기응변은 또 다른 문제들을 만들어 낼 뿐입니다. 티베트인들은 지역적으로나 세계적으로나 평화에 기여하기를 적극 원합니다. 그리고 우리가 평화에 이를 수 있는 남다른 입장에 서 있다고 생각합니다. 전통적으로 우리는 평화를 사랑하는 비폭력적인 민족입니다. 티베트에 불교가 들어온 지 천 년이 넘는 세월 동안, 티베트 사람들은 비폭력을 실천해 왔고 온갖 형태의 생명을 존중했습니다. 우리는 티베트의 국제 관계에도 이런 태도로 임했습니다. 아시아 한복판, 이 대륙의 강대국들 사이에 자리한 전략적 요충지라는 점 때문에 티베트는 평화와 안정을 유지할 핵심적 역할을 역사적으로 부여받았습니다. 바로 이 이유 때문에 과거에는 아시아 제국들이 티베트와 서로 주지도 받지도 않는 관계를 유지하려고 신경을 썼던 것입니다. 엄연한 독립국가로서 티베트의 가치는 지역적 안정에 하나의 요소로 인식되었습니다.

새로 수립된 중화인민공화국이 1950년 티베트를 침공했을 때, 새로운 분쟁의 씨앗이 생긴 것입니다. 중국에 맞선 티베트의 봉기, 그리고 1959년 저의 인도 망명, 이런 사건을 겪으며 중국과 인도 간의 긴장이 커져 가다가 마침내 1962년 국경분쟁이 일어났을 때 이 사실이 새삼 부각되었습니다. 1987년 또다시 히말라야 국경에서 대규모 군사 충돌이 일어나 긴장은 더욱더 위험수위에 이르렀습니다.

정말로 문제 되는 것은 인도와 티베트 사이의 국경 표시 같은 일이 아닙니다. 중국이 티베트를 불법으로 강점했기 때문에 대륙에 버금갈 만큼 넓은 인도 영토에 중국이 쉽게 접근할 수 있게 된 것입니다. 중국 정부는 티베트가 옛날부터 언제나 중국의 일부였다고 선언함으로써 문제를 적당히 묻어 버리려 했습니다. 그건 사실이 아닙니다. 티베트는 완전히 독립된 국가였는데 1950년 중국인민해방군의 침공을 받은 것입니다.

천여 년 전 옛 티베트 제국의 황제들이 티베트를 통일한 뒤로, 우리나라는 금세기 중반까지 독립을 지키고 살 수 있었습니다. 티베트는 이웃 여러 나라와 여러 민족에까지 영향을 확장한 시기도 있었고, 또 어떤 시대엔 외국의 강한 수장들에게 지배를 받기도 했습니다. 예컨대 옛 몽골 제국의 칸, 네팔 왕국의 구르카, 만주제국의 황제가 잠시 다스린 적이 있고, 인도를 점령했던 영국의 지배하에 있기도 했습니다.

물론 국가들이 다른 나라의 영향이나 간섭을 받는 것은 드문 일이 아닙니다. 이른바 '위성국가'라는 것이 아마 가장 비근한 예일 겁니다. 강대국이 약한 이웃 나라나 연합국들에게 영향력을 행사하는 경우 말이지요. 법률적으로 가장 권위 있는 연구들이 보여 주는 바와 같이, 티베트가 때에 따라 외세의 영향에 굴복하는 경우는 있었어도 이렇게 아예 독립을 상실한 경우는 없었습니다. 베이징의 중국공산군이 쳐들어올 때 티베트는 모든 면에서 어엿한 독립국이었습니다.

자유세계의 거의 모든 국가들이 규탄하는 중국의 침공은 현행 국제법에도 엄연히 위배됩니다. 티베트의 군사적 강점이 계속되는 동안 전 세계는 이것을 기억해야 할 것입니다. 비록 티베트인들이 자유를 잃었지만, 국제법에 의하면 오늘의 티베트는 여전히 독립국이며,

단지 불법으로 강점당한 상태일 뿐임을.

이 자리에서 티베트의 지위를 정치적, 법률적으로 논하려는 것은 아닙니다. 다만 티베트인인 우리는 고유의 문화, 언어, 종교, 역사를 지닌, 다른 민족과 같지 않은 별개의 민족이라는 명백하고도 흔들림 없는 사실을 강조하고 싶을 뿐입니다. 중국의 강점이 없었다면 티베트는 옛날처럼 완충국 역할을 여전히 견지하면서 아시아 대륙의 평화를 지키고 보장하고 있었을 것입니다.

지난 몇십 년간의 강점 기간에 우리 민족에게 혹독한 학살이 자행되었음에도 저는 항상 중국과 솔직하고 직접적인 논의를 통해 문제를 해결하고자 했습니다. 1982년 중국 정부의 수뇌가 바뀌면서 베이징의 중국 정부와 직접 접촉할 수 있게 되자, 저를 대신하는 대표단을 파견해 티베트와 티베트 민족의 장래에 대해 대화를 시작하고자 했습니다.

우리는 중화인민공화국의 합법적 필요 사항들을 충분히 감안하면서 솔직하고 긍정적인 태도로 대화에 임했습니다. 상대방도 이런 태도를 갖기를, 그리고 결국 양측의 요망 사항과 이익을 만족시키고 보존할 수 있는 해법이 나오기를 바라면서. 그런데 불행히도 중국 측은 우리의 이런 노력에 계속 방어적인 대응만을 했습니다. 티베트의 어려움에 대한 너무도 생생한 보고를 듣고 그것을 자신들 중국을 향한 비난이라 여겼습니다.

그러나 한층 더 심한 사실은 중국 정부가 진정한 대화의 기회를 그냥 흘려보냈다는 것입니다. 6백만 티베트인의 현실적인 문제들을 진지하게 다루기는커녕, 그들은 티베트 문제를 저의 개인적 입장으로 축소하려 했습니다.

3개 지방(위짱, 캄, 암도를 가리킨다. 현재 중국이 인정하는 티베트 자치구는 위짱과 서부 캄이며, 역사상 티베트에 속하는 다른 부분인 동부 캄과 암도는 중국의 다른 행정구역에 분산해 있다)을 포함하는 티베트 땅 전역을 다시금 안정과 평화와 조화가 깃든 '평화지대'로 만들어, 소중한 티베트의 역사적 역할을 회복시키는 것이 저의 간절한 소원입니다. 그렇게 되면 불교 전통 중에서도 가장 순수한 전통을 계승한 우리 티베트는 세계 평화 및 인류의 안녕, 그리고 우리가 공유하는 자연환경에 대한 배려를 지지하는 모든 사람들에게 도움이 될 것이며, 우리가 지닌 것을 널리 베풀 것입니다. -1987년 9월 21일 미국연방의회 인권위원회 연설 중에서

마오쩌둥 사망 이후 등장한 덩샤오핑은 1979년부터 티베트에서 전반적인 해방 정책을 펴겠다고 선언했다. 중국공산당은 1980년 봄에 티베트 문제에 관한 최초의 포럼을 소집했고, 서기장 후야오방을 파견해 상황을 파악하게 했다. 티베트 사회에 만연한 지독한 빈곤에 충격을 받은 후야오방은 베이징에 돌아오자 급진적인 개혁을 제안했다. 그 개혁 속에는 집단화되었던 토지의 사유화, 자치권 신장, 세금 감면 등이 포함되었다. 그래서 결정된 사항이 티베트에 재임하는 중국 관료의 수를 삼 분의 이로 줄여서 티베트의 실무적 관리를 티베트 사람들에게 맡기고 그들의 문화를 되살리게 하자는 것이었

다. 1959년부터 투옥되었던 정치범들이 풀려났고, 중국공산당은 망명 인사들, 특히 달라이 라마를 초청하여 '사회주의 재건에의 동참'을 위해 티베트로 들어오게 했다.

티베트 망명정부는 1979년과 1980년에 티베트에 조사단을 파견했다. 그들의 방문에 티베트 민중은 환호했고, 환호는 상상을 초월하는 열화와 같은 반응으로 이어졌다. 달라이 라마의 속가 형제자매들도 이 방문단에 들어 있었고, 동족인 티베트인들은 그들에게 달려가 만져 보고, 그들의 옷자락을 뜯어내 기념으로 집에 가져갔다. 이 천 조각들은 망명 떠나 있는 그들의 정신적 지도자를 가까이서 만나던 사람들이 몸에 걸치던 것이기에 더욱 소중했다. 달라이 라마에 대한 그들의 공경심은 줄어들지 않았던 것이다. 20년 동안 세뇌받고 모진 억압을 받았어도 그들의 신심은 끄떡없었다. 이에 공산당 간부들은 매우 놀랐다. 두 번째 방문은 기간이 단축되었다. 왜냐하면 라싸에 몰려드는 군중이 도저히 통제 불가능한 상태였기 때문이다.

1980년 9월, 달라이 라마는 티베트 현지 아동교육의 진흥을 위해 망명자 출신 교사 50명을 파견하자는 제안을 했다. 베이징에 연락사무소를 열어 신뢰 관계를 회복하자는 내용이었지만, 중국은 이에 차일피일 대응을 미루었다.

1981년 3월, 달라이 라마는 덩샤오핑에게 발송한 서한에서, 제안한 바대로 파견 교사들이 티베트에서 교육적 사명을 수행하도록 속히 허가해 주기를 촉구했다. 그러자 몇 달 후인 7월에 후야오방이 답신을 보내어 달라이 라마에게 라싸로 돌아오기를 청하며, 돌아오면 1959년 이전과 똑같은 정치적 지위와 생활 조건을 보장하겠다고 했다.

이러한 맥락하에 달라이 라마는 앞의 연설에서 1982년과 1984년에 베이징으로 파견된 티베트 망명정부의 대표단을 언급한 것이다. 그러나 실망이 기다리고 있었다. 중국이 단 하나의 논점에 대해서만 논의하겠다고 가차 없이 선언한 것이다. 그 하나의 논점이란 '달라이 라마가 조건 없이 모국으로 귀환하는 것'이었다.

어쨌건 중국의 해방 정책 덕분에 티베트 고유의 생활 방식과 종교 생활이 되살아날 수는 있었다. 그러나 이런 상태는 오래가지 않았다. 1984년 중국은 티베트 문제에 대한 제2차 포럼을 열어, 티베트의 민족성을 되살아나게 한 후야오방의 실책을 비판했다. 그는 중국 공산당 서기장 직위에서 물러났고, 또다시 중국의 정책은 강성强性으로 변했다. 미국연방의회의 초청을 받은 달라이 라마는 티베트 문제를 국제무대에 올리기로 결심한다. 티베트 문제뿐만 아니라 세계 평화의 메시지도 함께 언급한 이 연설로써 달라이 라마는 티베트 문제를 보편적 대의로 만들었다.

아힘사의 땅

티베트 땅 전체를 '아힘사('불살생不殺生'을 의미하는 힌디어로, 간디가 독립 운동을 벌일 때는 '비폭력'의 뜻으로 사용되었음)' 즉 비폭력의 지대로 변모시키자고 저는 제안합니다.

이렇게 평화지대를 만드는 것은 티베트의 역사적 역할에도 걸맞은 일일 것입니다. 평화롭고 중립적인 불교 국가 티베트는 아시아의 여러 강대국 사이에서 완충지대 역할을 하는 나라니까요. 이는 스스로 평화지대가 되겠다는 네팔의 제안과도 잘 들어맞습니다. 중국은 네팔의 이 제안에 공식적으로 동의했습니다. 네팔의 평화지대에 티베트와 인접 지역까지 포함된다면 그 영향력은 더욱 클 것입니다.

티베트에 평화지대를 만든다면, 중국 군대와 주둔 병영은 이 지역에서 철수해야만 할 것입니다. 그러면 인도 역시 히말라야 산맥 쪽 국경 지대에 주둔한 군대를 철수시키게 될 것입니다. 국제 협약을 체결해 중국이 주장하는 합법적 안전보장 요구를 들어주고, 티베트인, 인도인, 중국인 그리고 이 지역의 다른 민족들 사이에서 신뢰 관계를 확립할 수 있을 것입니다. 여기서 얻는 이익은 모두가 잘 알겠지만, 특히 중국과 인도가 잘 이해할 것입니다. 이렇게 되면 그들의 안전은 더욱 든든하게 보장될 것이며, 지금까지 논란이 된 히말라야 국경 지대에 군대를 집중적으로 배치하고 유지해야만 했던 경제적 부담도 줄어들 것입니다.

티베트 민족과 중국 민족의 관계 개선을 위한 첫 단계는 신뢰의 회복입니다. 지난 수십 년간의 학살 이후—이 기간에 티베트인 백만 명 이상 즉 우리 인구의 육 분의 일이 목숨을 잃었고, 아무리 적게 잡아도 그와 같은 수의 티베트인이 신앙과 자유에 대한 사랑으로 정치범 수용소에서 고초를 겪었습니다—오직 중국 군대의 철수만이 진정한 화해의 단초가 될 수 있습니다. 막강한 중국의 티베트 점령군은 날마다 티베트인들이 당하는 고통과 억압을 환기시키는 존재입니다. 철군은 앞으로 중국과의 우호 관계, 신뢰 관계가 확립될 수 있다는 희망을 갖게 하는 강력한 신호가 될 것입니다. -1987년 9월 21일 미국연방의회 인권위원회 연설 중에서

티베트를 비폭력 평화지대로 만들자는 제안은 1987년 달라이 라마의 미국연방의회 인권위원회 연설에서 발표되었다. 이 연설은 그분의 평화 계획을 5개항으로 정리해 제안한 것이다. 티베트의 정신적 지도자인 그분은 티베트 평화 논의가 세계 평화를 보장할 수 있을 것이라며 이야기를 전개했다. 이는 달라이 라마가 무엇보다 중시하는 연기법에 의거한 것이다. 이 연설은 달라이 라마와 티베트 망명

정부 측의 티베트 상황 분석에서 중요한 전환점을 이룬다.

1979년까지 티베트 중앙 행정부와 티베트 민족은 중국이 선전용으로 단언하는 내용과는 정반대로 한 번도 중국에 속한 적이 없었던 티베트의 역사적 주권을 인정받으려고 유엔에 호소했다. 이런 방법으로 티베트 독립을 되찾으려 했지만 별 성공을 거두지 못했다. 그렇지만 달라이 라마는 세계가 정치적, 군사적, 경제적으로 점점 상호의존적이 되어 가고 있음을 인정하면서 티베트 문제를 대화와 협상으로 해결하고자 온갖 노력을 기울이기로 결심했다.

1979년 덩샤오핑은 티베트에 관해 독립만 제외하면 어떤 논의든지 할 수 있다고 공언했다. 그러자 달라이 라마는 티베트 망명정부 내각 각료들과 회의를 열어 티베트인의 소망을 이룰 가능성을 탐색했다. 티베트에 진정한 자치권과 자율적 지위만 인정된다면 중국의 한 지방으로 편입되어도 좋다고 수락하면서.

그런데 실제로 티베트에 이런 자치권, 자율권을 보장하려면 피할 수 없는 조건이 있었다. 그것은 점령자 중국이 마음대로 중국의 여러 지방과 맞닿은 5개 지구로 조각조각 내어 놓은 행정구획을 무효화해야 한다는 것이었다. 다람살라 망명정부의 제안은 다음과 같았다. 이 영토 전체를 하나의 행정단위로 통일해 민주적으로 자치가 이루어지게 하자는 것. 이런 조치를 취하면 티베트의 종교와 문화가 보존될 수 있으며 티베트인들은 스스로의 사회 경제적 발전을 결정할 힘을 갖게 될 터였다. 이 경우 중국은 이 행정단위의 국방, 외교, 교육, 경제를 계속 책임지면 된다. 중국으로서는 장기간의 안정이라는 이득도 얻으면서 자국의 영토도 그대로 지킬 수 있는 방법이었다. 그렇게만 된다면 티베트인들은 더 이상 독립을 부르짖을 이유가 없어질 것이었다.

이런 여러 가지 점들이 이른바 '중도'라 불리는 정책의 근간이 되었다. 이는 티베트와 중국 양쪽에 모두 유익하고 세계 평화에도 도움이 되게끔 구상된 정책이었다. 이 안 역시 달라이 라마가 중국 정부와 여러 차례의 협상에서 주창한 것이었다. 그분은 1987년 미국 연설 후 일 년이 지나자, 이에 관한 완벽한 발표를 했다. 1988년 스트라스부르 유럽의회에서 한 연설이 그것이다.

티베트의 정신적 유산의 이름으로

저는 항상 티베트 국민에게 말해 왔습니다. 고통을 끝내기 위해 노력은 하더라도 절대로 폭력에 의존하면 안 된다고요. 그렇지만 한 민족이 정의롭지 못한 처사에 항거할 도덕적 권리는 얼마든지 있다고 생각합니다. 불행히도 티베트에서 일어난 시위들은 중국 군대와 경찰에 의해 힘으로 진압되었습니다. 저는 앞으로도 비폭력을 계속 강조할 것입니다. 그러나 중국이 폭력적인 방법을 그만두지 않는다면, 앞으로 악화되는 상황의 책임을 티베트인들에게 물을 수는 없을 것입니다.

티베트의 비극을 종식시킬 현실적인 해법을 저는 오랫동안 곰곰이 생각해 왔습니다. 티베트 망명정부의 내각은 물론이고 수많은 지인들과 관련 인사들의 의견도 물었습니다. 이리하여 1987년 9월 21일, 워싱턴 미국연방의회 인권위원회에서 연설하면서 '평화 계획 5항'을 발표했던 것입니다. 그 내용에서 저는 티베트를 평화 지구로, 즉 인간과 자연이 조화 속에 더불어 살 수 있는 성소로 만들자는 제안을 했습니다. 또한 인권을 존중하고 민주주의의 이상을 존중하자고, 환경을 보호하고 티베트에 중국인을 이주시키는 일을 중단하라고 호소한 것입니다.

'평화 계획 5항'은 티베트인과 중국인 간의 진지한 타협을 호소하는 내용이었습니다. 우리 티베트인들이 먼저 발표했고, 이런 방안으로 티베트 문제를 해결할 수 있었으면 했습니다. 3개 지방을 포함한 티베트 전역에는, 공동의 안녕과 환경보호를 위해 전체 국민의 동의를 얻은 합법적이고 자치적인 민주 정체政體가 수립되어 중국과 연결되는 것이 좋다고 생각합니다. 그렇게 된다 해도 티베트의 대외 정책에 대한 책임은 중국이 계속 지게 될 것입니다. 한편 티베트 정부는 상업, 교육, 문화, 종교, 관광, 과학, 스포츠 및 비정치적 기타 활동 부문에서 자국 외무부를 통해 관계를 발전시키고 유지해야 할 것입니다.

어떤 사회든 개인의 자유가 진정한 발전의 원천이므로, 티베트 정부는 세계인권선언의 정신을 충분히 살려 이 자유를 보장하는 데에 힘쓸 것입니다. 이때 인권에는 표현, 집회, 종교의 권리가 모두 포함됩니다. 티베트라는 나라의 정체성의 원천은 종교이며, 풍요로운 티베트 문화의 핵심은 정신적 가치이므로, 이런 것들을 잘 수호하고 발전시키는 일에 티베트 정부는 각별히 유념할 것입니다.

티베트 정부는 야생동식물군을 보호하기 위해 엄격한 법령을 선포해야 할 것입니다. 자연자원을 마음대로 개발, 이용하는 행위에 조심스럽게 제약을 가해야 할 것입니다. 핵무기 및 기타 무기의 생산, 실험과 비축은 금지해야 할 것입니다. 핵에너지 및 위험한 폐기물을 남기는 기술도 마찬가지로 금지될 것입니다. 티베트를 지상에서 가장 큰 자연의 보고寶庫로 바꾸는 일이 티베트 정부의 과업이 될 것입니다. 티베트를 완전히 비무장화된 평화의 성지로 만들기 위해 지역 평화 회의가 소집될 것입니다. 이런 협상이 좋은 결과를 낳을 수 있도록 신뢰 분위기 조성을 위해서라도 중국 정부는 당장 티베트 인권 침해 행위를 중단하고 중국인들을 티베트에 이주시키는 정책을 포기해야 합니다.

제 구상은 이렇습니다. 티베트인들 중에는 이런 온건한 입장에 실망하는 사람들도 많으리라는 것을 잘 압니다. 아마도 몇 달 뒤 티베트 현지, 그리고 망명 티베트인 공동체 내에서는 많은 논란이 일 것입니다. 모든 변화 과정에는 어쩔 수 없이 이처럼 핵심 되는 단계가 있습니다. 저의 이런 구상이 티베트인 고유의 정체성을 확립하고 티베트인들의 기본권을 되찾는 동시에 중국의 이익도 고려하는 가장 현실적인 방법이라고 생각합니다. 그렇기는 하되 중국과의 협상 결과가 어떻게 나오든, 어디까지나 티베트인들이 결정의 궁극적 주체가 되어야 한다는 점을 강조하고 싶습니다. 따라서 저의 제안에는 어쨌든 국민적 합의하에 티베트인들의 소망 사항을 규정하기 위한 전체적 과정의 프로젝트가 담길 것입니다.

우리는 이러한 구상에 근거하여 중국 정부에 제안서를 제출할 준비가 되어 있습니다. 티베트 망명정부를 대표하는 협상단이 구성되었습니다. 우리는 중국인들을 만나 상세히 토론하고 양측에 공평한 해법을 찾을 준비가 되었습니다.

우리는 중국 정부와 지도층이 제가 발표한 구상을 진지하게 검토하고 깊이 연구해 주었으면 합니다. 오직 대화만이, 그리고 티베트의 현실을 정직하고 명징하게 분석하겠다는 의지만이 제대로 된 해법을 끌어낼 수 있습니다. 우리는 인류 전체의 이익을 생각하면서 중국 정부와 논의를 이끌어 가고 싶습니다. 그러므로 우리의 제안은 화해의 의지가 깃든 제안이며, 중국 측도 우리에게 이 같은 태도를 보여주기를 바랍니다.

독특한 역사와 심오한 정신적 유산 덕분에 티베트는 아시아 중심에서 평화의 성지 역할을 썩 잘 수행할 수 있는 나라입니다. 완충 역할을 하는 중립국의 지위는 아시아 전체의 안정에 기여할 수 있으므로 회복되어 마땅합니다. 그렇게 되면 아시아의 평화와 안전, 나아가 전 세계의 평화와 안전이 보장될 것입니다. 앞으로는 티베트가 무력에 의해 강점된, 고통에 찌들고 비생산적인 나라로 남아 있을 필요가 없을 것입니다. 티베트는 인간과 자연이 조화로운 균형을 이루며 살아가는 자유로운 천국이 될 수 있습니다. 세계 여러 지역을 짓누르는 갈등의 해결에 우리가 창조적 모델이 될 수 있습니다.

외세에 강점당한 영토에서 식민 통치의 구태의연한 법칙은 이미 시대착오적인 것임을 중국 지도층은 알아야 합니다. 큰 안목에서 이루어지는 여러 나라들의 진정한 연합은 오직 목표했던 결과가 당사자들을 모두 만족시킬 때, 그리고 모두의 자유로운 동의와 참여라는 바탕 위에서만 가능합니다.

우리가 정한 틀 안에서 티베트 문제가 해결된다면, 비단 티베트인과 중국인들에게만이 아니라 이 지역과 지구 전체의 평화와 안정에도 이익이 될 것입니다. -1988년 6월 15일 프랑스 스트라스부르, 유럽의회 연설 중에서

1987년 달라이 라마는 미국연방의회 인권위원회에 5개항의 '평화 계획'을 제시하면서 "중국은 티베트의 장래 지위에 관한 문제 해결을 위해 진지하게 협상에 임해 달라."고 부탁했다.

1988년 6월 스트라스부르 유럽의회 연설에서 달라이 라마는 '평화 계획 5항'에 대해 부연 설명한다. 그는 실제적 자치를 누릴 수만 있다면 명목상의 독립 주장을 포기하겠다고까지 말했다. 이처럼 큰 사안에 양보 가능성을 보인 것은, 중국에 복속된 티베트의 3개 지방 전체를 자치가 이루어지는 하나의 민주정치 단위로 만든다는 목표를 완수해 내기 위함이었다. 그때까지 중국 정부는 그들의 대외 정책을 예전대로 이끌어 가면서 티베트를 끝내 고수한다는 입장에서 조금도 물러섬이 없었던 것이다. 스트라스부르 제안의 바탕에 깔린 생각은 티베트에 세계 평화의 성지를 만든다는 것이었다. 정신적 발전, 그리고 자애, 연민, 비폭력, 관용, 용서 등 인간적 가치를 드높이는 것을 중심축으로 삼는 티베트적 삶의 방식의 기본 정신에 입각한 제안이었다. 삼동 린뽀체에 따르면 "달라이 라마가 독립을 단념한 것은 너무 늦기 전에 인류의 세계적 유산으로 간주되는 불교의 정신, 문화유산의 진정한 부흥을 이루는 일에 마음을 쓰기 위해서였다."(삼동 린뽀체, 『타협의 세계를 위한 타협 없는 진실』 중에서)

그러나 중화인민공화국은 선언하기를, 스트라스부르 제안은 겉으로는 자치를 주장하면서 여전히 독립을 주장하는 것일 뿐이라고 했다. 달라이 라마는 티베트를 '모국'으로부터 분리시킬 생각만 하고 있다는 것이었다. 달라이 라마를 가리켜 '분리주의 패거리의 수장'이라 모욕하는 일은 이 시기부터 시작된 것이다. 그리고 1988년 라싸에서 일어난 비구와 비구니들의 평화적 항거가 야만적으로 제압되어 국제사회의 반발이 컸다. 1989년 3월, 또 다른 시위들이 일어났지만 중국 군대에 의해 여지없이 제압되었다. 백여 명이 사망하고 3천 명이 투옥되었다. 계엄령이 선포되었다가 일 년 후인 1990년에야 해제되었다.

이 사건들로 인해 여러 서구 국가들의 수도에서는 전에 없이 강한 여론이 일었다. 이제 티베트의 대의란 중국 정권이 어떻게든 축소하고 싶어 하는 국내만의 문제가 아니었다. 바야흐로 전 세계의 관심사가 된 것이다. 달라이 라마는 단지 티베트 민족의 대변자로서가 아니라 세계 양심의 대변자로서 크게 신뢰받는 인물이 되었다. 오늘날 고통과 인종 말살의 땅인 티베트가 평화의 성지로 거듭나야 한다는 제안을 함으로써 그렇게 된 것이다.

나의 무기

1990년 3월 10일 오늘, 티베트의 미래를 생각하면서 우리는 작년에 벌어진 사태들을 떠올려 보지 않을 수 없습니다. 중국에서 일어난 민주화 운동(텐안먼 사태)은 지난 6월, 끝 간 데 없는 폭력으로 무참히 진압되었습니다. 그러나 이런 시위들이 헛수고였다고는 생각하지 않습니다. 오히려 중국인들 사이에서 자유정신이 다시 불붙었고, 중국은 세계 여러 곳에 불고 있는 이 자유정신의 영향을 간과할 수 없을 것입니다.

동유럽에서 대단한 변화가 일어나고 있으며, 이는 전 세계에 사회 정치적 혁신의 기운을 불러일으켰습니다. 또한 나미비아가 남아프리카공화국으로부터 독립했고, 남아공 정부는 인종차별 철폐의 첫걸음을 내디뎠습니다. 이러한 변화들이 진정한 민중운동으로부터 나왔다는 것, 또한 자유와 정의를 바라는 억누를 수 없는 소망과 연결되어 있다는 것은 고무적인 일입니다. 이러한 긍정적인 변화는 이성, 용기, 결단 그리고 자유에의 갈망이 마침내 승리한다는 것을 보여줍니다.

그래서 저는 중국 지도부에게, 변화의 물결에 저항하지 말고 티베트와 중국 간의 문제를 열린 마음으로 상상력을 갖고 검토해 달라고 촉구하는 것입니다. 자유롭고 존엄하게 살겠다는 한 민족의 결의를 억압으로는 절대 분쇄할 수 없습니다. 중국 지도층은 중국 국내 문제들과 티베트 문제를 새로운 눈으로, 다른 마음으로 보아야 합니다. 너무 늦기 전에 이성과 비폭력과 중용의 소리를 들어야 합니다. 티베트 민중, 심지어 중국 학생들조차 그런 목소리로 생각을 표현하고 있지 않습니까.

중국의 선전에도 불구하고, 현재 중국의 통제를 받는 지역에 사는 중국인 아닌 수백만 주민들은 온갖 차별을 겪고 있습니다. 중국인들 자신도 공산 정권이 들어선 지 40년이 되었음에도 이 지역들은 여전히 낙후되고 가난하다는 것을 인정하고 있습니다. 한편 중국 정치가 이 지역 주민들에게 끼친 가장 심각한 영향은 강제 이주 정책입니다. 어디서나 새로 유입되는 중국인 이주민들이 그 지역 인구의 다수가 되어 갑니다. 만주는 완전히 중국 한족들로 가득 찼습니다. 내몽골에는 이제 몽골인이 206만 명뿐인데 새로 이 지역으로 이주한 중국인은 1800만 명에 달합니다. 동부 투르키스탄 인구의 절반 이상이 이제는 중국인입니다. 티베트의 인구는 티베트인 6백만 명에, 중국인 705만 명입니다.

이렇게 되면 당연히, 중국인 아닌 사람들은 반발하게 됩니다. 중국 지도층이 유화 조치를 취하지 않으면 앞으로 심각한 문제들이 일어날 가능성이 아주 큽니다. 중국은 소련에서 교훈을 얻어, 이와 유사한 문제를 대화와 타협으로 해결하려 했던 고르바초프 대통령의 본보기를 따라야 할 것입니다. 중국 정부는 원래 중국 땅이 아니었던 지역을 점령 지배하면서 생긴 이 문제들이 단지 경제적인 문제만이 아님을 알아야 합니다. 그 뿌리를 보면 정치적 문제들이며, 그래서 정치적 결정으로써만 해결될 수 있습니다.

티베트와 중국의 관계는 전적으로 평등, 신뢰, 상호 이익에 기반을 두어야 합니다. 또한 티베트 왕과 중국 왕이 서기 823년 체결한 조약에서 현명하게도 명시한 권고 사항들이 근거가 되어야 합니다. 라싸의 돌기둥에 새겨진 구절은 이러합니다. "티베트인들은 광활한 티베트에서, 중국인들은 광활한 중국에서 행복하게 살지어다."

그간 중요한 사건이 저의 노벨평화상 수상이었습니다. 이 상을 받았다 하여 수행하는 승려인 저의 지위가 달라지는 것은 아니지만, 티베트 민족을 생각하면 이 일이 무척 기쁩니다. 왜냐하면 자유와 정의를 위해 투쟁한 그들이 당연히 받아야 할 인정을 받은 것이니까요. 이 일로 우리의 확신이 옳다는 것이 다시금 확인됩니다. 진실, 용기, 굳은 결심이라는 무기를 들고 우리는 나라를 되찾고야 말 것이라는 확신 말입니다. -1990년 3월 10일 인도 다람살라 연설 중에서

1990년 유럽에서 베를린 장벽이 무너지고 소련이 붕괴하고 중국에서 톈안먼 사태가 일어나면서 '전 세계에 자유의 바람이 불었던' 것도 사실이지만, 반면 티베트에서는 여전히 계엄령이 발효 중이었다. 계엄령은 그 후 몇 달이 지난 5월에야 해제된다. 그러나 이 계엄

해제가 압제의 끝을 의미하는 것은 아니었다. 1991년 국제사면위원회의 보고서가 말해 주듯이, 폭압은 점점 더해만 갔다.

1992년부터 티베트 전역의 개인 가옥을 수색하는 전담반이 만들어졌다. 달라이 라마의 사진이나 책, 음성 녹음을 소지한 사람은 체포되어 혹독한 고문을 받고 투옥되었다. 수많은 사람들이 이렇게 스러져 갔다.

1994년 베이징의 중국 정부는 티베트의 항거를 뿌리 뽑을 일단의 조치들을 선포한다. 티베트 문제를 다루는 제3차 노동 포럼이 열려, '모국인 중국의 단합'을 확실히 하며 '분리주의에 맞서 싸울 것'을 주장했다. '반反달라이 라마'와 '반反분리주의' 캠페인에 담긴 수사학 속에는 '죽기 아니면 살기'라는 표현이 있고, 또 '공공의 안전을 위해 쉬지 말고 분투하자.'는 권고도 있다. 그 결과 티베트 전역에서 중국이 행사하는 폭력은 점점 도를 더해 가, 지난날의 문화혁명기—그중에서도 최악의 시기—와 비슷한 상황이 되었다.

1996년 7월에 중국공산당은 '애국 교육', '정신문명' 그리고 '강타'라는 세 가지 제목의 정치 캠페인을 벌인다. 대대적인 선전에 힘을 받은 '애국 교육'과 '정신문명', 이 두 운동의 목표는 티베트의 종교, 문화, 언어를 모두 말살하는 것이었다. "우리는 불교도들로 하여금 스스로 개혁하여 티베트의 안정 요구에 부응하고 사회주의 모델에 적응하게 만들어야 한다." 달라이 라마의 이름을 내걸고 분리주의 활동을 한다 하여 '위험 분자'로 간주되는 비구와 비구니들을 감시하기 위해, 민주행정위원회, 애국노동 단위 조직 등이 사원이 있던 자리마다 세워졌다. 1998년에 이러한 정책의 결과로 인해 만 명에 가까운 비구와 비구니가 추방되었고, 공산당 부서기장에 따르면 '애국적 재교육 캠페인' 덕분에 승려 3만 5천 명의 의식 개혁이 이루어졌다.

'강타' 캠페인을 벌인 중국 당국은 '티베트인의 정치 행동'의 싹을 아예 잘라 버리려 했다. 이 캠페인에 따르면 외국인에게 말을 거는 일, 티베트 망명정부의 출판물이나 달라이 라마 사진을 소지하는 일, 평화적 시위에 참여하는 일 등이 모두 주요한 혐의 대상이 된다. 사람들은 이웃이나 직장 동료, 친척들을 밀고하라는 강요를 받았다. 그러지 않으면 집이나 직장을 잃게 되었다. 혐의가 있는 사람들은 투옥하고 고문해 자백을 받아냈다. 수많은 사람들이 이런 극악한 대우를 받고 죽었다. 1999년 의사들로 구성된 인권위원회가 확인한 바로는, 티베트에서 사형 대신 고문이라는 방법이 점점 더 많이 사용된다는 것이었다. 이런 방법을 쓴 결과 사람들은 천천히 죽어 갔다. 살아도 사는 것이 아니었다.

1990년에서 2000년 사이, 티베트 곳곳에 새로이 사람들을 심문하고 구금하는 센터가 세워졌다. 복역 정치범들 중 몇몇은 고문 담당관들에게 비싼 값을 주고 고문 도구를 사는 데 성공했고, 그 덕분에 다양한 고문법이 유엔 산하 기구인 국제법률가위원회나 임의 구금을 연구하는 그룹, 혹은 고문 실태 취재 전문 리포터들에 의해 상세히 조사되었다.

인권 침해에 더하여 중국 당국은 티베트에 한족을 대량 이주시키는 정책을 이른바 '서부 발전'이라는 프로그램과 함께 계획했다. 라싸에서 베이징을 잇는 칭짱 철도가 2006년 7월 1일 개통됨에 따라이는 더욱 가속화되어 새로운 이민의 유입을 수월하게 하는 하부구조가 보다 견고해졌다.

달라이 라마는 이처럼 티베트인을 조상 대대로 살아온 땅에서 소수자 신세로 전락시키는 정책을 '인구적 침략'이라고 불렀다. 이 정책의 목표는 티베트를 중국 영토로 아주 병합시키려는 것이었다. "그야말로 인구에 의한 공격이 이루어지고 있는데, 이는 지극히 심각한 문제입니다. 최근 인구조사에 따르면 라싸 주민의 삼 분의 이가 중국인입니다. 티베트의 주요 도시에서 모두 이렇게 티베트인이 소수자가 되어 버렸습니다. 인도에 사는 티베트인들이 정작 티베트에 사는 티베트인들보다 더 티베트인답게 살고 있습니다."

2000년 4월 유럽의회는 티베트에 한족을 대량 이주시킴으로써 티베트의 문화적, 정신적 유산에 부담을 주는 이 위협에 대해 지대한 관심을 표명하는 결의를 투표로 통과시켰다. 유럽의회 의원들은 달라이 라마가 제시한 평화 계획 5항의 기반 위에서, 그와 '조건 없는' 대화를 시작하여 "티베트인의 기본적 자유를 지속적이고 더욱 심하게 침해하는 행위를 중단하라."는 압력을 중국에 넣었다.

사실에서 출발해 진실을 찾으라

오늘 2008년 3월 10일, 1959년 라싸에서 일어난 티베트인의 평화적 봉기 제49주년을 맞았습니다. 2002년 이후로, 제가 파견한 대표단은 중화인민공화국의 대표단과 함께 총 6회에 걸친 교섭을 이끌어 중요한 문제들을 다루고자 했습니다. 모든 현안을 남김없이 다루었던 이 논의 덕분에 몇 가지 의혹들을 잠재울 수 있었고, 우리의 열망을 표현할 수 있었습니다. 그러나 실제로 그 밑바닥을 보자면 구체적인 결과는 하나도 없었습니다. 근년 들어 티베트는 더욱 거칠고 심한 압박을 받고 있습니다. 이런 불행한 사태들이 일어났어도, 중도 정책을 고수하고 중국 정부와 대화로 일을 풀어 간다는 저의 결심과 입장에는 변함이 없습니다.

중국이 주로 걱정하는 것은 티베트에서 자기들의 통치의 합법성이 확보되지 않는다는 점입니다. 중국 정부가 자신의 입지를 굳히기 위해 쓸 수 있는 최선의 방법은, 티베트인들을 만족시키고 그들의 신뢰를 얻는 정책을 펴는 것입니다. 만약 이미 몇 차례 선언한 바와 같이 우리가 쌍방의 합의점을 찾아 화해할 수만 있다면, 제가 최선을 다해 티베트 민족의 지지를 얻어 내겠습니다.

여전히 티베트에서는 상상하기도 힘들 만큼 수많은 인권 침해가 자행되고 종교의 자유는 보장되지 않으며, 종교가 정치화하면서 압제가 계속되고 있습니다. 이 모든 것은 중국 정부가 티베트 민족을 존중하지 않아 생겨나는 일입니다. 이 모든 것은 중국 정부가 '국적 합치기' 정책을 통해 일부러 만드는 장애입니다. 그래서 저는 즉시 이런 정책을 중단하라고 중국 정부에 촉구하는 것입니다.

티베트인들의 거주 지역이 겉으로는 자치구, 자치 도, 지방자치단체 등의 이름으로 알려져 있지만, 자치란 허울뿐입니다. 실제로는 전혀 자치권을 누리고 있지 못합니다. 자치는커녕 이 지역 사정을 전혀 모르는 사람들이 통치하고 있으며, 마오쩌둥이 '한족 국수주의'라 칭한 이념의 지배를 받고 있습니다. 실질적으로 명목상의 자치라는 것이 실제 이해 당사자인 여러 민족에게는 실감 나는 이득을 주지 못했습니다. 이처럼 현실과 맞지 않는 잘못된 정책 때문에 중국 내의 여러 민족들만 엄청난 피해를 입을 뿐더러, 중국의 단합과 안정에도 손실이 갑니다. 중국 정부가 "사실에서 출발해 진리를 찾으라."는 덩샤오핑의 조언을 말 그대로 따르는 것이 중요합니다.

중국은 비약적인 경제 발전을 통해 점점 강국이 되고 있습니다. 우리는 이 사실을 긍정적인 마음으로 받아들입니다. 중국의 발전은 세계무대에서 중요한 역할을 할 기회가 되는 것이니 더욱 그렇습니다. 현 중국의 지도부가 추진하는 '조화로운 사회'라는 개념, '평화적 성장'이라는 개념을 과연 티베트 문제에 어떻게 적용하는지를 전 세계가 주시하며 기대하고 있습니다. 이 분야에서는 경제 발전만으로는 충분하지 않습니다. 국가의 의무, 투명성, 정보와 표현의 자유에서 발전이 있어야만 합니다. 중국은 다민족국가이니만큼 모든 민족들이 저마다의 정체성을 보호할 수 있으려면 평등과 자유를 누려야 합니다. 그것이 국가 안정의 조건입니다.

2008년 3월 6일, 후진타오 주석은 이렇게 선언했습니다. "티베트의 안정은 중국의 안정과 직결되며, 티베트의 안전은 중국의 안전과 직결된다." 그리고 중국 정부는 사회적 조화와 안정을 유지하면서도 티베트인들의 안녕을 보장하고 종교 집단과 민족 집단에게 취하는 행동을 개선해야 한다는 말도 덧붙였습니다. 후 주석의 선언은 현실에 부합하는 내용이며, 우리는 그 선언대로 실현하기를 요청합니다.

올해 중국인들은 베이징 올림픽 개최를 자랑스럽고 설레는 마음으로 기다리고 있습니다. 처음부터 저는 중국이 올림픽을 유치해야 한다는 생각이었습니다. 이런 큰 국제 스포츠 행사, 그것도 올림픽같이 특별한 행사는 표현의 자유, 평등, 우호 등의 원칙을 제일 앞에 내세우므로, 중국은 그런 자유를 허용함으로써 올림픽을 유치할 만한 나라임을 보여야 할 것입니다. 선수들을 올림픽에 출전시키는 국제사회는 중국에게 그들의 의무를 환기시켜야 합니다. 전 세계 여러 나라 정부, 비정부기구, 개인들이 이 기회가 중국의 긍정적 변화에 실마리가 될 수 있게 하려고 여러 주도적 행동을 취했다고 들었습니다. 그들의 성실성에 찬사를 보내며, 올림픽 이후를 예의 주시하는 것이 중요함을 강조하고 싶습니다. 올림픽은 아마 중국인들의 마음속에도 크나큰 영향을 줄 것입니다. 그러므로 전 세계는 올림픽이 끝난 뒤에도 중국의 긍정적 변화를 위해 힘 있게 행동할 방도를 모

색해야 합니다. -2008년 3월 10일 인도 다람살라 연설 중에서

여기 언급된 문제들은 중국의 티베트 강점 이래로 달라이 라마가 줄곧 이야기해 온 것들이다. 세월이 가면서 이 문제들의 위험성이 점점 더 심각해졌고, 국제 여론이 지지해 주었다고 해도 중국 정부를 제대로 압박하고 봉쇄하는 일은 시작조차 될 수 없었다.

그러나 달라이 라마는 여러 차례 대화와 협상의 의지를 명백히 천명해 왔다. 예를 들면 1997년 2월 타이완 방문 시, 그분은 "티베트인들의 전투는 참된 화해와 타협의 정신에서 본다면 중국을 향한 것도 중국인을 향한 것도 아니다."라고 말했다.

이에 대해 중국은 모든 수단을 써서 '달라이 라마 패거리의 국제적 캠페인'을 깨부수자고 부르짖었다. 달라이 라마의 위 연설이 있은 지 6개월 뒤인 1997년 10월에 미국을 방문한 중국 주석 장쩌민은 하버드 대학교에서 이렇게 말했다. "달라이 라마는 티베트가 중국의 내놓을 수 없는 일부분임을 공식적으로 인정하고, 티베트를 모국에서 분리시키려는 모든 활동을 중단함으로써 독립을 단념해야 한다."라고.

이로부터 2년 후인 1999년, 프랑스 국빈 방문 시 중국 주석은 거듭 이런 발언을 하였고, 달라이 라마가 타이완이 '중국의 일개 지방'이라는 것도 인정해야 한다는 말까지 덧붙였다. 그러자 티베트의 정신적 지도자는 같은 해 3월 10일 연례 메시지를 발표하면서 자신과

의 논의를 시작하는 문제에 관해 중국이 더욱더 경직된 입장을 취했다고 선언했다.

이 같은 대화가 이루어지기에 앞서 1987년 이후 달라이 라마가 수차에 걸쳐 현대 중국 내의 실질적 자치국이라는 지위를 얻는 대신 티베트의 독립을 포기할 준비가 되어 있다고 말한 것은 티베트를 옛 중국의 한 지방 격으로 만드는, 진실에 역행하는 일을 지지함으로써 자신의 조국의 역사를 새로 쓰는 데에 동의한다는 뜻이 아니다.

중국이 달라이 라마가 내민 손을 잡아야 한다는 국제 여론의 끊임없는 압박은 도덕적 권위에 있어 최고 수준인 노벨평화상 수상으로 표현되면서 오히려 중국 정부 당국자들의 심기를 건드렸고, 티베트에 대한 압박은 더욱더 심해지기만 했다. 중국과 티베트 간의 대화는 1993년부터 끊겼고, 2002년에야 재개되었다. 2002년 달라이 라마가 파견한 대표단이 직접 접촉을 되살려 보려고 중국과 티베트에 갔다. 그 뒤로 2004년 9월이 되어서야 비로소 양자 사이에는 심도 깊은 교류가 이루어진다.

2005년 3월 10일 공식 연설에서 달라이 라마는 이렇게 선언했다. "다시 한 번 중국 정부 당국을 안심시키고자 합니다. 제가 티베트 쪽에서 이 문제를 책임지는 위치에 있는 한, 우리는 티베트 독립을 주장하지 않는 중도를 충실히 견지할 것입니다."라고. 달라이 라마는 티베트 측 대표단과 중국 측 대표단 사이의 교류의 진전에 대해 낙관적인 견해를 보였다.

2005년 7월, 스위스 베른의 중국 대사관에서 이루어진 만남은 많은 희망을 불러일으켰다. 이때 중국 대표단은 티베트 대표단에게

"중국공산당이 달라이 라마와의 관계를 아주 중요하게 생각한다."는 언질을 주었다. 그리고 2006년 2월, 뒤이어 2007년 7월, 베이징에서 다시 만났을 때 양측은 의견 불일치의 해결에 필요한 조건들을 충분히 감안했다고 공언했다. 티베트 대표단은 중국 땅을 순례하고 싶다는 달라이 라마의 소망을 전하면서, 시급히 기본 문제들을 다룰 것을 주장했다.

이 교섭의 자리는 그때까지 시도된 회담 중에서 가장 길고 가장 희망적인 자리였다. 그래서 2008년 3월 10일 연설에서, 그 전의 회담들이 구체적 결과에 이르지 못한 것과 베이징이 여전히 티베트에 중국 인구를 공격적으로 유입시키고 인권을 침해하는 것을 유감으로 생각하면서도, 달라이 라마는 후진타오 주석의 선언을 기뻐하며 중국 정부가 "티베트의 안녕을 확실히 보장하고 사회적 조화와 안정을 유지하면서도 종교적, 민족적 집단에 대한 행동을 개선해야 할 것"이라고 말했다.

그러나 이 연설이 발표된 불과 며칠 뒤 라싸는 화염에 휩싸인다.

중국에서 변화의 조짐을 본다

유럽의회의 훌륭한 여러 회원국들은, 대화와 타협을 통해서 티베트 문제에 관해 서로 받아들일 수 있는 해법을 찾으려는 저의 지속적인 노력을 아주 잘 알고 있습니다. 이러한 정신하에 1988년 스트라스부르 유럽의회에서 합당한 형식을 갖추어 협상 제안을 했던 것이며, 그 제안에서 저는 티베트의 분리와 독립을 주장하지 않았습니다. 그 뒤로 중국 정부와 우리의 관계는 여러 차례 부침을 거듭했습니다. 근 10년간 접촉이 중단되었다가 2002년에 우리는 중국 정부와 직접 접촉을 재개할 수 있었습니다.

제가 파견한 대표단과 중국 정부 대표단 사이에 중요 주제를 모두 다루는 토론이 있었습니다. 이 토론에서 우리는 티베트인이 바라는 바를 명확하게 제시했습니다. 제가 택한 중도 정책의 핵심은 중화인민공화국 헌법의 틀 안에서 우리 민족의 진정한 자치를 보장하자는 것입니다.

베이징에서 2008년 7월 1일과 2일 양일에 있었던 7차 회담에서 중국 측은 우리에게 진정한 자치가 어떤 형식이어야 할지, 이에 관한 견해를 제시해 달라고 했습니다. 따라서 2008년 10월 31일, 우리는 중국 정부에 '티베트 민족의 진정한 자치에 관한 비망록'을 제출했습니다. 이 비망록은 진정한 자치에 관한 우리의 입장을 확고히 표명하고, 티베트라는 나라가 자치를 하고 스스로 결정을 내리는 데에 필요한 기본 사항들을 충족시킬 방안을 구체적으로 기록했습니다. 우리가 이러한 제안을 발표한 목적은 단 하나, 티베트의 진짜 문제들을 풀기 위해 성실한 노력을 기울이기 위함이었습니다. 선의를 갖고 임하면 비망록에서 제기한 문제들이 해결될 수 있다는 믿음에서였습니다.

그러나 불행히도 중국 측은 이 비망록의 내용 전체를 거부했습니다. 그러면서 선언하기를, 우리의 제안은 '절반의 독립'을 얻으려는 시도이며, 이는 실상 '자치의 탈을 쓴 독립'이기 때문에 수락할 수 없다는 것이었습니다. 게다가 중국 측은 오히려 우리를 향해 '인종청소'를 획책한다며 비난했습니다. 그 핑계에 대한 해명인즉, 우리가 비망록에서 중국의 다른 지역들 출신으로 티베트에 정착을 원하는 사람들의 주거, 정착, 고용 혹은 경제활동을 정상적으로 보장해 주기 위해 '자치 지역의 권리'를 인정해 달라고 했기 때문이랍니다.

우리의 의도는 티베트인 아닌 사람들을 내쫓으려는 것이 아니라고 이미 확실히 표명했습니다. 우리의 관심사는 티베트 여러 지역에서 점점 더 늘어나는 인구 유입, 특히 한족의 유입 문제입니다. 이 때문에 티베트 토박이 인구들이 주변인으로 소외되며, 티베트의 취약한 생태계도 위협을 받습니다. 대량 이민이 초래한 막대한 인구 증가는 결국 티베트가 자기 정체성을 간직한 채 중국에 통합되는 것이 아니라 중국화해 버리는 결과를 낳을 것이며, 점차 티베트 민족 고유의 정체성과 문화는 절멸될 것입니다.

독립 투쟁에서 폭력 사용은 단호히 배제했지만, 우리는 분명 가능한 모든 정치적 선택을 다 해 볼 수 있는 권리가 있다고 저는 확실히 말합니다. 민주주의 정신으로, 저는 망명 티베트인들이 티베트 민족의 지위에 대해, 우리의 독립운동의 미래에 대해 토론하는 특별한 만남의 자리를 가질 것을 촉구합니다. 2008년 11월 17일과 22일에 인도 다람살라에서 바로 이런 만남이 있었습니다.

우리가 먼저 제안한 내용에 대해 중국 정부는 긍정적으로 답하지 않았습니다. 그랬기에 중국 정부가 서로 받아들일 수 있는 그 어떤 해법에도 관심이 없다고 생각한 티베트인들은 더욱 깊은 의심을 품게 되었습니다. 중국 정부가 생각하는 것은 오직 티베트를 강제로 완전히 병합하여 중국과 하나로 만드는 것뿐이라고 다수의 티베트인들이 계속 생각하고 있습니다. 그래서 그들은 티베트의 완전한 독립을 요구하는 것입니다. 또 어떤 사람들은 자치권을 얻어 내야 한다는 입장에서 티베트에 관한 국민투표를 요구하기도 합니다. 이처럼 다른 여러 견해가 있지만, 특별 회담의 대표들은 만장일치로, 중국 내의 그리고 전 세계의 현 상황과 티베트의 변화를 감안하여 가능한 최선의 접근을 결정할 수 있는 전권을 저에게 위임했습니다.

최후의 보루는 티베트인이며, 티베트인이 티베트의 앞날을 결정해야 한다고 저는 항상 주장해 왔습니다. 인도의 네루 총리가 1950년 12월 7일 인도 의회에서 선언한 말이 있습니다. "티베트에 관한 최종 발언권이 있는 사람은 티베트 국민이지 그 어느 누구도 아니다."

티베트의 대의는 6백만 티베트인의 운명을 넘어서는 함의와 차원을 갖습니다. 그것은 히말라야 산맥을 넘어 망명지에 사는 동포들, 또 몽골, 칼미크 공화국 그리고 러시아의 부랴트에 살고 있는 1300만여 티베트 민족, 아울러 세계 평화와 조화에 기여할 수 있고 우리의 불교문화를 공유하는, 점점 많아지는 중국인 형제자매들과도 모두 관련된 문제인 것입니다. -2008년 12월 4일 벨기에 브뤼셀, 유럽의회 연설 중에서

중국 베이징 올림픽이 열린 이해 3월 10일부터 티베트에서는 대규모 시위가 일어났고, 이 불길이 세계 여러 나라의 수도로 옮겨 붙어 여러 곳에서 시위가 있었다. 이 연설은 이러한 시위 후에 한 것이다. 중국은 어느 곳의 시위든 모두 맹목적, 폭력적으로 진압했다. 체포된 사람의 수가 하도 많다 보니 중국 경찰이 수갑이 모자라 수갑 대신 전깃줄로 수감자의 손을 묶었다는 소문이 돌 정도였다.

3월 14일 티베트 자치구 당 서기 장칭리는 라싸의 상황을 이렇게 묘사했다. "티베트 분리주의자들에 맞서 죽음을 불사하고 싸우는 전투"라고. 무장한 몇몇 경찰 간부들과 만난 자리에서 그는 3월에 일어난 시위들 덕분에 "시위 발생 시 긴급 대처 능력을 시험할 수 있었다."며 기뻐했다.

희생자 수는 아직까지 확실하게 집계되지 않았다. 왜냐하면 실종자만 천 명 이상이기 때문이다. 모든 정보는 선별적으로 공개되고,

모든 소통은 사전 검열을 거쳤다. 그래서 수개월 후 인도에 망명한 티베트인들의 말에 따르면, 그들은 가족이 위험에 처할까 봐 전화조차 못 한다는 것이었다.

수천 명의 티베트인들—비구, 비구니, 일반인, 노인, 심지어 아이들까지도—이 체포되었다. 2백 명 이상이 처형되었고, 최소한 150명이 고문이나 폭행으로 사망했다. 혹자는 '제2차 문화혁명'이라 말하기도 한다. 중국 정권이 워낙 지독한 진압 방법을 썼고, 티베트의 사원 수백 곳이 문을 닫은 것을 보고 이렇게 표현한 것이다. 라싸의 골짜기에 있던 커다란 사원들도 몇 주에 걸쳐 기갑부대에 포위당했고, 중국 정부는 일반인들에게 식량과 물을 갖다 주지 못하게 했다. 라모체 사원의 한 승려는 굶어 죽었다고 한다. 다시금 불교의 귀한 보물들이나 전적의 약탈이 자행되었고, 애국적 재교육 사업이 조직되어 승려들에게 달라이 라마를 부정하는 글을 강제로 쓰게 했다. 그런 글을 쓰지 않으면 분리주의자로 고발당해 투옥되었다.

중국 측은 선전을 통해 망명한 달라이 라마를 이 항거의 배후 조종자로 지목하고, 그분을 '범죄자', '조국의 배신자' 혹은 '분리주의자'로 몰아세웠다. 장칭리는 달라이 라마를 "인간의 탈을 쓰고 짐승의 심장을 지닌 늑대"라고 표현했다. 이러한 모욕에 대해 달라이 라마는 "내가 사람인지 짐승인지 알 수 있게 기꺼이 혈액 검사를 받아보겠다."는 유머로 답했다. 그러나 이런 우스개에 덧붙여 그분은 중국 당국이 티베트 승려들을 협박하여 자신을 모욕하고 부정하게끔 강압하는 등 인권을 심각하게 침해하고 있다고 개탄했다.

달라이 라마는 삼동 린뽀체와 함께, 중국 당국이 자행한 잔혹 행위에 대한 최초의 보고서와 사진들을 받아 보았다. 이때 두 사람의 눈에는 눈물이 가득했고 몹시 괴로웠다고 달라이 라마는 기억한다. “그저 슬펐습니다. 마음속 깊이깊이 슬펐어요.” 이것이 달라이 라마의 고백이다.

2009년 1월 초, 인도 사르나트에서 법문을 하면서 달라이 라마는 인도의 대성자 샨티데바의 기도를 하며 명상했다고 말했다. 샨티데바는 원수가 최대의 스승이라고, 왜냐하면 원수야말로 관용과 용서를 더욱 깊게 하며 인내심을 기르지 않을 수 없게 하는 존재이기 때문이라고 했다. 분노를 느끼지 않았느냐는 어느 기자의 질문에 달라이 라마는 자신은 분노를 느끼지 않는다고 대답했다. 분노의 감정은 누군가가 나쁘게 되기를 바란다는 의미인데, “신심의 도움으로 저는 그런 부정적인 감정을 초월하여 계속 균형을 유지할 수 있었습니다. 제가 매일 하는 불교 의식 하나하나가 제가 그들과 주고받는 과정에 속합니다. 저는 중국의 불신을 그대로 받아들이고, 제 쪽에서 연민을 그들에게 보냅니다. 저는 중국인들과 그들의 지도자들, 심지어 손에 피를 묻힌 사람들을 위해서도 기도합니다.”(2008년 5월 독일 『슈피겔』지와의 대담)

일촉즉발의 상황에 대한 달라이 라마의 분석은 명철하다. 폭압과 고문으로는 티베트인들을 정치적으로 ‘재교육’시키는 데 성공하지 못했다고 그분은 말한다. 한족의 대량 유입으로 인해 일어나는 항거를 무마하고자, 중국공산당 수뇌부는 생활수준 향상 프로그램을 여러 가지로 도입했다. 거대한 하부구조 구축 계획에 수십억 위안(수천억 원에 해당)의 돈을 쏟아붓기도 했다. 그러나 티베트인들에게 가장 중요한 것은 자신들의 기본적 자유와 문화 정체성, 억압당한 정신성을 회복하는 일이다.

달라이 라마는 2008년 12월 유럽의회에서 자신의 중도 정책이 타당함을 재천명했다. 중도 정책의 목표는 티베트인들에게 광범위한 자치를 확보해 주고 스스로 문화적, 종교적, 환경적 문제들을 해결할 권리를 보장하는 것이라고 했다. 이 말이 국가 차원의 독립을 주장하는 것이 아닌 이유는 이러한 틀, 즉 국제법의 견지에서 보면 티베트는 중화인민공화국에 통합되고 중국은 외교나 국방에서 계속 힘을 쥘 것이기 때문이다.

그렇지만 중도 정책은 특히 '티베트청년회의'라는 조직으로 뭉친 티베트 청년들 쪽에서 더욱더 세찬 항의를 받고 있다. 중국공산당으로부터 '테러리스트'라 불리는 이 조직의 투사들은 티베트의 독립을 주장한다. 달라이 라마 자신도 중도 정책이 바라던 결과를 가져오지 못했음은 인정한다. 이러한 실패를 티베트 시인 땐진쮠뒤는 다음과 같이 설명한다. "달라이 라마의 기본 전제는 중국 책임자들도 우리와 같은 사람이라는 것, 즉 회의 탁자에 둘러앉아 의논할 수 있는 사람들이라는 확신입니다. 그러나 달라이 라마가 수년간 타협하자고, 대화를 유지하자고 강조해도 아무 소용이 없었습니다. 인간적인 관계를 이어 보려 성실하게 노력했음에도 이 대화는 아무 소득을 얻지 못했습니다. 중국이 제대로 응하지 않았음을 달라이 라마도 인정합니다."(2008년 12월 30일 『르 누벨 옵세르바퇴르』지와의 대담)

이리하여 2008년 말 유럽의회에서 달라이 라마는 자치 제안을 포기하고 애초의 독립 요구로 되돌아간다는 가정도 배제하지 않고 있었다. 그러나 티베트를 위한 최종 해결 시나리오 또한 염두에 두고 있다고 토로했다. 천연자원이 풍부한 티베트를 계속 통제하기 위해 중국 지도층은 주민을 더욱 심하게 억압하고 중국 출신 이주민을 더욱 많이 유입시킴으로써 결국에는 티베트인들을 한족이 대부분인 티베트에 사는 미미한 소수민족으로 전락시킬 셈인 것이다.

만약 이런 시나리오를 배제할 수 없다 해도, 새로운 요소 하나가 달라이 라마의 희망이 되어 준다. 중국 국민들의 의식 발전, 그리고 최근 수십 년간 퍼져 간 불법의 인연이 그것이다. 후자胡佳(중국의 민주화 및 에이즈 운동가)에게 사하로프 인권상을 수여한 유럽의회를 치하한 다음, 달라이 라마는 덧붙였다. 비록 중국 정부의 선언을 더 이상 믿을 수 없다 해도 중국 국민에 대한 신뢰는 '변함없다'고.

중국의 정신적 형제자매들에게

중국 내외에 계시는 저의 정신적 형제자매들에게, 특히 불자님들께 개인적으로 호소하고 싶습니다. 저는 불교 승려로서, 또 우리의 존경받는 스승이신 붓다의 제자로서 말씀드립니다. 이미 중국인 공동체에 호소한 바 있습니다만, 이번에는 여러분께 말씀드리고 싶습니다. 저의 정신적 형제자매이신 여러분, 시급한 인도적 문제에 관해 말씀드리겠습니다.

중국인과 티베트인은 대승불교의 정신적 유산을 공유하고 있습니다. 연민의 붓다라 할 '아바로키테슈바라(관세음보살)', 중국 불교에서는 '관시인', 티베트 불교에서는 '쨴래식'이라 칭하는 분을 우리는 함께 공경합니다. 고통 받는 모든 중생에 대한 연민심을 최고의 정신적 이상으로 소중히 여깁니다. 게다가 불교가 인도에서 티베트로 전파되기 전에 중국에서 융성했으므로, 저는 항상 중국 불자들에게 우리보다 먼저 불교를 받아들인 정신적 형제자매라는 존경심을 갖고 있습니다.

여러분들 대부분이 아시다시피, 올해 3월 10일부터 티베트의 라싸 및 여러 지역에서 일련의 시위가 일어났습니다. 이 사태는 티베트인들이 중국 정부의 정책에 대해 지닌 깊은 반감에서 촉발되었습니다. 이 사태로 인한 중국과 티베트 양측의 인명 손실을 매우 슬퍼하며, 즉시 저는 중국 정부 당국과 티베트인들 양쪽 모두에게 자제를 당부했습니다. 티베트인들에게는 더욱 각별히, 폭력에 의존하지 말 것을 부탁했습니다.

불행히도 중국 당국은 여러 나라 국가원수, 비정부기구, 또 세계적으로 이름 높은 시민들—특히 중국의 여러 석학들—의 호소에도 아랑곳없이 항쟁을 진압하기 위해 폭력적 방법들을 사용했습니다. 이 사태가 벌어지는 동안 목숨을 잃은 사람들도 있고, 부상당한 사람들도 있으며, 아주 많은 사람들이 투옥되기도 했습니다. 공격은 계속되었는데, 특히 사원이 표적이 되었습니다. 사원에는 조상 대대로 이어져 내려온 우리의 불교적 지혜의 전통이 보존되어 있습니다. 여러 사원들이 폐쇄되었습니다. 우리는 구금된 승려들이 폭행당하거나 잔혹한 대우를 받는 경우를 열거한 보고서를 받았습니다. 이러한 억압적 조치들은 공식적으로 승인된 체계적 처벌 정책의 일환인 듯합니다.

티베트 입국이 허용된 국제적 옵서버들도 없고, 기자나 심지어 관광객조차 없는 상황에서 저는 티베트인들이 겪는 혹독한 처지가 심히 걱정됩니다. 특히 오지의 부상자들, 억압의 피해자들은 체포될까 두려운 나머지 치료를 요청하지도 못 하고 있습니다. 믿을 만한 소식통에 따르면, 사람들이 식량도 숨을 곳도 없는 산악 지대로 피신한다고 합니다. 살던 곳에 남아 있는 사람들은 언제 체포될지 몰라 시도 때도 없는 공포 속에서 지내고 있습니다.

끊임없는 이런 고통들을 보면 저는 더없이 마음이 아픕니다. 이 일에 지극한 관심을 쏟으며, 이 비극적인 사태의 귀결은 과연 무엇일까 자문하고 있습니다. 억압은 장기적으로 볼 때 지속될 수 있는 해법이 아니라고 저는 생각합니다. 사태를 진전시키는 최선의 방법은 티베트와 중국에 관한 문제들을 대화로 푸는 것입니다. 저는 오래전부터 이런 입장을 고수해 왔습니다. 여러 차례에 걸쳐 중국의 집권층에게, 저는 독립을 요구하는 것이 아니라고 확실히 말했습니다. 제가 추구하는 것은 티베트인들에게 의미 있는 자치입니다. 자치만이 우리의 불교문화, 언어, 고유한 정체성이 길이 살아남도록 보장할 수 있습니다. 티베트의 풍요로운 불교문화는 중국 전체 문화유산의 일부이기도 하니, 우리의 중국 형제자매들께도 유익할 것입니다.

현재의 위기 상황을 비추어 보며, 저는 여러분 모두에게 호소합니다. 폭력적 억압을 당장 끝내고 모든 정치범을 석방하고 부상자들을 시급히 치료할 것을 저와 함께 요구합시다. -2008년 4월 24일 미국 뉴욕, 해밀턴 카운티 연설 중에서

2008년 4월 말, 티베트 전역에서 일어난 항쟁 이후의 첫 해외 방문지인 미국에서 달라이 라마는 중국인들에게 이와 같이 호소했다. 아시아인 공동체를 대상으로 한 연설에서 그분은 티베트 문제를 협상으로 해결하려던 그간의 시도를 역사적으로 설명하면서, 자신은

솔직하고 열린 자세로 있음을 재삼 확인시키며 베이징 당국의 응답 부재를 개탄했다.

중국 불교도들에게 하는 이 두 번째 연설에서 달라이 라마는 더욱 격의 없는 어조를 띤다. 달라이 라마는 '형제자매들에게' 이야기하고 있는데, 그분의 입에서 나오는 '형제자매'라는 말은 괜한 수사가 아니다. 인간적, 역사적, 정신적 차원에서 이러한 형제적 유대는 분명 존재한다. 왜냐하면 모두가 같은 스승, 즉 샤카무니 붓다의 제자들인 까닭이다. 2008년 달라이 라마는 자유와 민주라는 이상을 중심으로 형제애를 회복하자고 호소한다. 그리고 그분의 호소는 획일적인 것만은 아닌 나라 중국에 반향을 불러일으켰다. 1996년에 이미 류샤오보(중국의 인권 운동가. 2010년 노벨평화상 수상자로 선정되었으나 2008년 민주개혁을 요구하는 '08헌장'을 주도한 혐의로 현재 수감 중이며, 중국 측은 이 수상에 강력히 반발하고 있다)는 티베트의 자치권을 주장하고 달라이 라마와의 대화 재개를 촉구하는 편지를 장쩌민 주석 앞으로 썼다가 수용소에서 3년 징역형을 받았다.

지금 중국의 시민사회에서는 언론인, 변호사, 환경 운동가, 예술가들이 권력에 용감하게 도전한다. 변화무쌍한 중국은 종교를 재발견하고 있다. 티베트 깔뢴티빠 삼동 린뽀체에 따르면, 중국의 불교도 수는 약 3억 명인데 그중에는 전 중국공산당 서기장 장쩌민, 전 총리 주룽지 등도 있다. 많은 사업가와 예술가가 불교에 관심을 가지고 있으며, 타이완에서 출판된 달라이 라마의 책들이 암암리에 유통된다. 티베트의 대의에 대한 공감과 연대의식이 점점 늘어 가, 부유한 독지가들이 티베트 전통에 맞게 폐사廢寺 및 전법회관(불법을 전하는 건물)을 재건축하는 일에 자금을 대고 있다.

달라이 라마는 머지않아 중국도 민주화되기를, 그래서 중국 국민이 티베트인들에게 정의를 되찾아 주기를 바라는 마음을 간직하고 있다.

그분의 희망 사항은 '만약 불교의 정신성이 중국 공산주의를 넘어뜨릴 수 있다면?' 하는 것이다. 이러한 가정이 그럴 법하다고 생각한 달라이 라마는 여러 차례 이 질문을 던졌다. 이 질문은 그분이 앞에서 주창한 정신 혁명과 일생의 세 가지 서원의 논리적 맥락에 딱 들어맞는다. 만약 자유와 세계 평화를 위한 그분의 노력이 끝나지 않았다면, 그분의 다음번 환생인 제15대 달라이 라마가 그 횃불을 이어받아 다시 타오르게 할 것이다. 죽음으로 끝나는 삶이 아니니, 죽어도 다시 태어나는 인간의 가슴속에 자유의 불길은 쉽사리 꺼지지 않고 활활 타오를 것이다.

맺음말

사람의 마음에 희망을 둔다

우주가 존속하는 한, 중생들이 존재하는 한, 나 역시
여기 남아 세상의 고통을 위로할 수 있기를! 어떤 일이
닥쳐도 결코 희망을 잃지 마라! 모든 이의 희망은
마음의 평화에 이르는 마지막 보루이다.

우리는 희망으로만 살 수 있다

우리나라를 침탈한 이들이 자행한 극심한 범죄에도 불구하고, 저는 제 마음속에 중국 국민에 대한 어떤 증오도 품지 않습니다. 개개인이 저지른 잘못을 가지고 그 나라를 탓하는 것은 위험한 일이며 재앙이라고 생각합니다. 저는 찬탄할 만한 중국인들을 많이 알고 있습니다. 무력이 전능한 힘을 휘두르는 이 시대에, 사람은 오직 희망으로만 살 수 있습니다. 만약 그들이 평화로운 보금자리와 가정을 갖는 행복을 누리고 있다면, 부디 그 가정을 잘 지키고 아이들이 평화롭게 클 수 있기를 바랍니다. 만약 우리처럼 집을 잃는다면, 그들은 더욱더 열렬히 희망을 추구하겠지요. 모든 사람의 희망은 마음의 평화에 이르는 마지막 보루입니다.

저는 티베트인들의 용기, 그리고 사람의 가슴속에 항상 존재하는 진리와 정의를 향한 사랑에도 희망을 겁니다. 그리고 붓다의 연민을 항상 믿습니다. –『떠돌이 성자』 중에서

희망의 원천이 되라!

어떤 일이 닥쳐도

희망을 절대 잃지 마라!

그대의 심성을 계발하라.

그대의 나라에선, 너무 많은 에너지가

머릿속 생각을 키우는 데에만 바쳐졌다.

연민의 원천이 되라,

단지 친구들에게만이 아니라

모든 이에게

연민의 원천이 되라.

평화를 위해 일하라.

그리고 또 말하노니

결코 희망을 잃지 마라

어떤 일이 닥쳐도,

그대 주변에 어떤 일이 닥쳐도,

결코 희망을 잃지 마라!

이 시는 달라이 라마가 미국 작가 론 화이트헤드의 부탁을 받고 직접 지은 것이다. 그분은 이 시를 1994년 뉴욕, 론 화이트헤드가 주최한 세계 평화를 위한 축제에서 낭송했다.

"결코 희망을 잃지 마라!" 이 말은 티베트 청년들이 즐겨 쓰는 구호가 되어 티베트 망명 어린이들이 사는 마을의 집집마다, 그리고 티셔츠에도 쓰이게 되었다.

내가 계속 남아서 세상의 고통을 위로할 수 있을까

내가 버림받은 이들의 보호자가 될 수 있기를
길 가는 이들의 길잡이가 되고
다른 기슭을 갈망하는 이들의
나룻배가, 연락선이, 다리가 될 수 있기를
섬이 필요한 이들의 섬이 될 수 있기를
등불이 필요한 이들의 등불
침대가 필요한 이들의 침대가 될 수 있기를
기적의 돌, 보물 단지, 마법의 주문, 약초,
소원의 나무, 풍요로운 암소가 될 수 있기를
우주가 존속하는 한,
중생들이 존재하는 한,
나 역시 여기 남아
세상의 고통을 위로할 수 있기를!

인도의 큰 성자 샨티데바의 『입보리행론』, 이 길고 긴 기도에는 모든 존재들을 위한 불보살의 자비심이 넘쳐 난다. 1989년 이 기도문의 마지막 몇 구절을 인용하여 달라이 라마는 노벨평화상 수상 연설을 끝맺었다.

그로부터 20년이 흐른 뒤 한 법회에서 그분은 토로했다. 나중에 이 구절을 기억하며 연민 가득한 마음으로 세상을 떠나고 싶다고.

엮은이 후기

달라이 라마와 함께 평화 이루기

달라이 라마의 망명 50주년을 맞아, 이 책은 하나의 승리를 축하하고 싶다는 마음에서 나오게 되었다.

역사 교과서에서 우리는 이렇게 배웠다. 한 나라가 전쟁에 이기면 다른 나라는 진 것이라고. 이렇게 승리와 패배로 얼룩진 분쟁은 여러 세기 동안 끊임없이 이어졌지만, 이겼다 하여 전쟁이 끝난 것은 절대 아니었다. 그와 정반대로, 대립과 충돌은 대를 이어 계속된다. 어제의 패자는 내일의 승자가 되고 싶어 하기 때문이다. 그런데 달라이 라마의 약속이 다름 아니라 바로 이런 분쟁의 순환 고리를 끊는다는 것이라면 어떨까? 이런 관점에서 달라이 라마의 망명 이후 흘러간 지난 50년은 헛된 세월도, 잃어버린 세월도 아닐 것이다. 반대로 그 세월을 결산하자면, 전쟁에 대한 승리라고 할 수 있겠다.

달라이 라마는 평화를 이루었고, 평화의 승리를 거두었다.

이 승리는 신문 1면 기사에 대문짝만 하게 실리는, 그런 류의 승리가 아니다. 자신의 정치적 모델인 마하트마 간디의 정신을 간직하고 이 싸움에서 승리한 달라이 라마. 그분이 치른 전투는 국가 대 국가의 대결 논리에서 인질로 잡힌 주민들에게 퍼부어지는 수천수만 개의 폭탄처럼 눈에 보이는 전투가 아니다. 또한 영화의 한 장면 같은 군사작전에서 정신없이 펑펑 터지는 폭발음처럼 귀에 들리지도 않는다. 그러나 어쨌든 그분은 전투를 이끈 셈이며, 티베트인들의 정신적 지도자로서 계속 전투를 이끌어 가고 있다. 비폭력이라는 단호한 전략 원칙에 따라, 절대 이를 어기지 않고 굳세게 버티면서.

이런 전투에서 적이란 보통 우리가 생각하는 적이 아니다. 달라이 라마는 중국인들을 상대로 싸우는 것이 아니다. 그리고 과연 중국인들을 그분의 적이라고 말할 수 있을까? 수년 전부터 달라이 라마는 중국인들을 가리켜 '나의 형제자매들'이라 부른다. 안팎으로 무장해제를 부르짖는 사도使徒 달라이 라마는 빈손으로 국제무대의 청중 앞에 나아간다. 테러리스트도, 폭탄을 던지는 사람도, 가미카제도 그가 시켰다는 핑계를 대지 못한다. 눈엣가시 같은 점령자 중국을 없애 버리고만 싶은 티베트 젊은이들도 마찬가지다. 달라이 라마는 결코 이탈한 적 없는 비폭력의 길만을 한사코 고집한다.

1959년 티베트를 떠날 때, 달라이 라마는 아무런 부도 지니고 떠날 수 없었다. 히말라야 산맥을 넘어서 망명에 성공한 것은 이런 희생을 무릅쓴 일이었다. 그러나 그분이 아무것도 가진 것 없는 빈털터리라는 뜻은 아니다. 물질적인 것은 없지만, 그분은 자기 안에 어린 시절부터 계발해 온 지혜, 사랑, 연민을 지녔다. 라마의 산실 포탈라 궁에서, 수천 년 묵은 벽들이 지켜 주는 은밀한 그곳에서 그분은 모든 무기들을 해제시키는 진정한 무기 다루는 연습을 한 것이다. 그 무기는 평화의 승리를 준비하는 무기다.

중국의 티베트 강점, 인권 침해, 주민의 강제적 중국인화, 인구 유입에 의한 공격 등은 소란스럽고 괴롭고 참을 수 없는 일이다. 달라이 라마는 50여 년간 끊임없이 그런 실상을 국가 공동체에 폭로해 왔다. 그런데 응답은 세계의 지붕인 티베트에서 일어난 사건들의 심각성에 합당하지만은 않다. 1950년부터 이 일을 자문해 온 유엔 국제법률가위원회가 티베트의 인종청소 실태를 인정했지만, 그렇다고 중국에 대한 어떤 강압적 조치를 취할 수 있는 것은 아니었다. 달라이 라마가 전 세계 여론을 움직이는 데는 성공했지만, 국가 공동체들의 실질적 참여를 얻어 내 티베트의 인권 침해를 중단시킬 수는 없었다. 이 말은 무슨 의미일까? 자애와 연민도 중국이라는 나라의 경제적 이득과 엄청난 공권력 앞에서는 무력하다는 뜻일까? 이 말을 액면 그대로 믿고 티베트 지도자의 이상주의를 비웃을 수 있을까? 마지막 남은 옛 신정 체제—그것도 망명 초기부터 그 자신이 민주 체제로 바꾸어 버렸지만—를 대표하는 이 티베트 지도자의 이상주의를 비웃을 수 있을까? 여기서 또 다른 해석이 나온다.

반세기 동안 달라이 라마는 끊임없이 이 문제를 세계의 양심에 호소하고 있다. 전 지구적 문명과 전 지구적 역사의 시대에, 티베트의 인권이 짓밟힌다는 것은 우리 안의 인간성 자체가 짓밟히는 것 아니겠는가? 그렇기에 세계인권선언을 존중하지 않는 독재에 대한 평화의 승리는 우리 모두의 승리일 수밖에 없다.

세상을 바꾸기 위해서는 자기 자신을 바꾸는 일부터 시작해야 한다면? 우리 각자가 보편적 책임을 지는 것으로 시작해야 한다면?

달라이 라마에 이어 우리 모두가 '평화 만드는 사람'이 되라는 소명을 지녔다면? 6백만 티베트인들이 해방됨으로써 우리 자신이 해방되고, 그래서 미래의 후손에게 좀 더 인간적이고 사랑 넘치는 세상을 물려주라는 소명을 지녔다면?

이제 우리는 확실히 인식해야 한다. 오늘의 비극을 수동적으로 방관하여 내일 통렬히 후회하지 않으려면. 그리고 달라이 라마와 함께 우리도 평화를 얻으려면.

2008년 12월 인도 다람살라 키르티 수도원에서
소피아 스트릴르베

옮긴이 후기

모든 존재의 행복을 위해

달라이 라마, 그분을 어떻게 부를까요?

보통은 경칭 'His Holiness(프랑스어로는 Sa Sainteté)'를 번역하여 달라이 라마 '성하聖下'라 부릅니다. 그렇지만 저는 이런 의전상의 경칭보다는 달라이 라마 '존자尊者'라고 부르고 싶습니다. 존자란 붓다의 제자 중에서도 지혜와 덕행이 뛰어난 분들에게 붙이는 경칭입니다. 티베트 불교 라마의 전통을 잇는 환생자라 하여 공대하는 것이 아닙니다. 이 지구상에 드물게 남은 정신적 지도자, 뵙지 못했어도 그 자애심의 큰 파장에 공감하면서 감사하게 되는 분이기 때문입니다. 존자라는 호칭이 정말로 걸맞은 분이기 때문입니다. 그분의 종교는 어렵지 않고 단순합니다. "친절과 자비, 이것이 나의 종교"라고 달라이 라마는 말씀하십니다.

넓은 세상은 오늘도 들끓고 있습니다. 이 후기를 쓰고 있는, 평온한 듯한 봄날에도 사람들은 도처에서 싸우고 울고 죽습니다. 멀리 리비아에서는 동족 간의 무차별 학살로 많은 이들이 참혹하게 죽었다고 하며, 나라 안팎에서 온갖 갈등이 끊일 날이 없습니다. 물론 갈등은 원인이 있어 생기는 것이니 그 근원으로 찾아 들어가 고쳐야 할 것입니다.

그런데 이런 갈등을 낳은 대상에 분노하고 질타를 퍼붓는 것으로 문제가 해결될까요? 그렇다면 진작 지구는 평온해졌을 것입니다. 혹은 그저 이들을 용인하고 스스로의 앞가림이나 잘하며 넘어가야 할까요? 어떻게 해야 할까요? 친구이건 핍박자이건 지상의 모든 이를 연민하고 그들을 위해 기도할 수 있는 달라이 라마의 말씀에 그 어느 때보다도 귀 기울일 일입니다.

'적을 위해 기도한다.' 말은 쉬워도 핍박자를 위해 기도하고 명상하는 것은 쉬이 이를 수 있는 경지가 아닙니다. 2011년 2월 19일 뭄바이 법문에서 하신 말씀 "최근에 일어난 튀니지와 이집트의 민중 시위는 인도 독립의 아버지 마하트마 간디가 설파한 비폭력 전통에 합치한다."에서 '비폭력'의 의미를 되새기며 "분노할 일은 많다. 그러나 분노보다 훨씬 잘 제어된 에너지를 키워서 써야 한다. 분노와 증오로는 평정심에 이르지 못하며, 자애와 연민을 발할 수가 없다."는 말씀을 새삼 깊이 생각해 봅니다.

그분은 이렇게 말씀하십니다. "화와 미움은 약물이나 술에 의해서 줄어들지 않는다. 부정적이고 파괴적인 감정은 그와 반대되는 감정을 통해서만 치유될 수 있다. 긍정적인 감정을 늘리는 것이 부정적인 감정을 줄이는 길이다. 파괴적 감정의 토대를 알면 그것을 없앨 수 있다."

그분을 따라 다람살라로 넘어간 대부분의 티베트 난민이 아마도 그분과 같은 마음으로 버티어 왔을 것입니다. 자신들의 핍박자 중국을 위해 늘 기도하고, 그 땅에 재난이 닥쳤을 때 진심으로 도움의 손길을 내밀 수 있는 힘의 바탕은 좋고 싫음을 거듭하는 마음의 흐름을 있는 그대로 지켜보고 알아차리는 깨어 있는 정신일 것입니다.

"기쁨도 하나의 능력이다. 그것을 계발하라."는 것이 달라이 라마가 우리의 일상에 주는 소박하고도 강력한 메시지입니다. 삶에서 무엇인가 매듭이 풀리지 않아, 자기 마음 아닌 다른 곳으로 도망치고 다른 것에 의지하는 사람이 많습니다. 주머니 속에 든 열쇠를 온 집안을 뒤지며 찾아도 못 찾듯이, 자기 안의 보물을 팽개치거나 잊고 돌보지 않는 이들의 마음에 이분의 말씀이 가서 매듭을 풀어 주기를 바랍니다.

남들의 눈물을 닦아 주고 분노를 가라앉혀 주는 이분은 자신과 겨레의 아픔에도 불구하고 실제로 기쁨의 화신인 양 늘 웃고 계시지 않습니까. "나는 웃음 전문가"라고 이야기하지 않습니까.

누구나 살아가면서 행복하고자 합니다. 행복을 찾는 방식은 사람마다 다릅니다. 쾌락에 함몰하며 행복하다 하기도 하고, 지고한 답을 위해 영원불변의 것을 얻고자 고행과 구도의 길에 나서기도 합니다. 달라이 라마는 이렇게 행복을 정의합니다. "깊은 행복이란 덧없는 행복과는 달리 정신적인 것이다."라고. 이 책의 원제 '정신적 자서전'과도 상통하는 이야기입니다.

이 책이 출간되는 2011년 3월은 티베트 평화 민중 봉기(1959년 3월 10일) 52주년을 맞는 시점이며, 달라이 라마가 티베트를 떠나 인도 다람살라에 망명정부를 수립한 지 52주년이 되는 때입니다. 그리고 올해 이 연례 추모 행사에서 달라이 라마는 모든 정치적 역할에서 물러날 것을 선언했습니다. 연로하신 까닭에 공식적인 짐은 벗어 놓으셨지만 전 세계인에게 그분의 위상과 무게는 더욱 커질 것입니다.

우리나라에서 직접 뵐 날이 언제가 될지는 모르겠습니다. 우리 국민과 만나지 못한 채로 이승을 떠나실지도 모릅니다. 설령 만날 인연이 안 된다 해도, 그분의 삶과 생각을 큰 시각으로 종합한 이 책을 우리말로 옮기게 된 것은 제게 다시없는 기쁨이었습니다. 번역한 글을 교정을 위해 읽으면서도 그분의 '글이 곧 사람'으로 '삶이 곧 수행으로' 다가오는 것을 느꼈습니다. 그분이 이 책을 통해 전하는 보리심이 종교와 신념에 관계없이 지상의 모든 이에게 전해져 저마다의 방식으로 피어난다면 얼마나 좋을까요.

달라이 라마의 말씀들을 구슬 꿰어 목걸이 만들듯이 솜씨 있게 엮고 전후 맥락을 이해하기 쉽도록 해설까지 덧붙인 소피아 스트릴르베 님의 노고를 치하합니다. 그간 달라이 라마의 전기나 저작이 많았지만 이렇게 그분의 삶을 세 차원으로 대별하여 육성에 적절한 설명을 부가한 '자서전'은 이것이 독보적이라 생각됩니다. 프랑스에서 나온 책의 저작권 중개에 애쓰신 베스툰 코리아 신한이 님께 감사합니다. 출판사 고즈윈 대표님과 편집팀에도 감사합니다. 부디 저의 번역이 웃고 울며 살아가는 이 땅의 동시대인들에게 용기를 주고 지혜를 밝히는 데에 도움이 되기를 바랍니다.

2010년 3월 이른 봄날 오후, 소나 임희근

제14대 달라이 라마 연표

1933년	12월 17일 제13대 달라이 라마 툽땐갸초가 57세를 일기로 세상을 뜬다.
1935년(0세)	7월 6일 티베트 북동부 암도 지방의 시골 마을 딱체르에서 가난한 농부의 아들로 태어난다. 이름은 '소원을 들어주는 여신'이라는 의미의 하모된둡. 일곱 형제자매 중 다섯째로, 큰형은 세 살에 24대 딱체르 린뽀체의 환생자로 인정받은 툽땐직메노르부(1922~2008)이고, 막냇동생 땐진최걜(1946~)은 응애리 린뽀체의 환생자이다.
1939년(4세)	14대 달라이 라마로 공식 인정받는다. 10월 8일 라싸에 도착한다.
1940년(5세)	2월 22일 14대 달라이 라마로 즉위해 '잠뻴응악왕롭상예쎼땐진갸초'라는 이름을 받지만 성인이 아닌 까닭에 5대 라뎅 린뽀체인 잠뻴예쎼걜챈(1910~1947)이 섭정으로서 그를 대신한다. 6대 링 린뽀체인 툽땐룽똑남걜틴래(1903~1983)와 3대 티쟝 린뽀체인 롭상예쎼땐진갸초(1900~1981)에게 승려로서 교육받기 시작한다.
1946년(11세)	하인리히 하러(1912~2006)와 만난다.
1949년(14세)	10월 1일 마오쩌둥(1893~1976)이 중화인민공화국의 수립을 선포한다.
1950년(15세)	10월 7일 중국인민해방군이 티베트를 침공한다. 11월 7일 국제연합의 개입을 요청하나 거부당한다. 11월 17일 정식으로 티베트의 통치권자가 된다. 12월 16일 중국군을 피해 도모로 피신한다.
1951년(16세)	5월 23일 '티베트 사람들은 모국의 품으로 돌아가게 된다.'로 시작되는, '티베트 평화 해방의 방법에 관한 협의를 위한 17조 협약'이 베이징에서 티베트 대표단에 의해 달라이 라마를 배제한 채 체

결된다.

7월 24일 티베트 국민의 종교적, 개인적 자유를 보장받은 후 도모에서 라싸로 돌아온다.

1954년(19세) 노르불링까 궁에서 처음으로 칼라차크라 입문 의식을 집전한다.

처음으로 중국을 방문해 마오쩌둥, 저우언라이(1898~1976), 덩샤오핑(1904~1997) 등을 만난다. 이듬해 6월까지 중국에 머문다.

9월 27일 중화인민공화국 전국인민대표대회 상무위원회 부위원장에 임명된다.

1956년(21세) 2월 리탕에서 티베트인이 중국군을 공격하는 일이 발생한다. 이에 대한 보복으로 중국군은 티베트인들이 피신한 리탕의 사원을 64일 동안 포위해 공중 포격을 가한다.

11월 붓다 열반 2,500주년 축전에 참석하기 위해 인도를 방문한다. 이듬해 3월까지 인도에 머문다.

1958년(22세) 중국이 캄과 암도를 완전히 장악한다.

1959년(24세) 2월 묀람 동안에 조캉 사원에서 최종 시험을 치르고 게쎼하람빠(불교철학 박사) 학위를 받는다.

3월 10일 라싸로 집결하는 중국인민해방군 때문에 만 명 정도의 티베트인이 달라이 라마를 지키기 위해 노르불링까 궁 앞으로 모여든다. 박격포탄 두 발이 노르불링까 궁 연못에 떨어지고 티베트인들의 봉기가 시작된다.

3월 17일 밤 병사로 변장하고 라싸를 탈출한다.

3월 30일 인도 영토에 도착한다.

4월 29일 17개조 협약의 무효를 선언하고, 인도 우타르프라데시주 무수리에 티베트 망명정부를 설립한다.

'아시아의 노벨상'이라 불리는 라몬 막사이사이상 수상.

1960년(25세) 4월 30일 무수리에서 옮겨와 다람살라에 둥지를 튼다. 1959년 3월부터 1960년까지 티베트인 8만 명이 달라이 라마와 함께 인도로 넘어간다.

1963년(28세) 티베트를 위한 민주적 헌법을 제정하고 다람살라에 망명 티베트 의회를 만든다.

1966년(31세) 마오쩌둥의 문화대혁명의 여파가 중부 티베트까지 밀려온다. 그 후 10년 동안 티베트 내 6천 개의 사원 중 아홉 개를 뺀 나머지 사원이 파괴된다.

1967년(32세)	망명 후 처음으로 외국을 방문한다(일본과 타이).
1972년(37세)	중국이 티베트의 국민투표에 동의한다면 티베트로 돌아가겠다고 중국 측에 제안한다.
1973년(38세)	9월 28일부터 11월 12일까지 처음으로 유럽을 순방한다(이탈리아, 스위스, 네덜란드, 벨기에, 아일랜드, 노르웨이, 스웨덴, 덴마크, 영국, 서독, 오스트리아). 9월 30일 교황 바오로 6세(1897~1978)를 시작으로 10월 2일 이슬람교 이스마일파 지도자 아가 칸(1939~)등 여러 국가 및 종교 지도자를 만난다.
1977년(42세)	마오쩌둥의 사망 후, 덩샤오핑의 자본주의 역개혁이 중국을 휩쓸고 수감된 판첸 라마를 비롯한 티베트의 상류층이 석방되기 시작한다.
1979년(44세)	처음으로 미국을 방문한다. 망명 이후 처음으로 중국과 접촉한다. 티베트로 돌아올 것을 권하는 중국의 요청이 있은 후, 달라이 라마의 첫 번째 고국 방문 대표단이 티베트에 입성한다. 대표단은 티베트 문화의 대대적인 파괴 상황과, 티베트 국민들의 달라이 라마를 향한 열광적인 지지를 확인한다.
1980년(45세)	2차, 3차 고국 방문 대표단을 보낸다. 라싸의 민중이 달라이 라마에 대한 열광적 지지를 표하고 중국의 통치를 거부하자, 중국은 3차 대표단을 축출한다.
1981년(46세)	미국 위스콘신에서 서방 세계 최초로 칼라차크라 입문 의식을 거행한다.
1982년(47세)	4차 고국 방문 대표단이 티베트를 향한다. 다람살라에서 출발한 또 다른 파견단이 베이징에서 중국의 비타협적 태도에 직면한다.
1984년(49세)	중국과의 대화가 중단된다.
1985년(50세)	환경보호를 위한 보편적 책임을 주장하는 메시지를 '세계 환경의 날'에 선포한다.
1987년(52세)	9월 21일 앞으로의 티베트의 입지에 관한 대책으로 미국연방의회 인권위원회 연설에서 '평화 계획 5항'을 발표한다. 일주일 뒤 중국군이 독립을 요구하는 라싸 군중들에게 직접 발포하여 시위를 중단시킨다. 9월 28일 알베르트 슈바이처 인권상을 받는다.
1988년(53세)	6월 15일 프랑스 스트라스부르 유럽의회 회원국들에게 망명 티

	베트 정부와 중국 간의 협상을 위한 구체적 틀을 제시한다.
1989년(54세)	1월 주거를 베이징에 제한당해 온 10대 판첸 라마 롭상틴래휜최끼갤챈(1949~1989)이 중국 측의 발표에 따르면 심장마비로 사망한다. 중국의 개혁파가 축출당하고 후진타오가 서기관으로 라싸에 온다. 티베트 시위자들에 대한 강경 진압이 이어진다. 3월 7일 티베트에 계엄령이 포고된다. 3월 10일 라싸 봉기 10주년을 맞이하여 라싸 및 전 세계 주요 도시의 중국 대사관 앞에서 시위가 이어진다. 6월 4일 중국에서 톈안먼 사태가 발생한다. 12월 10일 노벨평화상을 수상한다.
1990년(55세)	1991년을 '국제 티베트의 해'로 지정한다. 인도의 사르나트에서 칼라차크라 입문 의식을 거행한다. 중국은 만 명의 티베트 순례자들이 이 행사에 참석하지 못하도록 막는다.
1991년(56세)	미국 의회를 설득하여 티베트를 '피점령국'으로 선언하도록 한다.
2001년(66세)	최초의 민주주의 직접선거로 5대 삼동 린뽀체인 롭상땐진(1939~)이 티베트 망명정부의 깔뢴티빠(수상)로 선출된다.
2006년(71세)	1월 스페인 특별법정이 국제연합의 권한으로 중국의 티베트인 집단 학살 혐의를 수사한다. 7월 1일 중국 칭하이 성 시닝과 라싸를 잇는 칭짱철도 전 노선이 개통된다. 티베트 망명정부는 이 철도가 중국인민해방군의 전차부대 등 진압 병력 수송용으로 이용되는 것을 경계하고 있다.
2007년(72세)	10월 17일 미국연방의회의 의회명예훈장 수상.
2008년(73세)	3월 10일 1959년의 라싸 봉기 49주년을 기념하는 의미로 티베트 승려 6백여 명이 중국 정부에 대해 항의 시위를 벌인다. 3월 14일 티베트 독립운동 시위대가 중국 경찰과 충돌하면서 유혈 사태로 번지고, 중국 정부의 무력 진압으로 사태가 격화된다.
2011년(76세)	티베트 망명정부의 정치적 지도자 자리에서 물러날 것을 선언한다.

참고 문헌

Bauer, Manuel et al., *Journey For Peace: His Holiness The 14th Dalai Lama*, Zurich: Scalo Publishers, 2005

Brauen, Martin(ed.), *Die Dalai Lamas. Tibets Reinkarnationen des Bodhisattva Avalokiteshvara*, Stuttgart: Arnoldschen Verlagsanstalt, 2005

Harrer, Heinrich, *Sieben Jahre in Tibet. Mein Leben am Hofe des Dalai Lama*, Wien: Ullstein Verlag, 1952

His Holiness the Dalai Lama, *Ancient Wisdom, Modern World: Ethics for the New Millennium*, London: Little, Brown and Company, 1999

His Holiness the Dalai Lama, *Freedom in Exile: The Autobiography of The Dalai Lama*, London: Hodder & Stoughton, 1990

His Holiness the Dalai Lama, *My Land and My People: Memoirs of the Dalai Lama of Tibet*, New York: Potala Publications, 1962

His Holiness the Dalai Lama, *The Good Heart: A Buddhist Perspective on the Teachings of Jesus*, Boston: Wisdom Publications, 1996

His Holiness the Dalai Lama, *The Power of Compassion*, San Francisco: HarperCollins, 1995

His Holiness the Dalai Lama, *The Universe in a Single Atom: The Convergence of Science and Spirituality*, New York: Morgan Road Books, 2005

His Holiness the Dalai Lama and Edmond Blattchen, *La compassion universelle*, Bruxelles: Alice Éditions, 1999

His Holiness the Dalai Lama and Howard C. Cutler, *The Art of Happiness: A Handbook for Living*, New York: Riverhead Books, 1998

His Holiness the Dalai Lama and Jeffrey Hopkins, *Advice on Dying: And Living a Better Life*, London: Random House, 2002

His Holiness the Dalai Lama and Jeffrey Hopkins, *Kindness, Clarity and Insight*, Ithaca: Snow Lion Publication, 1984
His Holiness the Dalai Lama and Paul Ekman, *Emotional Awareness: Overcoming the Obstacles to Psychological Balance and Compassion*, New York: Times Books, 2008
His Holiness the Dalai Lama and Sidney Piburn, *Policy of Kindness: An Anthology of Writings By and About The Dalai Lama*, Ithaca: Snow Lion zPublications, 1990
His Holiness the Dalai Lama and Victor Chan, *The Wisdom of Forgiveness: Intimate Conversations and Journeys*, New York: Riverhead Books, 2004
Levenson, Claude B., "Tibet, le talon d'Achille de Pékin", *Politique Internationale*, n°117/ Automne 2007
Namgyal Monastery, *Kalachakra*, Rome: Tibet Domani, 1999
Samdhong Rinpoche, *Uncompromising Truth for a Compromised World: Tibetan Buddhism and Today's World*, Bloomington: World Wisdom, 2006
Stril-Rever, Sofia, *Enfants du Tibet: De cœur à cœur avec Jetsun Pema et Sœur Emmanuelle*, Paris: Desclée de Brouwer, 2000
Stril-Rever, Sofia, *Kalachakra: Guide de l'initiation et du Guru Yoga*, Paris: Desclée de Brouwer, 2002
Stril-Rever, Sofia, *Kalachakra: Un mandala pour la paix*, Paris: La Martinière, 2008
Stril-Rever, Sofia, *L'Initiation de Kalachakra: Pour la paix dans le monde*, Paris: Desclée de Brouwer, 2001
Stril-Rever, Sofia, *Tantra de Kalachakra: Le Livre du Corps subtil*, Paris: Desclée de Brouwer, 2000
Stril-Rever, Sofia, *Traité du mandala: Tantra de Kalachakra*, Paris: Desclée de Brouwer, 2003
Yeshe, Thubten, *Introduction to Tantra: The Transformation of Desire*, Boston: Wisdom Publications, 1987

* 본문에서는 국내 출간된 도서의 경우, 가장 최근 번역본의 제목을 따랐습니다.

국내 출간 도서

『과학과 불교』, 삼묵 · 이해심 옮김, 하늘북, 2007

The Universe in a Single Atom: The Convergence of Science and Spirituality, New York: Morgan Road Books, 2005

『깨달음의 길』, 신진욱 · 진우기 옮김, 부디스트웹닷컴, 2001

— and Glenn H. Mullin, *The Path to Enlightenment*, Ithaca: Snow Lion Publications, 1994

『나를 위해 용서하라』, 도솔 옮김, 미토스, 2005

The Compassionate Life, Boston: Wisdom Publications, 2003

『달라이 라마 나의 티베트』, 이종인 옮김, 시공사, 2000

— and Galen Rowell, *My Tibet*, Berkeley: University of California Press, 1990

『달라이 라마 삶의 네 가지 진리』, 주민황 옮김, 숨, 2000

— and Tubten Jinpa et al., *The Four Noble Truths*, London: Thorsons, 1998

『달라이 라마 예수를 말하다』, 류시화 옮김, 나무심는사람, 1999

The Good Heart: A Buddhist Perspective on the Teachings of Jesus, Boston: Wisdom Publications, 1996

『달라이 라마 자서전』, 심재룡 옮김, 정신세계사, 2003

『유배된 자유』, 심재룡 옮김, 정신세계사, 1991

Freedom in Exile: The Autobiography of The Dalai Lama, London: Hodder & Stoughton, 1990

『떠돌이 성자』, 김현도 옮김, 예지각, 1989

『달라이 라마 자서전』, 이효림 옮김, 극동출판사, 1989

『티벳, 나의 조국이여』, 김철 · 강건기 옮김, 정신세계사, 1988

『나의 조국 티베트』, 김현도 옮김, 예지각, 1987

My Land and My People: Memoirs of the Dalai Lama of Tibet, New York: Potala Publications, 1962

『달라이 라마 지구의 희망을 말한다』, 오정숙 옮김, 롱셀러, 2000
— and Jean-Claude Carrière, *La Force du bouddhisme: Mieux vivre dans le monde d'aujourd'hui*, Paris: Laffont, 1994
『달라이 라마 하버드대 강의』, 주민황 옮김, 작가정신, 2006
『하바드의 달라이 라마』, 김충원 옮김, 새터, 1994
— and Jeffrey Hopkins, *The Dalai Lama at Harvard: Lectures on the Buddhist Path to Peace*, Ithaca: Snow Lion Publications, 1988
『달라이 라마, 과학과 만나다』, 남영호 옮김, 알음, 2007
— and Zara Houshmand et al., *Consciousness at the Crossroads: Conversations with the Dalai Lama on Brain Science and Buddhism*, Ithaca: Snow Lion Publications, 1999
『달라이 라마, 삶을 이야기하다』, 진현종 옮김, 북로드, 2004
— and Jeffrey Hopkins, *How to Practice: The Way to a Meaningful Life*, New York: Simon & Schuster, 2002
『달라이 라마, 자유로의 길』, 강도은 옮김, 이론과실천, 2002
— and Donald S. Lopez, Jr., *The Way to Freedom*, San Francisco: HarperCollins, 1994
『달라이 라마, 죽음을 이야기하다』, 이종복 옮김, 북로드, 2004
— and Jeffrey Hopkins, *Advice on Dying: And Living a Better Life*, London: Random House, 2002
『달라이 라마가 설법한 37 수행법』, 이창호 옮김, 정우사, 2001
— and Vyvyan Cayley et al., *Commentary on the Thirty Seven Practices of a Bodhisattva*, Dharamsala: Library of Tibetan Works & Archives, 1995
『달라이 라마와의 대화』, 이강혁 옮김, 예류, 2000
— and Francisco J. Varela, *Sleeping, Dreaming, and Dying: An Exploration of Consciousness with the Dalai Lama*, Boston: Wisdom Publications, 1997
『달라이 라마의 365일 명상』, 강주헌 옮김, 청아출판사, 2004
365 méditations quotidiennes du Dalaï-Lama, Paris: Presses de la Renaissance, 2003
『달라이 라마의 공감』, 김희상 옮김, 작가정신, 2005
— and Felizitas von Schönborn, *Mitgefühl und Weisheit*, Berlin: be.bra verlag, 2002
『달라이 라마의 관용』, 이거룡 옮김, 아테네, 2003
『그대 스스로 변화를 시작하라』, 이거룡 옮김, 아테네, 2001
— and Tubten Jinpa et al., *Transforming the Mind: Teachings on Generating Compassion*,

London: Thorson Publications, 2000
『달라이 라마의 마음공부』, 이현주 옮김, 해냄, 2002
— and Nicholas Vreeland, *An Open Heart: Practicing Compassion in Everyday Life*, New York: Little, Brown and Company, 2001
『달라이 라마의 밀교란 무엇인가』, 석설오 옮김, 효림, 2002
— and Jeffrey Hopkins et al., *Tantra in Tibet*, Ithaca: Snow Lion Publication, 1987
『달라이 라마의 반야심경』, 주민황 옮김, 무수, 2003
— and Tubten Jinpa, *Essence of the Heart Sutra: The Dalai Lama's Heart of Wisdom Teachings*, Boston: Wisdom Publications, 2002
『달라이 라마의 수행의 단계』, 이종복 옮김, 들녘, 2003
Stages of Meditation, Ithaca: Snow Lion Publications, 2001
『달라이 라마의 연민』, 한영탁 옮김, 이다미디어, 2003
Worlds in Harmony: Compassionate Action for a Better World, Berkeley: Parallax Press, 1992
『달라이 라마의 하루하루를 행복하게 하는 명상법』, 김현남 옮김, 하늘북, 2007
Cultivating a Daily Meditation, Dharamsala: Library of Tibetan Works & Archives, 1991
『달라이 라마의 행복론』, 류시화 옮김, 김영사, 2001
— and Howard C. Cutler, *The Art of Happiness: A Handbook for Living*, New York: Riverhead Books, 1998
『더 오래된 과학, 마음』, 조원희 옮김, 여시아문, 2003
— and Herbert Benson et al., *Mind Science: An East-West Dialogue*, Boston: Wisdom Publications, 1991
『리더스 웨이』, 김승욱 옮김, 문학동네, 2009
— and Laurens van den Muyzenberg, *The Leader's Way: Business, Buddhism and Happiness in an Interconnected World*, London: Nicholas Brearley, 2009
『마음』, 나혜목 옮김, 큰나무, 2004
『빛을 향한 명상』, 황국산 옮김, 좋은글, 1992
『애정, 투명, 그리고 통찰』, 황국산 옮김, 좋은글, 1989
— and Jeffrey Hopkins, *Kindness, Clarity and Insight*, Ithaca: Snow Lion Publication, 1984
『마음을 비우면 세상이 보인다』, 공경희 옮김, 문이당, 2000
— and Renuka Singh, *The Path to Tranquillity: Daily Meditations*, New Delhi: Penguin

Books, 1998
『마음이란 무엇인가』, 김선희 옮김, 씨앗을뿌리는사람, 2006
— and Daniel Goleman, *Healing Emotions: Conversations with the Dalai Lama on Mindfulness, Emotions, and Health*, Boston: Shambhala Publications, 1997
『명상으로 얻는 깨달음』, 지창영 옮김, 가림출판사, 2001
Healing Anger: The Power of Patience from a Buddhist Perspective, Ithaca: Snow Lion Publications, 1997
『아, 달라이 라마 지혜의 큰 바다』, 강옥구 옮김, 동쪽나라, 1999
Ocean of Wisdom: Guidelines for Living, New Mexico: Clear Light Publications, 1989
『아름답게 사는 지혜』, 주민황 옮김, 정우사, 2005
The Power of Compassion, San Francisco: HarperCollins, 1995
『알기 쉬운 달라이 라마 사상』, 최평규 옮김, 각심원, 2001
— and Sidney Piburn, *Policy of Kindness: An Anthology of Writings By and About The Dalai Lama*, Ithaca: Snow Lion Publications, 1990
『오른손이 하는 일을 오른손도 모르게 하라』, 도솔 옮김, 나무심는사람, 2002
Ancient Wisdom, Modern World: Ethics for the New Millennium, London: Little, Brown and Company, 1999
『용서』, 류시화 옮김, 오래된미래, 2004
— and Victor Chan, *The Wisdom of Forgiveness: Intimate Conversations and Journeys*, New York: Riverhead Books, 2004
『우리에게는 사랑이 필요하다』, 진현종 옮김, 랜덤하우스코리아, 2009
— and Rajiv Mehrotra, *In My Own Words: An Introduction to My Teachings and Philosophy*, Carlsbad: Hay House, 2008
『티베트 성자와 보낸 3일』, 심재룡 옮김, 솔출판사, 1999
— and Jeffrey Hopkins, *The Meaning of Life: Buddhist Perspectives on Cause and Effect*, Boston: Wisdom Publications, 2000
The Meaning of Life from a Buddhist Perspective, Boston: Wisdom Publications, 1992
『평화롭게 살다 평화롭게 떠나는 기쁨』, 주민황 옮김, 넥서스, 2003
— and Donald S. Lopez, Jr., *The Joy of Living and Dying in Peace*, San Francisco: HarperCollins, 1997
『행복』, 손민규 옮김, 문이당, 2004
— and Renuka Singh, *Many Ways to Nirvana: Reflections and Advice on Right Living*,

India: Penguin Books, 2004
『행복에 이르는 길』, 김은정 옮김, 경성라인, 2003
— and Christine Cox, *Path to Bliss: A Practical Guide to the Stages of Meditation*, Ithaca: Snow Lion Publications, 1991

* 달라이 라마의 공식 홈페이지 'The Office of His Holiness the Dalai Lama'(http://dalailama.com)에 게시된 출간 도서 목록을 기준으로 삼았으므로, 그 밖의 국내 및 해외 각국에서 발행된 달라이 라마 관련 저서는 포함되어 있지 않습니다.

고즈윈은 좋은책을 읽는 독자를 섬깁니다.
당신을 닮은 좋은책—고즈윈

달라이 라마, 나는 미소를 전합니다

달라이 라마
소피아 스트릴르베 엮음
임희근 옮김

1판 1쇄 발행 | 2011. 4. 5.
1판 2쇄 발행 | 2011. 4. 15.

발행처 | 고즈윈
발행인 | 고세규
신고번호 | 제313-2004-00095호
신고일자 | 2004. 4. 21.
(121-819) 서울특별시 마포구 동교동 200-19번지 202호
전화 02)325-5676 팩시밀리 02)333-5980

값은 표지에 있습니다.
ISBN 978-89-92975-51-3

고즈윈은 항상 책을 읽는 독자의 기쁨을 생각합니다.
고즈윈은 좋은책이 독자에게 행복을 전한다고 믿습니다.